落窪物語

賴振南 譯注

文本根據：

1. 稻賀敬二校注《落窪物語》（新潮日本古典集成，新潮社，一九七七）

2. 三谷榮一、稻賀敬二、三谷邦明 校注譯《落窪物語・堤中納言物語》（新編日本古典文學全集，小學館，二〇〇〇）

目次

導讀

《落窪物語》

——論作品中的貴種流離譚[1]構造

賴振南

一、前言

《落窪物語》是日本平安朝前期重要物語文學之一，也是探討《源氏物語》世界必參考的重要物語作品之一。全書為中長篇作品，總共分為四卷，作者不詳。作品成立時間也僅能大約推斷為十世紀末，日本一條朝（九八六—一〇一〇）前後。內容包括了繼子受虐譚、貴族戀愛譚、報復譚、報恩譚等等話型。

故事以女主角落窪君貫穿全文，所有內容的發生，都圍繞著落窪君。作品的特色，美麗的少女落窪君倍受繼母歧視和虐待，在忠心耿耿的女僕阿漕幫助和護衛下脫離危險，並與男主角右近少將道賴相會，終成眷屬。從被虐待到獲得幸福，是日本現存最古、最典型、最膾炙人口的一部繼母虐待繼子的古典小說。

---

1 貴種流離譚亦稱為貴種漂離譚，是日本民俗學家折口信夫歸類物語類型的重要用詞之一。折口信夫在一系列的「日本文學源生」考察和論證中，以貴種流離譚作為論述日本物語文學（小說）的原型概念。

以繼子受虐故事著名的日本古典小說《落窪物語》，為何流傳至今仍受到讀者的喜愛？那只是因為《落窪物語》的作者以落窪君作為受虐故事的中心，展現故事內容使其堪稱「倫理小說」、「世態小說」、「風俗小說」、「大眾小說」、「為大人而寫的灰姑娘」，意圖強調作品的現實性、通俗性而已嗎？當然那些論調都各持一理，分別揭示出《落窪物語》的作品特性、特質和文藝史意義，但除此之外，透過現代讀者的視角，尚有其他不同的作品解讀。因為在《落窪物語》中，不斷地出現讓讀者期待並繼續想閱讀的情節內容，這顯然是作者意圖取悅讀者（聽眾）的創作使然。當時的物語雖然是透過朗讀講述內容給聽眾的方式消費，但《落窪物語》的情況是進一步透過物語情節的展開，成功地置入不令讀者（聽眾）感到厭膩的巧思，再賦予懸疑小說般的不安與緊張感。換言之，若以現代的觀點來說，《落窪物語》也具有某種懸疑小說要素。關於這方面的論述請參照拙論〈以懸疑小說試論《落窪物語》〉[2]。

男主角對施加迫害落窪君的繼母進行報復，繼而轉為寬厚的報恩，物語宣揚了勸善懲惡、因果報應的觀點。在人物描寫方面，人物性格首尾一致，男主角道賴愛情專一，對落窪君情深意篤，侍女阿漕善惡分明、忠心仗義，巧施機智幫女主人脫離險境等，正面人物的形象刻畫栩栩如生。邪惡與正義形成了鮮明的對照。成書年代較《源氏物語》早，筆法輕快自如，充滿喜劇色彩，特別是貴族家庭的生活場景、婚慶喜宴和廟會儀禮等場面，都描寫得真實而具體。

全篇內容帶有警世意味，人物性格的刻畫通過對話和動作，使讀者猶覺身臨其境，並輔以書信、和歌來完成，它在日本古典物語文學形態方面起了重要的先驅作用。文章淺顯易懂則是另一個突出的特點。此物語的重要性在於寫作手法寫實，有別於古今中外神靈相助的繼子（女）受虐故事，使物語文學的創作手法進一步得到提煉，並且從此物語中所體現出的現實主義精神，承襲至後來的物語文學作品。

以物語整體構造來看，《落窪物語》是藉由「落窪之女」深陷逆境，轉變到「二條邸之女主人」順境的繼女生涯紀錄為主軸；以虐待和幫助、守護繼女等各個動態配角人物（敵對者、支援者）的活動情形為副軸來描寫的物語。

《落窪物語》透過在特殊空間「落窪」裡所遭受的苦難，描寫女主角的繼女生涯、特質，至繼女成功譚為止。從物語創作的理論來看，其中包含了「貴種流離譚」，此日本文藝表現的基本類型在內。例如，三谷邦明針對繼女虐待譚做出以下的說明：

繼女虐待譚是從日本文學基本類型的貴種流離譚所衍生出來的。也就是出身高貴的人物因某種機緣而遭受苦難，想克服它並獲得成功。若遭受艱難辛苦考驗的內容是遭受繼母

2 賴振南〈以懸疑小說試論《落窪物語》〉（輔仁大學日本語文學系《日本語日本文學》第三十九輯，二〇一三）頁十七—三十一

虐待的話，就是繼女（子）虐待譚。繼女虐待譚可以說是繼母子關係之社會條件轉型，由貴種流離譚演變出來的衍生物語型態[3]。

但是《落窪物語》中落窪君的「貴種流離譚」，並非只考慮《落窪物語》的類型表現，只是繼女虐待譚單一情節。此導讀想將物語的寫作方式、內容構想和女主角形象等相關議題，一併納入廣泛的問題意識中來解析並探討。

二、落窪君精神流離的契機

首先介紹關於落窪君的出身。她是「中納言還有一位女兒，是從前他常交往的一位皇族血統的女子所生。這女兒的生母早已過逝[4]。」也就是皇族女性所生的公主。在三條邸的歸屬問題上，進一步得知落窪君的祖母為皇女，且母親的祖父與父親均為皇族。因此，以落窪君母親的高貴血統來說，可看出落窪君為皇族之後裔。尤其是和繼母一起居住之前，雖然並無對落窪君的生活多做描寫，但從落窪君母親留下的遺言：「住在這裡（三條邸），不要轉手讓人，這是我已故的母親大人的風雅住所，所以依戀不捨。」可想像出她在幼小、少女時期的成長環境，是與幽暗的「落窪處所（低窪小房間）」完全相反的舒適豪邸。

另一方面，就如同三谷榮一所說，「落窪君連母親都不在世，代表皇族的親人都已不在，母親也去世之意，若母方的祖父母都仍健在，就不會有問題發生。（中略）因此可推斷落窪君母方的親戚中，並無人可以照顧她，不得已必須由父親這一方來扶養[5]。」落窪君流離的原因並不是因「有罪」，而是現實生活中家庭的不幸所造成。

換句話說，落窪君喪母後由父親扶養，而被繼母趕到低窪小房間居住。被虐待的最大原因，是因為她失去了高貴的「優良血脈」，也喪失了「監護人（日文：後見）」所導致。「優良血脈」與「監護人」這兩者，無論男女，對於當時的貴族們來說是極為重要的身分條件，一旦失去了便難逃不幸的命運。新田孝子在《多武峯少將物語的樣式》[6]一書中對於「監護人」，特別是女性的「監護人」指出以下的論點：

女性全部的食衣住行，實際上都必須假他人之手。以財力換取人力，讓日常生活更方便，這都需要花費許多的財力與勞力。深閨中的小姐到底還是無法自行打理一切生活，沒

3 三谷邦明〈落窪物語〉（三谷榮一、稻賀敬二校注・譯《落窪物語 堤中納言物語》日本古典文學全集，解說，小學館，一九七二・八）。引用內容的中文翻譯，賴振南翻譯。

4 文本原文依據：稻賀敬二校注《落窪物語》（新潮社日本古典集成，新潮社，一九七七・九）。賴振南翻譯，以下亦同。

5 三谷榮一著《物語史的研究》（有精堂，一九六七・七）

6 新田孝子著《多武峯少將物語的樣式》（風間書房，一九八七・十二）

有雙親手足的女性，最後淪落住到荒廢的破屋，衣服殘破，空餐節食，身體就像風中殘燭一般虛弱的例子並不少。女性為了生存，以男性雙親手足做為「監護人」，也就是有血緣關係者的庇護、扶養、援助、照顧等力量，是絕對必要的。

落窪君也是沒受到父親中納言的保護、照顧，遭受喪失「監護人」悲劇命運的一人。唯一能依靠的「監護人」只有名叫「後見（阿漕的乳名）」的侍女。因此，若想回到原本出身的貴族身分，則必須再度獲得「優良血脈」與「監護人」的協助，並通過艱難辛苦的各種試煉，才得以翻身，這也就是精神上的一種漂泊流離。

三、落窪君精神流離的內容與成長

落窪君陷於精神流離，遭受艱難辛苦試煉的內容，有以下十一項繼女遭受虐待的事實：

1. 被逼趕到「落窪處所」居住。
2. 被取名為「落窪君」。
3. 不能穿好衣服，只被施捨別人穿過的衣物。
4. 對待不如侍女。

5. 被迫教人彈琴。
6. 被強迫從事縫紉工作。
7. 絕對不允許與人交際、拋頭露面。
8. 母親的遺物鏡盒等被繼母掠奪。
9. 因繼母的讒言，被父親關在貯藏室內。
10. 不允許與公卿王侯的男子結婚。
11. 被設計要嫁給好色老翁。

這些都是被自大的繼母所陷害設計的實質內容。但遭受虐待的落窪君卻當作是自己的宿命，只是無力地服從繼母的支配，時常感嘆、哭泣，表現出痛苦、寂寞、悲傷、想尋短的情緒。這些虐待情節雖然都是繼女虐待譚的重要前提條件，但在此要先說明的是，落窪君服從於他者的權力支配之下，並沒有想要自力擺脫，也無能力改變現狀，本質是容易受到外界影響的性格。

以現象來說，所謂內發性是指從內部自動行事應對，外發性則是因外在影響而被迫行事進退。若用內發性和外發性的意義來說明人的個性，那麼我們可以先行定義出，內發性便是能自動自發地以內部力量來思考、行動；而外發性便是服從他人的權力或支配，被外來力量所左右。

確定了最基本的定義後，以下將證明落窪君有著服從他人權力支配，被外界力量所左右的外發性性格。

首先，讓我們再度回顧一下落窪君登場時的情節。

> 中納言還有一位女兒，是從前他常交往的一個皇族血統的女子所生。這女兒的生母早已過世。中納言（忠賴）的夫人[7]，究竟是何居心人呢？看待這女兒比自己的婢女還不如，令其住在與正殿[8]僅一柱之隔的一間低窪[9]小房間裡。

落窪君因夫人（繼母）這個外界的權力，從皇族母親的豪邸被趕到密室中。這樣的登場方式，就象徵性、暗示性地展現出落窪君的個性。落窪君服從了繼母這外來的力量，甘願承受著淪落悲劇的命運，亦即象徵著她外發性的性格。

此外，在戀愛譚或出世（麻雀變鳳凰）譚中，落窪君無法以自己的力量行動，所有事都依靠著侍女阿漕，連與少將道賴正式結婚，也是因為阿漕的奔波幫忙下才能成功。而遭受好色老翁侵犯，身陷危機時，也是靠著阿漕夫婦與道賴的救援計畫，才得以獲救脫險。也就是說，若無外界的援助，落窪君實在難以從逆境轉向順境。將落窪君救出後，道賴為了她，以非常具有計畫性、行動力又細心地將繼母痛快又徹底地打敗，並嘲笑落窪君她愚昧的父親中納言，最後還將阿諛奉承的姊妹和好色老翁打入不幸的深淵，如願地完成報復。

再者，就算落窪君察覺到父親中納言的心情因受報復而心痛，她內心經常感到「可憐」與「憂心」的痛苦、憐憫之情，卻也無法阻止道賴的報復行動。但從此處可以看出，落窪君被救出之前沒表現出來的「可憐」、「憂心」別人的共同感受，此時已展現出來，這樣的內心成長也包含在「貴種流離譚」的過程裡。

另外，自從落窪君懷孕之後，被丈夫道賴無比細心地呵護，見了婆婆之後也被大力讚賞，集女性的最大幸福於一身。她想將自己的幸福狀態告訴父親中納言，於是向道賴說出自己的心情：

此刻，不管怎樣，都想要告知父親中納言我現在在這宅邸的情況。父親年事已高，在深夜或黎明隨時都可能發生萬一，若無法見上一面就從此永別，那麼會心感不安的。

7 中納言的正室。大小姐、二小姐、三小姐和四小姐的生母。落窪君的繼母。

8 原文為「寢殿」。平安時代貴族宅邸的主臥室，位於整座宅邸的正中央，多是由屋主居住，有時也會附設小房間作為客房。

9 原文是「落窪」。意指地勢較低的低窪處，女主角「落窪君」的名字便是源於此。也成了書名的由來。

這或許是發自於懷孕中女人的一種想回家的本能，但更可看做是她擔心年老力衰的父親，想照顧父親的報恩心願。但道賴卻回答：「如果妳現在告訴他，就太遺憾了，因為這樣一來就無法懲治那位夫人了。我想要再多懲罰那位夫人一點。此外，我想要更加出人頭地。中納言大人絕對不會突然就過世的。」不但沒有達成落窪君的心願，還是一心一意想著報復落窪君的繼母，並且要強加實行。

終於，原本還沒完結的報復行動，因三條邸的紛爭而停止了。而且道賴晉升為大納言之後，向落窪君承諾的「我想要更加出人頭地」也實現，因此開始對她父親中納言施予恩惠。如此道賴在權勢上有了一百八十度的轉變，決心去完成落窪君想報恩的願望。

單純以報復譚和報恩譚來看，落窪君幾乎是屬於隱藏在背後的操縱角色。這與故事中已設定她為外發性性格的物語手法有很大的關聯。因為雖然落窪君是故事中發生的所有事件的起源，卻也是最終的歸屬點，但每個事件被擴大或解決，全都是藉著他者力量所達到。換句話說，落窪君身處逆境時，在繼母的勢力範圍內毫無抵抗地受到牽制、虐待，並遭遇危機，此時被次要角色們拯救，在道賴的勢力範圍中被保護，她則是一位被動性的女主角。這樣被動地容忍服從，連他者所做的行為結果也一併承受，因此才會引導出他者的同感和行動。如此看來對落窪君而言，自己不做行動，其實是影響他人做出行動的根源。

再者，當落窪君進入順境後，她被丈夫道賴專寵著，而且在不知不覺中，丈夫報復了繼母及父親中納言一家人，又因丈夫得到權勢，老家從父親、繼母包括異母兄弟姊妹都被施予恩惠，落窪君是一位一切都是受到外力影響而非自己作主的女主角。同時擁有這被動、受他人影響的個性，可說是帶有深厚外發性的性格。就因為如此具外發性的女主角，才會令阿漕等守護者們產生「抑強扶弱，以德報德，以罪治罪等為人之自然感情」[10]，才把她從「落窪處所」及貯藏室裡營救出來，讓配角們的行動更加活躍。

四、喪失與再獲得的「貴種流離譚」構造

所謂事件的外發性，絕非是貶低落窪君，反而是身處逆境中，非借助外界力量才能被救出的，落窪君所有的順從、忍耐力、深厚感情與寬大之心等精神上的美德，才能一一被刻畫出來。

例如在落窪君被道賴救出之前，她聽從繼母的話，教導三郎君古箏琴，又日以繼夜地做縫紉工作，亦可看出她是擁有順從心、忍耐力，又具教養的女性。對於因不得已而不能充分服侍主人而哭泣的阿漕，落窪君察覺她的心情並對她說：「妳說什麼傻話，只要我們同住在一個屋簷下，我認為侍奉誰都一樣。何況妳以前穿的那些破舊衣服，現在不是都換新變漂亮了，我反而還為妳感到高興呢。」落窪君態度溫柔、感情深厚的一面更加鮮明地

---

10 藤岡作太郎著《國文學全史 平安朝篇》（東京開成館，一九一〇・八）

映入讀者心中。此外，落窪君在繼母奪去她的所有物鏡盒時，說道：「好，我可以借您用。」她是擁有如此寬大心胸的女性。並且被救出之後，道賴向她父親報仇之際，落窪君因感念父親而心痛，為了繼母與異母姊妹著想的深情、寬大，也展現出她這位女主角身為貴族般誠摯又溫文爾雅的氣質。特別應留意道賴所說的「妳心腸實在是太軟了。妳的性格大概是，即使人家曾對妳做了極度過分的事，妳也從不會記得吧！」可見落窪君的胸襟寬大。也就是說，這種不會長久抱持對他人憎恨報復心態的「心腸太軟」之美德，展現落窪君一貫的性格，塑造出與道賴相配的理想女性印象。

因以上落窪君所擁有的順從、忍耐力、深厚情感、寬大胸襟等內在美德，讓阿漕想與落窪君「相依相憐，形影不離」，貫徹了忠心耿耿守護落窪君的監護人角色。道賴也為其美麗的心所打動，決定一生只守護著她。再者，落窪君愈是遭受苦難的鍛鍊，愈是磨鍊出貴族的教養素質，進而展現出她原本具有的「優良血脈」資質。例如，「彈得一手好的箏琴」是因教導三郎君所得知。「四下無人，她俯身彈箏，技藝純熟，姿態優美。」被阿漕夫婦讚賞不已，進而能邀請道賴來拜訪。除了彈琴之外，結婚後若遭遇悲傷之事，也常與道賴互贈和歌，這也是十分優秀的教養，故能得到道賴的心。特別是裁縫在《落窪物語》中具有功效，是極為重要的才能。因為這項才能，不但是落窪君被迫面臨最大苦難的開端，另一方面也是受到道賴的母親認可，而成為道賴正妻的最實際且重要的因素。此外，裁縫技藝的好壞，更是讓藏人少將離開三小姐的根本原因，並在權帥赴任筑紫的場合中，權帥特別強調不會縫紉的四小姐是最大的困惑。

除以上優點之外，也必須探討關於較不被強調的女君外在美貌。首先，「落窪君的相貌出眾，比起受嬌生慣養的幾個女兒來，有過之而無不及。」作者形容落窪君雖然不具備像《竹取物語》輝夜姬一般光輝崇高的美德，是因為輝夜姬有著不符合現實身分的一面，也不把落窪君當作與擁有神聖性的輝夜姬，或「如玉光輝男子」仲忠（《宇津保物語》男主角）、「光君」（《源氏物語》光源氏）、「光輝日宮」（《源氏物語》的藤壺）等主角們相同層次來形容姿色，僅讓她停留在常人般質樸的現實美貌。這可說《落窪物語》是反映現實的故事之佐證。因此，對於落窪君美麗容貌的形容，僅看得到「秀美容姿（うつくしげ）」、「相當吸引人，美不可言（をかしげ）」、「隨著年紀的增長變得更加美麗，樣子十分出眾」、「覺得她髮絲之美毫不比自己的女兒們及孫女們遜色」、「相貌並不遜色，且讓人覺得美麗」等等較實際的審美表現方式。

也就是落窪君的美麗容貌能以「秀美容姿」、「吸引人，美不可言」這兩個詞語來掌握。那麼這兩個詞語有什麼樣的含意？分析作品中全部用例（共九例）的結果，「秀美容姿」就如同木之下正雄所考察而來的「描述對象的客觀表現，比較接近現代日語的美（美

11 木之下正雄著《平安女流文學的詞彙》（日本文法新書，至文堂，一九六八・十一）

しい），此形容詞本來僅對年幼者使用，但逐漸演變為亦可對成人使用」[11]這樣的含意。另外，「吸引人，美不可言」（共三十三例），也用於讚美對方，具有肯定的含意。因此，就如同「吸引人，美不可言的」所具有的「風流」、「美麗」、「應受喜愛、應受讚賞」等含意。譬如，清水文雄以岡崎義惠的見解為根據，將古代至平安朝中期為止之文獻中所出現過的「をかし」做了以下的分類：

一、感受欣賞：1.舒適。2.具有風情。具有趣味。有趣。3.美麗。心靈被吸引。具有魅力。4.可愛。5.高雅。6.極佳。了不起。優秀。

二、侮弄：不由得輕蔑而笑。

三、滑稽：覺得很有趣而想發笑。

四、奇異：不一樣。奇怪。奇妙。可疑的。[12]

根據這些分類，大概可得知落窪君「をかし：相當吸引人，美不可言」的外在美貌的內容應屬於「一之3」、「一之5」及「一之6」等含意。

五、結語

書中主要靈魂人物落窪君，她一身兼具內在美質、值得讚賞的美貌以及貴族教養和特殊才藝，且倍受肯定，因而觸動周遭的人，終生受到男主角道賴的喜愛，受到侍女阿漕忠誠的愛戴。也因為這些美質，她才得以從悲慘的環境中被拯救到權貴世家的道賴家族中，成為幸福美滿的二條邸的女主人。換句話說，日本的灰姑娘落窪君雖一度喪失「優良血統」的後盾，卻在繼母虐待的艱難辛苦歷練中，逐步恢復她的貴人屬性，並因此貴人特質虜獲道賴的真愛而正式嫁入權貴世家，再度搖身一變復歸「優良血統」本性，才真正成為道賴一族中幸福美滿的女主人。像描寫落窪君這種喪失「優良血統」，經人格特質成長後再獲得的「貴種流離譚」般的故事，雖和同一時代以描寫男性喪失政治重心「京城」後，再復歸權勢中心的《伊勢物語》下東國，或《源氏物語》光源氏須磨流離的「貴種流離譚」故事情節構造異曲同工；但若以作者能寫實地描繪出女性落窪君的內在、精神面「貴種流離譚」這一代繼子受虐記來鑑賞，就不難看出《落窪物語》，已將日本平安時代物語文學的神話色彩，成功地轉化成現實描寫，讓物語文學呈現了另一新貌。

最後想附帶一提的是，此科技部為期兩年的「日本平安朝前期物語文學《落窪物語》譯注計畫」之所以能順利進行，要感謝我曾指導過的學生張孟婷（輔仁大學日本語文學系碩士班畢業，現任台中市立惠文高中日語專任教師），沒有她協助整理資料及幫忙再三校稿，恐怕讀者僅能依賴豐子愷翻譯的《落窪物語》中譯本。豐子愷的《落窪物語》譯本，

---

12 清水文雄〈をかし〉（栗山理一編《日本文學中的美學構造》（雄山閣，一九八二・三）

雖然也有它的價值，翻譯風格也有它的特色，但是經過與原文的比對，發現豐子愷的譯本有諸多遺漏及錯誤。為了忠於原汁原味，個人參考多本日文校注文本及現代日文譯本，歷經兩年多完成了《落窪物語》的中文譯注。個人才疏學淺，竭盡能力完成譯注的《落窪物語》，雖未臻完美，應可讓中文讀者認識到日本的經典灰姑娘故事《落窪物語》，當然更可以欣賞到有別於豐子愷翻譯的《落窪物語》。讀者若能配合《竹取物語》（作者不詳／賴振南譯，聯經出版，二〇〇九）一起閱讀，更能進一步接近日本平安朝前期物語文學的堂奧。

關鍵詞：落窪物語　和歌　物語　貴種流離譚　繼子受虐譚

參考文獻

（日本漢字一律改成國字呈現）

一、譯注依據文本

1. 稻賀敬二 校注《落窪物語》（新潮日本古典集成，新潮社，一九七七）本經典譯注計畫主要依據文本。
2. 三谷榮一、稻賀敬二、三谷邦明 校注譯《落窪物語・堤中納言物語》（新編日本古典文學全集十七卷，小學館，二〇〇〇）本經典譯注計畫主要依據日語現代語翻譯及頭註文本。

二、譯注參考文本及注解

1. 松村誠一、所弘 校注《落窪物語・堤中納言物語》（日本古典全書，朝日新聞社，一九五一）
2. 松尾聰、寺本直彥 校注《落窪物語・堤中納言物語》（日本古典文學大系十三，岩波書店，一九五七）

3. 三谷 栄一 稲賀 敬二 校註譯《落窪物語・堤中納言物語》（日本古典文學全集十，小學館，一九七二）
4. 藤井貞和／稲賀敬二　校注《落窪物語　住吉物語》（新日本古典文學大系十八，岩波書店，一九八九）
5. 柿本獎《落窪物語註釋》（笠間書院，一九九一）
6. 冰室冴子 著《落窪物語 少年少女古典文學館3》（講談社，一九九三）
7. 花村えい子 畫《マンガ日本の古典2　落窪物語》（中央公論社，一九九七）
8. 田邊聖子 著《舞え舞え蝸牛》（文春文庫，一九七九）
9. 田邊聖子　著／岡田　嘉夫　插畫《おちくぼ姫》（平凡社，名作文庫十七，一九七九）
10. 室城秀之 譯注《新版 落窪物語 上・下》（角川ソフィア文庫，二〇〇四）

三、參考中文譯本

1. 豐子愷譯《落窪物語》（人民文學出版社，一九八四）簡體字版
2. 豐子愷譯《落窪物語：姫君の流離》（遠足文化，二〇一二）人民文學出版社簡體字版的正體字版（沒有修訂）。賴振南導讀。

四、歷代重要相關文獻（書籍）

1. 藤岡作太郎著《國文學全史 平安朝篇》（東京開成館，一九一〇）
2. 三谷榮一著《物語史的研究》（有精堂，一九六七）
3. 木之下正雄著《平安女流文學的詞彙》（日本文法新書，至文堂，一九六八）
4. 阿部秋生／秋山虔／今井源衛 校注《源氏物語（五）》（小學館，一九七五）
5. 野口元大 校注《竹取物語》（新潮日本古典集成，新潮社，一九七九）
6. 日本文學研究資料刊行會《平安朝物語》（有精堂，一九八〇）
7. 森岡常夫著《平安朝物語の研究》（風間書房，一九八一）
8. 西村亨著《新考王朝戀詞の研究》（櫻楓社，一九八一）
9. 栗山理一編《日本文學中的美學構造》（雄山閣，一九八二）
10. 早稲田大學平安朝文學研究會編《平安朝文學研究　作家と作品》（岡一男博士頌壽紀念論集，有精堂，一九八三）
11. 秋山虔著《王朝文學史》（東京大學出版會，一九八四）
12. 小島政二郎著《わが古典鑑賞》（筑摩書房，一九八五）
13. 新田孝子著《多武峯少將物語的樣式》（風間書房，一九八七）
14. 栗原裕著《物語の遠近法》（有精堂，一九八八）
15. 島内景二著《源氏物語の話型學》（ぺりかん社，一九八九）

16. 寺田透著《平安時代の物語》（福武書店，一九九〇）
17. 吉海直人著《落窪物語の再検討》（翰林書房，一九九三）
18. 長沼英二著《落窪物語の表現構造》（新典社，一九九四）
19. 賴振南著《平安朝初期物語の研究》（豪峰出版社，一九九五）
20. 秋山虔／三好行雄著《新日本文學史》（文英堂，二〇〇〇）
21. 石川透著《落窪物語の變容》（三彌井書店，二〇〇一）
22. 賴振南著《日本文學の種々相》（尚昂文化，二〇〇四）

五、歷代重要相關文獻（論文）

1. 西下經一〈落窪物語の成立に關する臆説〉（《文學》，岩波書店，一九三三）
2. 所弘〈落窪物語の成立期に就いて〉（《國語と國文學》，至文堂，一九三六）
3. 山岸德平〈落窪物語概説〉（《國文學解釋と鑑賞》，至文堂，一九三七）
4. 鴻巢盛廣〈落窪物語の滑稽〉（《國文學解釋と鑑賞》，至文堂，一九三七）
5. 所弘〈落窪物語の研究史〉（《國文學解釋と鑑賞》，至文堂，一九三七）
6. 塚原鐵雄〈落窪物語の人物とその成立〉（《國語國文》，全國書房，一九五〇）
7. 所弘〈落窪物語証解について〉（《國語と國文學》，至文堂，一九五二）

8. 神作光一〈落窪物語の消息文をめぐっての試論〉（《文學論藻》，東洋大學國語國文學會，一九五七）
9. 長谷章久〈落窪物語における笑い〉（《國文學解釋と教材の研究》，學燈社，一九五九）
10. 野口元大〈落窪物語論おぼえ書〉（《日本文學》，日本文學協會，一九五九）
11. 堀内秀晃〈落窪物語の方法〉（《國語と國文學》，至文堂，一九五九）
12. 若林邦枝〈落窪物語小考—消息文について〉（《女子大國文》，京都女子大學國文學會，一九六一）
13. 野口元大〈落窪の姫君《落窪物語》〉（《國文學》，國文學會，一九六九）
14. 田中新一〈交野少將もどきたる落窪の少將——《落窪物語》の原初構想——〉（《日本文學》二十四巻三號，一九七五）
15. 日向一雅〈落窪物語—現實主義の文學意識〉（《初期物語文學の意識》，笠間書院，一九七九・五）
16. 田中司郎〈《落窪物語》の禁止表現（「な」、「な~そ」について）〉（《國語國文薩摩路》，鹿兒島大學文理學部國文研究室，一九七九）
17. 塚原鐵雄〈插入技法の修辞構文—落窪物語と助動詞—「き」〉（《解釋：國語・國文》，寧樂書房，一九七九）

18. 中井育子〈落窪物語の成立年代〉(《椙山國文學》五，一九八一)
19. 小山利彦〈《落窪物語》の構造──報復譚と出世譚を軸に──〉(《源氏物語を軸とした王朝文學世界の研究》，櫻楓社，一九八二)
20. 金榮華〈中韓灰姑娘故事對口傳文學理論的印證〉(《中外文學》，一九八二)
21. 日向一雅〈「家」と「恥」〉(《源氏物語の主題「家」の遺志と宿世の物語の構造》，櫻楓社，一九八三)
22. 日向一雅〈源氏物語と繼子譚〉(《源氏物語の主題「家」の遺志と宿世の物語の構造》，櫻楓社，一九八三)
23. 《源氏物語をどう読むか─現在から》(《國文學解釋と教材の研究》28巻十六號，一九八三)
24. 林多香子〈《落窪物語》について──一夫一妻制思想の主張──〉(《城南國文》四，一九八四)
25. 《古典文學のキーワード》(《國文學解釋と教材の研究》三十巻十號，1985)
26. 高橋亨〈「落窪」の意味をめぐって──物語テクストの表層と深層〉(《日本文學》三十一巻六號，一九八五)
27. 藤井貞和〈落窪物語──繼母哀しき──〉(《國文學解釋と教材の研究》三十一巻十二號，一九八六)

28. 藤井貞和〈落窪物語—繼母哀しき—〉（《國文學》，國文學會，一九八六）
29. 芥川初美〈《落窪物語》のあこぎ像について—その性格と設定—〉（《昭和學院國語國文》，昭和學院短期大學國語國文學會，一九八七）
30. 三谷邦明〈《落窪物語》—繼子虐め譚あるいはその変容とパロディ〉（《國文學解釋と鑑賞》，至文堂，一九八七）
31. 《特集古典文學基本知識事典　特集古典文學讀書案內》（《國文學解釋と教材の研究》三十三卷十一號，一九八八）
32. 《文藝用語の基礎知識》（《國文學解釋と鑑賞》十一月臨時增刊號，一九八八）
33. 栗林美幸〈《落窪物語》研究——その女性像を中心に物語との関係について〉（《東洋大學短期大學論集日本文學編》二十四號，一九八八）
34. 高橋亨〈前期物語の話型〉（《日本文學》三十五卷五號，一九八九）
35. 山口仲美〈北の方の實在感〉（《新日本古典文學大系月報》五，一九八九）
36. 山口仲美〈落窪物語の會話文——人物造型の方法——〉（《國文》七十二，一九九〇）
37. 《特集　物語　物語論の新しい「課題」》（《國文學解釋と教材の研究》三十五卷一號，一九九〇）

38. 《源氏物語の人びと》（《國文學解釋と教材の研究》三十六卷五號，一九九一）
39. 高橋亨〈「話型」繼子譚の構造〉（《國文學解釋と教材の研究》三十六卷十號，一九九一）
40. 藤井貞和，三谷邦明，室伏信助〈共同討論　物語論の方法〉（《國文學解釋と教材の研究》三十六卷十號，一九九一）
41. 高橋亨〈繼子譚の構造〉（《國文學》，國文學會，一九九一）
42. 田中彌生〈《落窪物語》―人物造型に見る作者の創作意識〉（《山口女子大國文》，山口女子大學國語國文學會，一九九二）
43. 上條かおり〈《落窪物語》の現實性〉（《信大國語教育》，信州大學國語教育學會，一九九二）
44. 星山健〈《落窪物語》における男君の役割〉（《日本文藝論稿》，東北大學文藝談話會，一九九二）
45. 乘岡憲正〈繼子譚文藝の成立――その王朝文學との関わり――〉（《大谷女子大國文》二十二號，一九九二）
46. 長沼英二〈落窪物語の舞台設定〉（《二松學舍大學人文論叢》，二松學舍大學人文學會，一九九三）

47. 古賀貴子〈落窪物語——あこき考——〉（《九州大谷國文》二十二號，一九九三）
48. 神尾暢子〈落窪女君の北方報復〉（《學大國文》，大阪學藝大學國語國文學研究室，一九九四）
49. 石原昭平〈《落窪物語》—徳孝と「さいはひ」を語る—〉（《國文學解釋と鑑賞》五十九卷三號，一九九四）
50. 石原昭平〈《落窪物語》—徳孝と「さいはひ」を語る—〉（《國文學解釋と鑑賞》，至文堂，一九九四）
51. 星山健〈《落窪物語》における脇役達〉（《解釋》，寧樂書房，一九九五）
52. 長沼英二〈落窪物語の越前守像—三條邸事件と賊盜律—〉（《解釋》，寧樂書房，一九九五）
53. 三浦俊介〈《二十四孝》—董永譚を中心に—〉（《國文學解釋と鑑賞》，至文堂，一九九六）
54. 山藤美恵子〈シンデレラ物語（繼子ぱなし）——構造分析的解釋による試み——〉（《大谷大學文化學科紀要》五號，一九九八）
55. 富田成美〈《鉢かづき》の母子像——「鉢」に見る「絆」——〉（《日本文學》四十七卷九號，一九九八）

56. 柳川朋子〈《落窪物語》の研究—道頼の人物像を軸に〉（《學習院大學國語國文學會誌》，學習院大學文學部國語國文學會，一九九九）
57. 小嶋菜溫子〈生誕・裳着・結婚・算賀—《竹取》《落窪》から《源氏》へ—〉（《源氏物語研究集成》，風間書房，二〇〇一）
58. 神尾暢子〈落窪女君の會話表現—被害者から加害者へ〉（《學大國文》，大阪學藝大學國語國文學研究室，二〇〇一）
59. 神尾暢子〈落窪女君の笑　行動—虐待の攻擊と笑咲攻擊〉（《日本アジア言語文化研究》，大阪教育大學教養學科日本・アジア言語文化コース，二〇〇一）
60. 大澤顯浩〈明代出版文化中的「二十四孝」—論孝子形象的建立與發展〉（《明代研究通訊》二〇〇二）
61. 陳麗娜〈論二十四孝中的後母〉（《美和技術學院學報》二〇〇三）
62. 鈴木麻里子〈《落窪物語》・現實への志向—衣の記述を視座として〉（《詞林》，大阪大學古代中世文學研究會，二〇〇三）
63. 畑恵里子〈落窪の君の縫製行為〉（《日本文學》，日本文學協會，二〇〇三）
64. 畑恵里子〈落窪の君の試練—典薬助事件をめぐって〉（《名古屋大學國語國文學》，名古屋大學國語國文學會，二〇〇三）
65. 本宮洋幸〈《落窪物語》の「北の方」呼称—繼母と繼子における対照的機能〉

（《京都教育大學國文學會誌》，京都教育大學國文學會，二〇〇五）
66. 畑恵里子〈落窪の君を臭気と通過儀礼〉（《日本文學》，日本文學協會，二〇〇五）
67. 音無幸子〈面白の駒に関する五つの考察〉（《國語と教育》，大阪教育大學國語教育學會，二〇〇五）
68. 神尾暢子〈落窪女君の自己執着—「あはれ」と「をかし」を視点として〉（《日本アジア言語文化研究》，大阪教育大學教養學科日本・アジア言語文化コース，二〇〇五）
69. 三木雅博〈「繼子いじめ」の物語と中國文學—《うつほ》忠こそ・落窪・住吉の成立を考えるために〉（《國文學解釋と教材の研究》，學燈社，二〇〇五）
70. 室城秀之〈地券のゆくえ—《落窪物語》の會話文〉（《國語と國文學》，至文堂，二〇〇五・五）
71. 松本奈々繪〈《落窪物語》における道頼の役割—報復・報恩活動を中心に〉（《國文橘》，京都橘女子大學國文學會，二〇〇六）頁一〇七

六、網路資料

1. 落窪物語〈綾鈴堂〉http：//suzu.cside.com/ayasuzudo/

2. 落窪物語http://www.geocities.co.jp/Bookend-Shikibu/2806/

3. 小學館新編古典文學全集落窪物語語彙検索http://www.genji.co.jp/ochikubo-srch.php

卷一

一

距今而言，這已是往昔的事了[1]。有位官拜中納言[2]的官人，膝下有多位女兒。大小姐和二小姐，都已招進女婿，分別居住在舒適的東、西廂房。三小姐和四小姐也年屆成人，便為她們辦了成人著裳禮[3]（笄禮），照顧得無微不至。此外，中納言還有一位女兒，是從前他常交往的一位皇族血統的女子所生。這女兒的生母因早已過世，便接到中納言府邸扶養。中納言（忠賴）的夫人[4]，究竟是何心性之人？看待這女兒比自己的婢女還不如，令其住在與正殿[5]僅一柱之隔的一間低窪[6]小房間裡。對於這女兒，繼母不准家裡所有人稱她「姬君」，更不能喊她「小姐」。不過若要像侍女一樣直呼其名，又得顧慮到老爺的面子和想法，畢竟還是不妥當。於是夫人就命令家中的人，稱她為「落窪君」。所以侍女們也都那樣稱呼她。老爺中納言，似乎從小對這個女兒就感情淡薄，一向漠不關心，只能任憑夫人為所欲為對她百般欺壓，不合情理的待遇層出不窮。落窪君既沒可依靠的親人，連奶媽也沒有，只有她母親生前使喚的一位名叫「後見」[7]的能幹小丫鬟現在還服侍著她，二人相依相憐，形影不離。事實上，落窪君的相貌出眾，比起受嬌生慣養的幾個女兒來，有過之而無不及。但因無法與外界接觸，所以世人都不知道她的存在。

二

當落窪君日漸感知人情世故，想起人世盡是煩惱苦悶，便隨口吟出這樣一首悲傷和歌：

日月推移命消沉，內心苦痛日增深，
如此憂患人間世，何處吾人能安身。

1 在《竹取物語》、《平中物語》、《今昔物語集》等物語故事中常被使用的開頭慣用語。將「今」視為物語故事敘述者和聽故事者共存的時空，而「今昔」並存則一般解釋成「距今而言，這已是往昔的事了」。不過，也有將「今」視為過去某段時間，而物語故事敘述者則置身於那一「某段時間」，取其「那是從前的事了」的說法。通常故事末了會以「以……相傳不息」來結尾。

2 中納言是太政官的次官，不屬於律令官制的令外之官。官階為四位，負責上奏及下宣，以及與各大臣議論政務。這位中納言就是女主角「落窪君」的父親源忠賴。

3 「裳」是成人女子的正式服裝。讓女子著裳的儀式也是成人禮之一。通常與「結髻而笄」之禮儀同時舉行。原文為「裳着せ」。平安時代的女性會在十二或十三歲時舉辦此種儀式，象徵成年，並獲得結婚的資格。

4 中納言的正室。大小姐、二小姐、三小姐和四小姐的生母。落窪君的繼母。

5 原文為「寢殿」。平安時代貴族宅邸的主臥室，位於整座宅邸的正中央，多是由屋主居住，有時也會附設小房間作為客房。

6 原文是「落窪」。意指地勢較低的低窪處，女主角「落窪君」的名字便是源於此。也成了書名的由來。

7 原文是「後見」。小丫鬟的童名。不久之後繼母將她改名為「阿漕」。「後見」這個字在日文中意指「輔佐者」或「保護者」，這個名字與這名侍女在故事中扮演的角色，可謂是名符其實。

顯然落窪君已深深體會到人世間辛酸滋味了。天資聰穎的落窪君，若有人能教她箏琴類樂器[8]，定能學得更好，但有誰能教她呢？只有落窪君六、七歲時，母親大人曾略有教導，便彈得一手好箏琴。夫人親生子三少爺約莫十歲，也對彈琴有興趣，於是夫人就吩咐落窪君說：「妳教教這孩子彈琴。」她遵命常常教他。

三

落窪君經常閒來就練習女紅，針線手藝精巧。夫人又對她說：「妳倒是還滿能幹的嘛！相貌不出色的人，好好學些實用的手藝還不錯。」便把兩個女婿的衣服都收集來叫她裁縫，不給她一點空閒。因此原本不太忙碌的落窪君，現在甚至連晚上都不得睡覺，忙著連夜趕工縫製衣服。有時做得稍慢一點，就會招來夫人責罵：「叫妳做這一點小事便不耐煩，那妳還能做什麼呢？」落窪君抱屈只能暗自怨嘆：「若世上有能讓我一死了之的方法該有多好啊！」

夫人為三小姐辦過成人著裳禮後，馬上要將她嫁給藏人少將[9]，於是更加照顧得無微不至。這一來落窪君的工作，只有愈加忙碌，愈加辛苦了。大概是在這家裡服侍的人，大多數是年輕貌美的姑娘的緣故吧，鮮少有人願意從事那些實用的裁縫[10]工作，往往都欺負落窪君，經常將針線活推給她做。她只能無奈地接受，含淚縫紉間信口吟詠出：

世間生活屢泣淚，憂苦纏身心難慰，
心繫如何離人間，卻與願違身傷累。

四

後見小丫鬟一頭長髮，貌美有氣度，夫人無視後見的心情，一味地派她去服侍三小姐。後見十分不情願，非常悲傷地對落窪君哭著說：「我只想侍奉小姐您，以前親戚家要來接我去別人家幫忙，我都不願離去了，為何緣故，事到如今夫人卻要我去服侍其他主人呢。」落窪君對後見說道：「妳說什麼傻話，只要我們同住在一個屋簷下，我認為侍奉誰都一樣。何況妳以前穿的那些破舊衣服，現在不是都換新變漂亮了，我反而還為妳到高興

8 指的是中國的七弦古琴。平安時代的人認為弦樂器比吹奏樂器高尚，因此會將琴藝作為評判一個人的標準。在《落窪物語》第一卷中，後見的男友帶刀也因為落窪君的琴藝，而對落窪君多有好評。

9 藏人少將意指此角色在藏人所任職，並兼任近衛少將一職。「所」為平安時代的政府機構，原本只負責保管朝廷文書與器具，後來進一步主管詔令的發布、過年過節舉辦的慶典……宮中事務。「近衛」則是負責宮中警備與擔任侍衛的官職名，官階為四位。

10 平安時代的人認為裁縫是下等人的工作，因此作者將之做為繼母虐待落窪君的一種手段。平安時代雖然也有貴族女性以裁縫的才能而聞名，但這並不是說她們的手藝很好，而是指她們手下有一群精於縫紉的下人。作者在故事裡，對平安時代女性輕蔑裁縫這項才藝的狀況多有批判。

呢。」後見對落窪君善解人意的態度感到十分敬佩，因此一想到平時慣於照顧的落窪君，今後將獨自一人無助且寂寞難過的樣子，就感到非常心痛。後見雖然改去服侍三小姐，但仍時常去窩在落窪君房間，因而常遭到夫人嚴厲責罵。夫人還會生氣地說：「落窪君到現在竟然還膽敢使喚這個丫頭。」使得落窪君和後見兩人無法悠閒地談話。甚至夫人還說「後見」這個名字不適當，就將她改名為「阿漕」。

五

其間，藏人少將有個機靈幹練的貼身隨從，叫做「小帶刀」[11]。他心儀這位阿漕，長年以情書傳達思慕深情，最後兩人終於結婚，共營夫妻生活，兩人間毫無隔閡，無話不談。有一次閒聊之餘，阿漕向小帶刀提及自己所服侍的落窪君的事情，描述夫人是個如何壞心眼的人，又如何虐待落窪君讓她身處可憐環境，另外也形容了落窪君性情溫和，相貌美麗的情形。說著阿漕便流下眼淚嘆道：「真希望有個不錯的對象能來把小姐偷娶走，現在的情境真叫人惋惜啊！」就這樣早晚為落窪君煩惱。

六

這位帶刀侍衛的母親，是左近衛大將的兒子——右近少將[12]的奶媽。少將是喝這奶媽的奶長大的。由於少將尚未娶妻，時常差人打聽貴族人家未出嫁姑娘的消息。有一回，聽到帶刀談論起落窪君的事，少將便惦記在心上，等到四下無人之際，才向帶刀打聽詳情。少將聽了之後說：「真可憐！那位小姐內心一定很痛苦吧。她畢竟是位擁有皇族血脈的人呀！想辦法讓我與她悄悄會個面吧。」帶刀答說：「照目前情況看來，小姐恐怕沒心思顧及結婚一事。日後，我再找機會將您現在的心意轉告給她。」少將接著說：「無論如何，你先引導我進去她的房間。何況她不是住在距父母較偏離的房間嗎？」帶刀於是把這事情的原委告訴了阿漕，阿漕冷淡地答說：「小姐目前大概沒有半點這種心思。何況，我還聽說那位少將是一位風流多情之士呢。」聽來阿漕不肯幫忙，帶刀就不太高興地說：「那好吧，以後再說吧。」由於夫人賞賜了一間兩大房的廂房給阿漕夫妻住，緊鄰三小姐房間隔壁，阿漕認為這樣與身分不符，恐怕對三小姐會有不敬之處，於是阿漕就仿照落窪君的房間，將它改造成地板低窪的房間來生活起居。

---

11 平安時代的官名，隨侍皇族身邊的侍衛，為防備突發事件，因此朝廷特許這些侍衛帶刀隨侍皇族。這位帶刀的名字叫「惟成」，和阿漕是此物語的重要男女配角。

12 此物語的男主角，名為「道賴」，日後飛黃騰達，官位高達太政大臣。右近少將是右近衛府的次級長官，相當於正五位下的官職。

七

大約是八月初一那天，落窪君獨自睡臥在床上，但輾轉反側，無法入眠，不禁嘆道：「母親大人啊！來接我和您一起去吧。女兒好痛苦啊！」又獨自吟和歌道：

慈母在天若有應，垂憐小女賜恩情，
返世攜兒共往天，如此方能離憂境。

落窪君雖獨吟抒懷，卻也徒勞。

翌日早晨，阿漕與落窪君談話之間，說道：「我的夫君對我提起這樣一件事，不知小姐意下如何？長此以往，小姐這輩子怎麼過下去啊！」落窪君不做回答。正當阿漕困惑之時，因為傳來上面吩咐的叫喊聲：「快給三小姐打梳洗水！」只好起身離開了。落窪君在內心深處想著：「不管今後會怎樣，我知道應該不會有好事發生在我身上，因為母親已不在世，我是個不幸的人，真希望能一死了之啊！」落窪君認為，即便出家為尼，想必也離開不了這個家，一心期盼著有好方法能一死了之。

八

帶刀來到左大將府邸，少將問：「那件事辦得如何了？」帶刀答：「我已經照實傳達了，但阿漕說小姐毫無心思。看來事情還真的有得等呢。這等婚姻大事，要是雙親都健在的話，想必很著急，但是那家的老爺對夫人言聽計從，一點都不替落窪君的婚事著想。」少將接著說：「所以我不是早跟你說過嘛，你就引導我進去她的房間吧。說實在的，要做他們家的女婿，我還覺得百般不願又沒面子。不過，如果我看了這姑娘還覺得姿色美麗，就將她迎接到我家來。如果不合我的意，就以『外界誹聞謠傳甚囂』來搪塞，之後不去不就沒事了。」帶刀回應道：「看來還是等公子您在那事上下定決心後，我再幫您轉達吧。」少將說道：「應該要先看到人才能做決定吧。沒確認清楚，要我如何決定呢？總之你給我好好辦事，我是不會輕易隨便置之不理的。」帶刀馬上回答道：「『輕易隨便』，真是靠不住的言論啊！」少將也笑道：「剛才我本來想說『長久難忘』，一時口誤，說錯了呀。」少將一邊笑著一邊取出一封信說：「將此信轉交給那位小姐。」帶刀不太情願地接下少將交付的信。帶刀回去後便對阿漕說：「這是給小姐的書信。」並將信交給她。阿漕說：「唉呀！真傷腦筋。你這到底要幹什麼呢？這等無聊的事，還是不要告訴她吧。」帶刀接著說：「不，還是請小姐寫封回信比較好，這對她絕對不會有壞處的。」於是阿漕便接過信前去落窪君房間。阿漕向落窪君報告說：「這是之前向您提過的那位公子寫給您的信。」落窪君說道：「這是怎麼一回事？要是被夫人知道了，應該不會被允許的。」阿漕接著說：「反正夫人從來就沒說過好話，您就不用太顧慮夫人的想法。」阿漕雖然這麼說，但落窪君已不做任何回答。於是阿漕點起燭燈[13]，看起信來，信上只寫了這首和歌：

僅聞芳名存世間，戀眷早生心裡面，
素昧謀面至今日，愛戀悶煩心難掩。

「寫得真是一手好字啊！」阿漕雖自言自語稱讚著，但落窪君的樣子似乎一點興趣都沒有，於是阿漕便將信捲好，放入梳妝箱後便離去了。帶刀見阿漕回來，就問：「如何啊？小姐看過信了嗎？」阿漕說：「沒有，小姐看也沒看，更不用說寫回信了。所以我只能擱下信就離開了。」帶刀聽了之後說：「唉呀！真是的。明明會比她現在的處境來得好，而且，對我們來說也比較有利。」阿漕答說：「總之，如果少將的心意值得信賴的話，我家小姐哪有不回信的道理呢。」

九

隔天早晨，落窪君的父親中納言於前往茅房[14]途中，順道往落窪君的房中窺探了一下，看她身穿的服裝相當簡陋，然而她長髮垂肩的秀美容姿，令中納言心生憐憫之意，於是對她說：「我只專注於仍須照顧的其他孩子，而無暇注意到妳的現況。如果妳自己有什麼好的打算，就依照妳的意思去做吧。妳這個樣子實在令人於心不忍啊！」聽完父親這番話，落窪君因為難為情，連問候也說不出口。中納言回房後，就對夫人說：「我剛到落窪那兒探了一下，看她似乎很窘困。身上只穿著白色的秋服[15]。其他女兒不是有穿舊了的衣服，給她幾件吧。夜裡不是還滿寒冷的嗎？」夫人答說：「我經常拿衣服給她穿，難不成都被她扔掉了？她一向都穿不久就不穿了。」聽夫人這麼一說，中納言接著說：「唉！真是傷腦筋啊！大概是因為她娘早逝，心性變古怪了吧。」

夫人來到落窪君的地方，命她為自己的女婿藏人少將縫製正式的外褲裙[16]，說道：「這件外褲裙千萬要縫得比以前仔細才好，縫得好的話，就獎賞妳一些衣服吧。」落窪君聽了夫人這番話，感到欣喜萬分。

由於落窪君迅速且精美地將衣物縫製好了，夫人內心感到十分滿意，便將自己穿過的老舊綾羅棉襖[17]送給落窪君穿。適逢季節交替冷風日愈增強，落窪君原本擔心日後寒冷日子怎麼過，為此她感到些許高興，會這麼想或許是因為她的心性過於卑屈的緣故吧。

這位女婿藏人少將個性耿直、好惡分明，有什麼就說什麼，壞事會痛批，好事不吝讚賞。他看到這件外褲裙，便讚美道：「這件衣服縫製得相當出色，手藝真巧緻。」侍女們把這話如實地告訴了夫人，夫人忙說：「安靜點！這些話可不能給落窪聽見，不然她會得

13 平安時代的攜帶型照明工具。中心是長五十公分、寬一公分的燈檯，外圍則用紙將火把圍起來。
14 原文為「樋殿」。平安時代的宅邸中，並沒有固定的廁所，而是會找一個地方擺放馬桶與夜壺作為廁所。
15 原文為「袷」。縫有內裡的和服，早春或秋季時的穿著。
16 著正式服裝時，穿在外面的褲裙，顏色為外白內紅。
17 防寒用的棉襖。

意忘形。像她那種人，讓她低聲下氣一點比較好。這也是為她著想，才能受人重視和疼愛。」同情落窪君的侍女們私下說：「夫人說得實在太過分了，明明是這麼惹人憐的小姐。」

十

另一方面，少將道賴既已初試求愛心意，便再度書寫情書給落窪君，插上芒草花的信中有一首和歌：

寄情出穗芒草花，只願相逢訴情話，
花色能否獲君納，心盼輕風吹我家。

但落窪君並沒有回信。

在一個秋雨霏霏的日子裡，少將又寫了一封信：「妳和我以前所聽聞的那位不同，是一個不通人情的人。」並附上一首情歌：

終日愁雲無閒暇，秋季時雨綿綿下，
恰似吾人思戀意，心如烏雲黑壓壓。

落窪君仍然沒有回信。少將不放棄，又寄上一首和歌：

牛郎織女會雲空，鵲橋橫亙天河中，
願能試踩相與會，踏橋虛渡何日終。

少將雖非每日如此寄送情書，卻也不曾間斷，然而落窪君始終不回半個字。於是少將問帶刀說：「那位小姐是不是一位很矜持，又不曾收過情書的人，所以才不懂怎麼回信吧。明明耳聞她善解人情，但為何隻字片語都不回呢？」帶刀回答少將說：「我也不清楚。但聽說夫人的心腸十分狠毒，如果稍微做出夫人所不允許的事，將會受到嚴厲的處罰。因此我推想小姐或許一直畏懼此事才不敢回信吧。」於是少將進一步要求帶刀說：「你就偷偷地領我去那位小姐的住處。」帶刀大概難以拒絕這位少主人，只好回說：「我盡量找找適當的時機吧。」這樣過了十幾天，少將也沒再寄贈書信，但突然又心血來潮，抒發心情給落窪君寫道：

「這些日子來，

傳文送信不得音，戀田春水日漸侵，

何不就此斷情筆，免得紙墨漂池濱。

我想壓抑自己的思慕之情，但實在是按耐不住，這才又捎信息給妳。我自己都覺得自己很沒用。」

帶刀拿這封信去找阿漕，對她說：「這次務必請小姐給我家少將回個信，他不斷地怪罪我辦事不力呢。」阿漕答說：「小姐說還不知道回信如何寫法，似乎還為此感到十分苦惱呢。」雖然阿漕將信帶去給落窪君看了，然而適逢二小姐的夫婿右中弁[18]突然必須出門上朝，得急忙趕製外袍子[19]的時候，所以落窪君仍然沒有回信。

十一

少將心想：「她真的連如何回信都不知道嗎？」但他也經常聽帶刀說落窪君的心性十分深思熟慮，或許這樣的氣質，反而不回信正合乎落窪君的個性吧。雖然少將不斷催促帶刀快點找機會帶他去，然而中納言府中卻因另有一對姊妹住著，出入人多而十分忙亂，因此帶刀得不到落窪君寫回信的好時機，為此感到十分煩惱。不料過沒幾天，聽說中納言為了還以前所許的願，要前往石山寺[20]進香拜佛，侍女們也都希望能隨同前往，中納言也一一答應帶大家一起去，就連那些老侍女都以無法同行為恥，也都要去寺廟參拜，唯獨落窪君沒被算進參拜行列中。為此一名叫做「弁君」的侍女便對夫人說道：「也帶落窪君一起去吧。她孤零零地獨自留在府中，實在可憐。」夫人卻說：「別說了，那女孩何時曾外出過？難不成旅途中還需要縫製衣物嗎？還是不能讓她出門，把她關在府裡比較好。」夫人完全沒想過要帶落窪君去，所以根本不會答應。阿漕身為服侍三小姐的侍女，夫人讓她裝扮孩子氣一點，準備帶她一同前去，不過阿漕想到自己的主人落窪君一人留在家裡，太可憐了，便對夫人說：「我突然月事[21]來了，希望留在府中。」夫人怒斥道：「恐怕不是那樣吧。妳是因為擔心落窪君一個人留下來，才這麼說的吧。」阿漕馬上說：「我是真的很難過，如果不潔淨的月事不要緊，又不管怎麼樣都要我陪同前往的話，我就去吧。這樣快樂的旅行，有誰不願意去呢！連那些老婆子都想跟去，何況是我？」大概夫人也覺得有理，便叫另一個身分較低的侍女更換衣服陪三小姐去，將阿漕留在府中。

18 平安時代設有「太政官」（政治）與「神祇官」（宗教）兩種政府機構。右中弁則是太政官體系下的直屬機構「弁官」的一員，官階為五位。「弁官」分為左右弁官，分別執掌不同的政府機構，左弁官負責管理中務省（製作詔書）、式部省（文官的人事）、治部省（外交與身分管理）、民部省（戶籍管理與稅收），右弁官則是執掌兵部省（武官的人事）、刑部省（法務）、大藏省（國家財政）、宮內省（宮中事務）。

19 官員上朝時所著正裝的上衣，顏色依官階而不同。

20 真言宗的石光山石山寺，位於日本大津市，主要供奉如意輪觀音，觀音信仰在平安時代非常流行。

21 平安時代的人認為月經是汙穢之事，因此女性在月經來的時候，被禁止參拜神佛。

十二

當中納言家一行人浩浩蕩蕩地出發後，府裡便安靜了下來，雖然顯得有些寂寥，反而讓阿漕與落窪君能悠閒地談話。這時，帶刀派人來給阿漕傳話：「我聽說妳沒有與中納言家一行人同行是真的嗎？那我就過去找妳吧。」阿漕便讓使者帶以下的話給帶刀：「小姐因為身體不怎麼好留了下來，因此我怎能跟去啊？現在我們確實很無聊，你就來幫我們解解悶吧。上回你說起的那些圖畫，務必順便帶過來喔。」阿漕之所以這麼說，是因為帶刀曾提起：「進宮當了女御[22]的少將妹妹那裡，擁有很多圖畫，如果少將能和落窪君交往，落窪君應該也可以欣賞到那些圖畫吧。」帶刀收到信後，立刻獻給少將看，於是少將說：「這就是惟成[23]你妻子的筆跡啊，寫得真是出色又漂亮。這次是個難得機會，快去準備，讓我順利潛入到小姐身邊。」帶刀接著說：「那麼，請賜借一幅畫吧。」少將回道：「之前不是說好了嘛，等事情圓滿成功時才給圖畫看。」帶刀急忙說：「現在正是那成功的好時機呀。」少將笑著回到他自己房間，在白紙上畫了一個口啣著小指，抿著嘴的男子模樣，然後寫道：「您說要看畫，可是——

汝情冷淡不領情，思慕情深吾心境，

心懷苦悶無笑顏，難能筆畫供眼與。

是不是有些幼稚？」

帶刀將書信帶走，正要出門時找上他母親說：「快幫我準備一袋[24]可口的點心，我馬上差人來拿。」吩咐好就出去了。

帶刀來到中納言的府邸，喚出阿漕。阿漕一見人就問：「在哪兒，畫呢？」帶刀說：「看這個，將這封信拿給小姐看吧。」阿漕說：「唉！不是說要給畫看的嗎？原來是騙人的啊。」阿漕雖然這麼說，但還是接過信，進到落窪君房裡去了。落窪君正感到無聊，便將信看了，然後問阿漕說：「妳向人家提過畫的事了嗎？」阿漕回說：「我是曾經寫信跟帶刀說過，大概是少將大人看過信了吧。」於是落窪君心中對阿漕的多事感到不快，便說：「真丟人啊！我一定被視為一個沒有常識的女人了。像我這種無緣見世面的人，最好什麼都不懂比較好。」

由於帶刀喚著阿漕，阿漕便離開落窪君身邊。阿漕閒聊問，帶刀若無其事地打探府內狀況：「現在有誰和誰留在府裡？」又說：「這裡太寂寞了，我差人到我老母府裡拿些點心過來吧。」於是吩咐手下：「去找我母親，請她隨便給些現成的東西。」不久，派去的

---

22 女御：隨侍天皇寢所，地位僅次於皇后、中宮的嬪妃。
23 帶刀的本名。
24 原文為「餌袋」。原本是貴族驅使老鷹狩獵時，放老鷹飼料與獵物的袋子。後來也會拿來放便當之類的東西。

手下帶回兩袋東西，其中一袋裝著外型漂亮的訂做點心，另一個較大的袋子裡則放著各種甜點，以及各式的糕點，顏色有深有淺，另外還用紙隔著，旁邊擺著烤飯糰。袋中有一封信寫道：「在我們家裡，這些烤飯糰是不足取又不堪入口的食物，將這些東西帶到你拜訪的府邸，大概更丟人吧。阿漕小姐看在眼裡會怎麼想呢，真是很不好意思。所以請將這些烤飯糰給那個名叫阿露[25]的小丫鬟吃吧。」帶刀的母親考慮到中納言府邸冷清的樣子，也想做些什麼向阿漕示好，才多裝了一些烤飯糰進去的。阿漕看了，皺著眉頭不高興地說：「啊，真奇怪！都是些方便食用的點心。怪了，這是你使出來的把戲吧？」帶刀笑著說：「我不知道。我怎麼會做出這種不像樣的事來呢？應該是我家老娘好管閒事吧。阿露！把這些拿去處理一下吧。」說罷，便將烤飯糰送給阿露了。然後兩人便鑽進床榻，互相聊著彼此主人所懷抱的心意。兩人認為：「今晚下著雨，少將應該不會來吧。」便放心地睡了。

十三

落窪君因為四下無人，便俯身彈箏，她技藝純熟，姿態優美。帶刀聽了感動地說：「真厲害！小姐原來這麼技藝高超啊！」阿漕答說：「對呀。是小姐已過世的母親大人，從她六歲起就開始教了。」就在阿漕說話的時候，少將已悄悄潛入府內。他派人來找帶刀，傳話說：「有話跟你說，出來一下。」帶刀獲報後，心想：「少將還是過來了啊！」

心中雖有些慌亂，但還是回傳話的人說：「我馬上過去。」於是就出去了，因此阿漕也前去落窪君跟前。

少將道：「怎麼樣？下這麼大的雨，我還是來了，可別讓我無功而返喔！」帶刀回說：「怎麼突然就過來了呢，早一點先聯絡我不就得了嗎。現在我不知道小姐心情怎樣，要我從中牽線，實在有點強人所難。」少將拍了拍帶刀的背說：「你也未免太過於認真了。」帶刀說：「總之，先下車吧。」便帶少將一同進到府邸內。帶刀吩咐車夫，明天天沒亮的時候來接少爺，便打發車子回去了。帶刀在阿漕的房門前暫時駐足，並向少爺報告接下來的安排。還說：「現在正是家中人少的時候，可以安心行事。」少將道：「先讓我偷窺一下小姐吧。」帶刀答說：「請等一下。萬一剛好被您看到最醜陋的地方，那就壞事了。有可能像舊小說中的『禁忌姑娘』[26]那樣噢！」少將笑著道：「到時我就像故事裡那樣，連斗笠都來不及戴，只能用衣袖遮著臉落荒而逃了。」

25 阿漕底下的小丫鬟。

26 原文為「物忌姬君」，平安時代物語小說中的女主角，但該物語現代已經散佚。古代在兇日或遇到不祥之事時，人們必須待在家中或淨身，這便是「物忌」。從《落窪物語》的敘述看起來，「物忌姬君」應該是個醜女，並且故事裡有在少將後頭所敘述的場面出現。「物忌姬君」雖然內容已經散佚，但在許多平安時代的作品中都有此書的蹤跡。

十四

帶刀引領少將走進落窪君房間格子窗外的長廊內，因為擔心被守衛發現，帶刀自己也暫時躲在簾子外廊上看守著。少將透過格子窗往屋內一窺視，只見房內僅點著一盞幽暗的殘燭，因為屋內沒有帷簾和屏風，所以能看得一清二楚。少將心想：「面朝這裡坐著的應該是阿漕吧。」她的容貌和髮型很漂亮，身著白色單衣[27]外罩著一件有光澤的紅單衫[28]。倚靠在阿漕身邊而低著頭的女子應該就是那位小姐了。她穿著一件顯得破舊的白色單衣，上面套著一件紅色的棉襖衫，衣長垂過腰下。因為她側著臉，少將無法看清落窪君的面貌，但髮型以及髮絲垂披的樣子，相當吸引人，美不可言。少將看到一半，燈火熄滅了。少將雖然內心感到很可惜，不過終究還是看到了她那美麗的身影。「哎呀！好暗啊！妳不是說有客人來訪嗎？快去陪人家。」落窪君說話的聲音非常優雅。阿漕回說：「帶刀前去與客人見面了，這空檔就讓我待在您這裡吧。府裡大致上已沒人在，我怕您一個人獨處會害怕。」落窪君回答道：「別這麼說，妳快去吧。我早就習慣了，並不害怕，我沒關係的。」

十五

見少將出來，帶刀說：「如何？要我送您回去嗎？您那頂斗笠呢？」少將笑道：「你只想著要跟老婆在一起，就急著趕我走啊。」雖然少將心中想著：「小姐的衣服十分破舊，要是我就這樣拜訪她，她一定會覺得很難堪吧。」嘴上卻還是說：「你快點叫出你的妻子，帶她去睡吧。」帶刀便去阿漕的房間，找阿露這小丫鬟去叫阿漕回來。然而阿漕卻說：「我今晚要留在小姐這兒，你趕快回值班哨所去吧。」帶刀再傳話：「去把客人現在所說的內容告訴她，請她出來一下。」「真煩吶！到底有什麼事啦？」阿漕說完便拉開拉門走了出來，帶刀趕緊抱住阿漕，對她說：「因為客人說『看似會下雨的夜晚，可別孤單入眠。』我才叫妳出來的。」阿漕笑著說：「你看你，這不是沒什麼事嘛。」不過帶刀還是硬拉著阿漕回房去睡了，而且還一語不發地故作熟睡不醒的樣子。

十六

阿漕離開後，留下落窪君一人仍然睡不著，於是俯臥著彈弄起箏琴來，還信口獨自吟詠出：

塵世人情皆無望，前程黯淡辛飽嘗，
求岩覓洞為藏身，安居深山將憂忘。

---

27 沒有縫製內裡的和服。
28 穿在裡面內襯的單薄衣物。

少將見落窪君一時不會立刻入睡的樣子，心想：「除自己外，四下無人。」便用木條巧妙地將格子門旋轉開，再一推就爬進落窪君房裡，落窪君一見有人進來，驚恐萬分，正想起身之際，少將卻一個閃身靠近，將落窪君抱在懷裡。阿漕聽到格子窗被掀開的聲音，十分驚訝，心想不知發生什麼事，正要起身時，帶刀卻百般阻撓不讓她起來。阿漕就說：「你為什麼阻止我，明明聽見格子窗被打開的聲音，我得過去看看情況才行。」帶刀打迷糊仗說：「大概是狗吧，不，肯定是老鼠，別大驚小怪好嗎？」阿漕又說：「你說這是怎麼一回事啊！你好像知道其中有什麼隱情，才會這麼說的吧。」帶刀說：「我會有什麼隱情呢？沒事，快睡吧。」抱著阿漕便躺下。「天啊，急死人了！唉呀，我真窩囊！」阿漕雖然替落窪君感到可憐，又很生氣，然而卻被帶刀緊緊抱著無法動彈，所以一點辦法都沒有。少將邊抱著落窪君，邊寬衣解帶就躺下來休息了。落窪君又驚又懼，渾身發抖，嚶嚶啜泣。少將安慰道：「我知道妳悲嘆世間盡是憂苦，讓我來向妳表示男女間情愛感人之處吧。我特地來是想替妳尋找一處不聞世間苦憂的巖窟住所的。」落窪君心中比起苦思眼前之人的身分，反而較在意自己穿著衣物的破舊，尤其是褲裙粗鄙的程度，更讓她羞愧得無地自容。由於落窪君過度傷心哭得厲害，少將見此情景，反覺得麻煩，就不想再安慰落窪君，乾脆不發一語地只抱著落窪君睡臥著。

十七

阿漕的寢室就在落窪君的房間附近，因此她隱隱能聽到落窪君啜泣的聲音，於是阿漕心想果然有人進去了，便急急忙忙要起身，帶刀卻一直不讓她起來。阿漕很生氣地說：「你到底對小姐做了什麼事，為什麼要這樣阻攔我？早先我就覺得很奇怪，你真是個無情無義的大壞蛋。」說罷就拚命用力想擺脫帶刀，奮力要起身。帶刀倒笑著說：「妳又不知道詳細情況，就這樣一股腦地怪罪我，實在太過分了。更何況，這時候難道會有小偷潛進來嗎？一定是男人偷溜進來了嘛。所以就算妳現在前去，也於事無補了，不是嗎？」聽帶刀這麼一說，阿漕哭著說：「好啦！你就不要再故弄玄虛了，你就告訴我誰偷跑進來就好了。你實在很過分呢，難道不知道這樣小姐會有多困窘嗎？」帶刀笑說：「唉呀，妳實在像個孩子似的。」阿漕更生氣了，心想：「我竟然會跟一個這麼不通人情的男人結婚，真是太沒用了。」帶刀也覺得阿漕有點可憐，便說：「其實少將少爺本來是想來找我說說話，但不知怎麼一回事，少將竟然就這樣和小姐結下海誓山盟了。事到如今，妳就不要再胡鬧了。再怎麼說，或許他們兩人的關係是前世早已註定的姻緣吧。」聽帶刀這麼一說，阿漕說：「他們兩人能結合真是太好了。但是，少將要過來這件事你完全沒知會我一聲，要是小姐認為我也是居中幫凶之一，就太冤枉了。」說完，阿漕又很後悔地說：「為什麼今晚我會離開小姐身邊來了這裡啦！」帶刀說：「小姐一定心裡明白妳是不知情的。妳就不必這樣生氣懊惱了好嗎。」接著帶刀便開始愛撫阿漕，讓她連生氣的空檔都沒有。

十八

少將親密地安慰落窪君道：「為什麼妳這麼討厭我，一直沒給我回信？我想過，雖然我仍是個微不足道的人，妳可以瞧不起我，但是，妳也不需要如此難過吧。因為我屢次送信給妳，妳卻連個『看過』字樣也不回，所以讓我覺得連個邊都沾不上，原本想放棄，從此不再寄信。然而，自從我第一次捎信給妳之後，全身便充滿戀慕之情，再加上我也知道妳的命途多舛，因此就算情路辛苦也甘之如飴。」少將躺在自己旁邊，又不斷情話綿綿，落窪君感到羞怯不已。因為落窪君一想到自己身上單衣也沒穿，內衣下頭只穿一條裙子，衣不蔽體，裸露肌膚，是光用「實在太不像樣了」這句話都不足以表現自己的心情。所以與其說是落窪君難過的淚水，不如說是因害羞而流的汗水讓她全身溼透了。睡臥一起的少將看到落窪君的這個樣子，也很同情她而打從心底為她難過。少將即便好話說盡百般安慰，但落窪君卻一點也沒有回應的想法，極度羞恥之故，難免心中怨恨起阿漕太過分了。天終於亮了，雞鳴聲也四處響起，於是少將出聲說道：

「通夜聽取君泣聲，心悲難忍至夜明，
恨聞雞鳴報曉音，分手悲情更加增。

請妳偶爾也回我信。聽不到妳的回音，我內心會更加覺得妳是個不解情愛的冷漠女子。」

說完，落窪君才終於魂魄未定似地回了一首和歌：

雞鳴報曉夜漸明，悲恨啼聲訴離情，
泣聲相對無他音，只能同時泣相應。

聽她的聲音如此嬌嫩可愛，少將原本提不起勁的心情，一下子情意重燃，以很真誠的心意感受落窪君的這份情愛。

此時，聽到外頭傳來「車子已備妥」的聲音，帶刀馬上對阿漕說：「妳快去小姐的房間伺候。」阿漕恨恨地回說：「昨晚都沒去伺候了，都清晨了才過去，小姐一定會認為我是真的知情不報的。你真的心腸很壞，你是故意要製造機會讓小姐嫌棄我嗎？」阿漕憤恨不平的樣子，雖然有點孩子氣，卻也滿惹人愛憐的。於是帶刀笑著說：「如果小姐因為這樣而討厭妳的話，我會好好地疼愛妳的喔。」說完，帶刀便靠近落窪君房間的格子窗外，輕咳一聲。少將正要起身時，想順便幫落窪君穿上衣服，但見落窪君並沒穿單衣，肌膚似乎很冰冷的樣子，少將便脫下自己的單衣悄悄留下後才走出房外。此舉令落窪君更是羞恥不已，簡直無地自容。

十九

阿漕替落窪君感到很可憐，但就此閉門不出也不是辦法，於是便前去落窪君房間，只見落窪君仍臥床不起。正當阿漕煩惱要如何對她解釋時，傳送「會後翌晨情書」[29]的使者來了，帶來帶刀與少將的書信。帶刀給阿漕的信中寫著：

「昨天一晚，妳為了連我都不知道的事而責備我，真的很過分。今後為了妳家小姐的事，要是少將有偷偷摸摸前往會面的情形，我大概也不會過去找妳了吧。更何況，屆時少將不去，小姐會有什麼下場，妳自己想想吧。我知道小姐應該會認為我是個卑鄙的傢伙，而且也會對妳這樣批評我。雖然居中幫少將和小姐兩位執行通風報信的差事相當麻煩，不過我還是把少將寫的信傳達過去。請務必提醒小姐寫個回信好嗎？男女間的情感不就應該那樣嘛，沒什麼好擔心的。」

阿漕將少將的情書送過去給落窪君，對她說：「這裡有一封少將寫來的信。沒想到我昨晚竟然一個不注意就睡著了，回過神來時早已天亮。雖然現在說這些話，小姐會認為我是找藉口，不過還望小姐能明察才是。」就算阿漕能體察出落窪君的心情，但還是再三強調說：「要是我知道一丁點少將昨晚會潛進來的話……」阿漕在落窪君身邊，許了今後的各種約定，但落窪君依舊沒回應，也不起身。阿漕很自責地哭著說：「小姐還是以為我是知情而做出這件事嗎？唉，真是冤枉啊！我長年服侍您，怎麼會做出這種沒良心的事呢？您也知道，我擔心小姐一人在家寂寞，所以連那快樂的參拜旅行也沒同行，我這樣做真不值得啊！小姐要是不聽我解釋，對我不理不睬的話，那我再留您身邊服侍，您也會感到很難受，我看我還是消失到別的地方去吧。」落窪君看阿漕哭得可憐，說道：「我並不認為妳事先知道少將潛入府內的事，這件事實在是太突然、太意外了。這整件事最讓我感到難過的是，少將看到我穿著破舊的褲裙，以及寒酸可憐的樣子，這才叫我無言以對，感到難堪痛苦至極。要是已過世的母親還活在世上，再怎樣也一定不會讓我遭遇這麼難堪的事情呀……」話一說完，落窪君痛哭失聲。阿漕說：「正如小姐所言沒錯，就算世上有厲害的繼母，但夫人的心性卻是特別惡毒，相信夫人刁蠻狠毒的模樣，少將早就有所耳聞，因此他應該能體察小姐悲慘的原委。只要少將的心意還值得信賴，就會讓人很欣慰了。」落窪君道：「那才是我想也不敢想的奢望。看到我這副落魄的醜陋模樣，難道還會有人對我有心意，愛上我嗎？要是這件事傳揚出去，被人知道了，夫人會怎麼說呢？她可是說過：『要是不經我同意而幫人縫製衣物，我就把妳趕出去。』」落窪君似乎非常懼怕夫人。阿漕坐下來，以很成熟的口吻說：「那麼，您就不要留在府裡反而會比較好吧。被繼母這般凌虐而受盡折磨的人，世界上到哪裡找呢！如果將來有一天小姐的身分變得高貴，就絕不再會有像現在被欺負的悽慘情形了吧。夫人如此讓您幽閉在府內，還說未來要繼續使喚您為她做裁縫，其居心十分險惡。她是故意要置您於如此窘境的，不是嗎？」

29 戀愛中的男女相聚一夜後，隔日早晨男方需主動傳遞給女方的情書。

由於使者在催促回信，阿漕便對落窪君說：「請您趕快閱覽一下信吧。事到如今再怎麼苦惱哀嘆也無濟於事啊！」說罷，便打開信拿給小姐，落窪君俯臥不動地看著信，信上僅如此寫著：

昔日戀火雖已燃，一夜初逢思念繁，

今日情愫更增深，深情所繫汝使然。

落窪君看完只說自己身體很不舒服，便沒有寫回信。阿漕只得寫信讓人帶給帶刀說：「真是的，真討厭啊！你寫那些內容是什麼意思？我徹底了解你昨晚的思慮，真是太無法無天，太不應該、也太沒良心了！因此今後，我再也無法相信你了。小姐她身體很不舒服，還沒起床，所以信也還未拆封。看小姐樣子這麼痛苦，真是讓我非常難過。」帶刀將阿漕來信內容告訴少將，少將也覺得落窪君很可憐，便道：「我原以為小姐會當我是令人討厭的傢伙，但似乎並不是這樣。只因她自己的服裝太簡陋，而自覺難為情，所以才悶悶不樂的吧。」

少將便在中午時又寫了封信：「到底是何原因呢？明明妳對我還是冷冷冰冰，我對妳的戀慕之心卻愈發熱烈起來。

戀慕情深難離卸，如陷蜘蛛絲巢穴，
唯望汝能解絲端，開誠納吾心始悅。

連我自己也不知道是為何緣故。」

帶刀給阿漕的信中寫著：「就這麼一次吧，如果不回信是不是很不得體呢？我家少將現在一心一意愛慕著小姐喔！我看得出來少將的心意十分堅定，而且他本人也親口這麼說。」

雖然阿漕百般勸說落窪君回信，但落窪君一想到：「不知道少將昨晚看到我那個樣子會作何感想？」便深感羞恥，覺得很自卑，實在沒有勇氣寫回信，只是一直用衣服蓋住頭睡覺。阿漕好話說盡也沒辦法，便回信告訴帶刀：「來信小姐看是看過了，不過她的樣子實在非常苦悶，似乎還沒辦法寫回信。話又說回來，你信中寫說少將心意十分堅定，這怎麼證明呢？不是也有千年之戀突然就變調這種事嗎？現在看來，少將的樣子就算不很可靠，你也會表面上替他說好話，哄我們安心吧。」

帶刀將信呈給少將看，少將看過後，露出微笑道：「你的妻子真是個聰明伶俐、又能言善辯的女子啊！小姐昨晚被我看到她狼狽的模樣，一直感到很難為情。你的妻子應該是因為看見這種狀況，所以才會這麼生氣吧。」

二十

且說阿漕獨自一人，連個可以商量的人也沒有，只能一個人前後操心、坐立不安，忙著在落窪君房間裡打掃灰塵，進進出出試著幫忙布置房間。這才發現沒有屏風與帷簾，根本無法裝飾房間。這讓阿漕十分困擾，而且落窪君也還沒平靜下來，一直睡著。阿漕用整理棉被為由叫落窪君起床，只見落窪君滿臉紅通通的，樣子看來真的還十分痛苦，眼睛也都哭腫了。阿漕很同情落窪君，也覺得她很可憐，就故作老成地說：「讓我來幫您梳梳頭吧。」將落窪君的頭髮重新梳理好之後，落窪君說她身體還是不舒服，又繼續躺臥下來。其實落窪君也有一些裝飾品，是她過世的母親留下的隨身用品，像是鏡子等東西，看起來都是十分精緻。「如果連這點東西都沒有，那就真的太不成樣子了。」阿漕一邊說著，一邊擦拭鏡子，並將之放置於枕頭旁邊。就這樣，阿漕一人一會兒像個能幹的侍女指揮若定，一會兒又像個小丫鬟似地打雜做粗活，獨自一人忙進忙出過了大白天。

入夜後，阿漕心想少將應該就要來了，便對落窪君說：「實在委屈您了，但這條褲裙還十分新。您心裡可能不太舒服，然而為了不像昨夜那樣，用那麼狼狽的樣子與少將見面，還請您今晚穿上它吧。」說完，便將自己只穿過兩次，外表仍十分漂亮的夜勤用褲裙獻給小姐。那是阿漕最好的一條褲裙，原本想偷偷送給落窪君的，因此阿漕說：「我這樣主僕不分，踰矩僭越實在失禮。不過，要是有其他可以照顧您的人就好了，因為沒有半個人，請您將就一下，不然怎麼辦是好呢？」另外，落窪君雖然對此感到難為情，但想到今晚若再以昨夜之姿與少將相會的話，就感到很痛苦，於是滿懷感激地接受阿漕的好意。阿漕又說：「薰香我也準備了，那是之前三小姐成人禮時，三小姐賞給我的，我收藏了一些。」便用薰香把褲裙薰染得很香。阿漕心想：「至少也該準備一張三尺大小的帷簾才行。怎麼辦呢？要向誰借才好呢？」另外她也顧慮到落窪君的寢具實在太薄了，便寫信向曾在宮裡服侍過，現在是和泉守夫人的親叔母請求幫忙，信中寫著：「這件事非常緊急，不得不拜託叔母您。因為我認識的一位尊貴女客人，她今天為了避方位[30]應該會來我房裡住一宿，因此請借我一張帷簾。而且，那位女客人也向我借寢具，但是我知道像我這種人脈不廣的人，是弄不到合適的寢具借她的。拜託您了，能不能借我像樣一點的寢具呢？常常對您做無理的請求，實在很不應該。但這件事真的非常緊急。」阿漕振筆疾書寫完後，便差遣人將信送去。阿漕的叔母回信說：「您這麼久沒寫信給我，讓我覺得妳好無情。如果還有什麼需要幫忙的，請儘管說。因為我先生給了我很多東西，所以我手上有許多可用之物。這些雖然都是些不值錢的東西，但卻是縫製好要留給自己穿的。這樣的東西妳應該

30 原文為「方違」，陰陽道用語。陰陽道中有方位的禁忌，因此平安時代的貴族出門時會請陰陽師占卜。如果目的地的方向被占卜為不祥方位，那麼就必須先迂迴到別的地方暫住一宿，隔天再行前往。或是前往特定的神社參拜，便可無視當日的方位禁忌。這種方位的禁忌在《源氏物語》中也有出現，光源氏為了方位禁忌而前往空禪的家。其他諸多作品，如《枕草子》……也有出現方位禁忌的情節。

也有很多，不過我還是送給妳。帷簾也一併給妳。」隨信還送來一件紫苑色[31]的棉織衣。阿漕非常高興，馬上將衣服取出來給落窪君看，並幫她穿上。阿漕正將帷簾的鈕帶解開，整件垂掛到衣架上時，少將到訪，她便引領少將進去落窪君的房裡。落窪君覺得自己躺臥著不雅又沒有禮貌，想坐起身來，少將看到便說：「想必妳還覺得身體不舒服吧。為什麼要起身呢，躺著就好。」說完，便與落窪君共寢而眠了。

二

今夜的落窪君，裙擺飄香，全身衣物上上下下全部到位，煥然一新，因此落窪君不再自卑，心平氣和，少將也就毫無顧忌地與她共寢。今晚落窪君也與昨夜不同，不時地回應著少將。少將覺得落窪君真是世間少有的理想女性，兩人情話綿綿間，不知不覺已至天明。

「小的已將車子拉來了。」聽到外面僕從的催促聲，少將說：「先等雨稍停之後再回去，再等一下吧。」語罷又繼續睡下。阿漕想到該幫他們準備梳洗用水與早飯了，雖然想去和廚房裡的女傭商量一下，然而一想到老爺夫人都不在家，猜得到廚房絕對不會準備早餐。不過阿漕仍前往廚房與煮飯女傭商量說：「帶刀的一個朋友，昨夜因為有事來和他商談事情，因為下雨的關係就留宿在這裡，現在還沒有回去，雖然我想請他們吃早飯，卻很不巧沒有事先準備，感到很傷腦筋。能不能向妳要一些酒水，不知方不方便？另外，廚房還有曬乾的海苔之類的東西剩下嗎？麻煩也請給我一點。」一名煮飯女傭回答說：「啊！真是難為妳了。招待突如其來的客人，的確很麻煩。這些原本是準備給大家從石山寺回來時吃的，就分妳一點吧。」阿漕內心盤算著：「中納言一行人回來時，一定會停齋戒開葷喝酒的[32]，夫人那時的心情應該也很好。」便打開身旁的酒甕，打了許多酒水，煮飯女傭見狀便說：「不要倒光，留一點吧。」阿漕隨口應付，又用紙包了幾袋乾海苔類食物放入裝炭的竹簍裡，悄悄地藏著拿回自己的房間。阿漕對阿露說：「妳給我好好地煮些飯，煮好了馬上送過來。」說完又四處去找漂亮的餐具。阿漕邊找邊想：「該送梳洗用水過去了吧。但小姐那邊哪有洗臉盆與熱水瓶？好，就去拿三小姐的送到小姐房裡去吧。」於是她便坐下來，把挽起來的頭髮直直放下來，整理了一下衣服，準備送東西過去。

落窪君躺臥著，想到無法給少將準備早飯，感到非常痛苦與憂愁。即將前去落窪君房間的阿漕，穿著非常清爽的服裝，也特地妝扮得很漂亮，腰束著寬帶，背影姿態實在太美了，那一頭烏髮長度比身高還長約三尺，令目送阿漕離去的帶刀都看得出神。阿漕一邊自言自語地說：「這格子窗讓它這樣一直關著好嗎？」一邊走進落窪君房間。少將和落窪君都想在明亮處看清楚阿漕的容姿，於是少將道：「妳家小姐似乎也說房間太暗了，將格子

31 顏色較深的青紫色。
32 參拜寺院時需齋戒，結束後為象徵回歸日常生活而舉辦的開葷宴會。

窗打開吧。」阿漕便找來個踏腳台，將格子窗打開了。少將起身穿好衣服，問道：「車來了嗎？」阿漕答說：「已在門口等候。」少將正想就此離開的時候，只見阿露將非常講究的早飯端了上來，連盥洗器具和水也備齊送了上來。少將覺得很奇怪，心想：「奇了，我明明聽說這位小姐萬事不如意，沒想到竟然樣樣俱全啊！」落窪君心中也相當納悶：「為什麼能準備得如此周到呢？」此時雨勢也漸緩，府內的人也都外出，四下寂靜沒什麼人，少將便想悄悄地離開。少將離去時再看了一下落窪君，覺得她的容顏真的無限美麗，因此更增添了他對她的無上愛戀之意，心想她真是個可人兒。落窪君用過些早飯後，又橫臥了下去。

一三

今晚是俗稱的新婚三日夜[33]，因此阿漕擔心著：「該怎麼辦才好？難道沒有好方法準備慶祝今晚的三日夜餅給新郎新娘吃嗎？」但是眼下無一處可求助之人，於是阿漕就再次寫信給叔母，差人送去和泉守府：「昨日我實在太高興了。承蒙賜借的種種物品，連客人都非常喜歡，真是感激不盡。今天另有一事相煩，或許您會覺得奇怪，但因有特別用處，需要一些餅。此外若有點綴餅之用的適當小糕點，亦請惠賜若干。不瞞您說，實因這位客人本來說只住一些時日，但為了避方位，竟要住上四十五天[34]。為此上次拜借的諸項物品，暫時還有需要不能奉還，這樣會造成您的困擾嗎？那漂亮的洗臉盆和熱水瓶，請再借我一些時日。勞駕您協助張羅各項物品，實在很不好意思。一切就萬事拜託了。」

與前日一樣，少將很快就差人送情書來給落窪君，是一首和歌：

相逢又得影離身，異地相思情增深，
願如真澄明鏡影，朝夕相伴線與針。

看完內容，因為今天是特別日子，所以落窪君也回了一首和歌：

真澄明鏡影空照，君願如影伴夕朝，
可見君心如鏡影，影空易移悲情到。

因為落窪君的筆跡非常秀美，少將看得興致勃勃，喜形於色的表情洋溢著愛情。

33 男生三晚連續造訪女生共寢，婚姻方始成立。並且第三日晚上需舉行公開儀式，宴請親朋好友，其中最重要的儀式是新人需共嘗三日夜餅。阿漕也慎重其事，苦思如何準備三日夜餅。

34 陰陽道中的避方位，當天一神巡行時，有些時候甚至必須前往他處住上四十五日。其他諸多作品，如《蜻蛉日記》、《和泉式部日記》……也有出現四十五日方位禁忌的記述。

和泉守府差人送信給阿漕，信中寫道：「我內心常想：妳是我已故親人的遺孤，我要好好疼愛妳，因為我沒有女兒，一直很想把妳當親生女兒，接妳到我家裡來，好全心全意照顧妳，讓妳一生幸福安樂。以前我也想去接妳過來，但是妳總是不肯來，我常引以為恨。妳所需要的各項物品，我答應全數送給妳，妳就隨意使用吧。洗臉盆和熱水瓶就送妳了。不過，我倒覺得奇怪的是，妳身為官府內服侍的人，這些品項應該是必備的必需品才對呀！原來妳沒有，為什麼不早說呢？妳明明知道，自己身邊沒有這些用品，是會很難堪的。真是太奇怪了呀。所以我全部送給妳。另外，妳想要餅，這實在太簡單了，現在立刻叫人幫妳做。妳會需要那些器具和餅，大概是為了迎接女婿進門，辦新婚三日夜慶宴用的吧？我心裡一直惦記著妳，不論如何，總想和妳見見面。總之，妳有任何需要，不要客氣，儘管跟我說。世間人常說：『時運當頭的地方官，名利雙收，收入豐富。』我們家現在正好處於那樣的身分地位，所以無論任何東西，我都可以供應給妳。」

信中內容寫得相當令人振奮，阿漕看了高興得不得了，馬上拿給落窪君看。落窪君看了說：「妳託親戚做餅要做什麼呢？」阿漕微笑著說：「我自有道理，才託親戚做的。」叔母那裡送來的和式小餐桌相當高級，洗臉盆和熱水瓶也很漂亮，大的布袋中裝著白米，另外隔著紙還有用紙包好的糕點、乾貨等食物，送來的每一樣東西都包裝得端端正正。心想：「今夜必須儘量布置得體面，來奉獻新婚三日夜餅慶祝。」阿漕從袋中取出各項食物，很高雅體面地將糕點和栗子等分別裝盤。

當日暮漸漸西垂之際，原本已經稍停的小雨，又忽然變成傾盆大雨。「這樣的天氣，叔母的餅就不會送來了吧？」正當阿漕在焦慮的時候，但見一個使者在男僕撐著一頂大傘下，送來一個木蘭木做的箱櫃，裡面裝著餅。阿漕高興得不知如何形容。打開箱櫃蓋一看，但見草餅兩種[35]，普通餅兩種，都做成小粒狀，形狀好看而且色彩多樣，這不知費了多少時間和功夫才做出來的呢？箱櫃附的一封信中寫道：「因為妳突然來拜託我，所以我就趕緊做好了，恐怕很不合妳意。非常抱歉，無法充分表達我的心意。」

因為下著大雨，使者急著回去，所以阿漕一時拿不出菜餚，僅請他們喝酒。阿漕高興地匆忙寫了回信託他們帶回去，信中說：「要盡述我感謝之意，又顯得俗套。再怎麼用言語表達，都感激不盡。」阿漕一想到一切皆已準備妥當，就高興得不得了。她先拿些餅盛在器皿的蓋子裡，送去給落窪君吃。

二三

傍晚，天色漸暗時分，真不湊巧雨竟然傾盆地下，連頭想稍微探出去外面都不行。少將對帶刀暢懷地說：「可惜啊！看來今晚恐怕去不成小姐那裡了。都是這場大雨惹的

35 加入蒸熟風乾後的鼠麴草做成的餅。此外亦有用艾草葉加入米粉中做成。此處指出草餅兩種，應為鼠麴草餅及艾草餅兩種。

禍。」帶刀回說：「才剛開始往來沒幾天，您若不去，小姐豈不是太可憐了嗎？不過，話雖然這麼說，這場大雨未免也太不巧了，實在一點辦法都沒有。如果少將您的心意是虛假的話，那真是一大罪過，但您並不是那種人，所以請您至少也寫個信吧。」一副很困惑的樣子。少將說：「對啦！寫信，有道理！」便寫起信來：「本想早一點前去您身邊，無奈正當做好準備時，時機不巧竟下起了大雨，而無法前往。不要怪罪我的愛情，請勿胡思亂想。」帶刀也給阿漕寫信：「我會馬上前去。少將少爺也是正想出門時，遭逢如此大雨，正感到惋惜而愁嘆著。」

阿漕看了信內容，想道：「惋惜。是怎麼一回事？」於是寫一封回信給帶刀：「啊呀！明明古歌有云：『不畏風雨襲，赴約會愛人。』[36]少將不來，何等薄情啊！我真不知如何向小姐稟告這件事。你自己到底期待什麼好事，竟然獨自一人要過來？你辦事都成事不足敗事有餘了，還敢獨自一人前來，這樣做，聽說世人會說：『今宵若不來，更欲待何時。』大概少將今後永遠都不會來了吧。」

落窪君的回信，只有以下這首和歌：

涉世愈深愈憂慮，身患憂苦心抱屈，
今宵逢雨袖始溼，全盼君訪散雲雨。

使者拿回兩封信時，大致已過戌時（晚上八點）了。少將在燈火下看了落窪君的和歌，覺得她非常可憐。又看了阿漕給帶刀的信，說道：「看來她寫了很多抱怨的內容呢。今晚可是新婚三日夜啊！我結婚一開頭就不去造訪，她們一定會認為我很可惡吧。」少將也覺得非常過意不去，但雨勢愈來愈大，實在沒辦法，暫時只能兩手托著腮，靠在扶手上出神發呆。帶刀也感到無計可施而煩惱著，嘆了一大口氣後站了起來，少將趕緊問他：「坐下來再等一下吧。你到底想幹什麼？你想到那邊去嗎？」帶刀回說：「讓我獨自徒步前去，幫您去安慰安慰小姐吧。」少將立刻說：「如果你要去，我也去。」帶刀感到很高興，說：「啊呀！那好極了！」少將說：「你去準備一把大傘來，我去將上衣脫掉再來。」說罷就走進房內去，帶刀便去找傘了。

阿漕萬萬沒想到少將他們就那樣出門了，正在悲嘆他們很無情。她憤憤不平地生氣說：「唉，這大雨實在太可惡了！」落窪君雖然很害羞，卻也安慰阿漕說：「為什麼要說大雨可惡這種話呢？」阿漕回說：「即使要下雨，下個不妨礙別人出門的普通樣，不也就夠了嗎？哪有一下就下這樣令人不方便的傾盆大雨呢！」聽完阿漕的抱怨後，落窪君輕聲細語地唸著古歌中的一段戀詞：「雨勢急且增，我身情更深。」她身體倚靠在矮扶手上，

36 引用《萬葉集》大伴像見之和歌。在此欲指古人為訪愛人，不畏大雨執意前往之心情。

靜靜地躺著，內心羞怯含蓄地在意著阿漕如何看待這情況下的自己。

二四

少將自己脫去外衣，只穿一身白色輕裝，和帶刀兩人像扛神轎似地合撐著一把大傘，一前一後緊跟著出發，讓人悄悄地開門，非常低調地溜出府邸。天色漆黑，兩人很困惑地走在路況極差的夜路上，一路喘著氣蹣跚地走著。當穿過小路，走到一個十字路口時，與一支有前哨開路，手持許多火把的警衛隊伍狹路相逢。由於這條路很狹窄，沒地方可走避，只得將身體盡量靠路邊，將傘斜垂一邊遮蔽著面孔繼續前進。隊伍中有幾個警衛叫道：「喂！路過的兩個人，給我站住！下這樣的大雨，又是半夜裡，光你們兩個人鬼祟走在路上，看來有小偷的嫌疑，給我抓下！」兩人感到相當困擾，只得暫時在路旁停下站立不動。警衛用火把照照他們，說道：「這兩個人身穿白衣，腳下白淨，大概不是盜賊吧？」另一警衛嘲諷地說：「不，真正的小賊腳下才白淨呢。」說完臨走時又說：「無禮的傢伙，竟敢站立著，還不給我跪坐在地上！」於是猛敲他們的傘，兩人沒有辦法，只得跪坐在滿地糞便的泥地上。另一位急性子的警衛又說：「使勁用大傘遮住臉孔，真是居心可疑。」擦身而過時，就將兩人撐的大傘故意打翻，少將也隨著大傘，整個人倒臥在糞便泥水中。警衛們見狀便將火把一起湊近照亮來看，然後七嘴八舌地訕笑著說：「這傢伙還穿著外褂呢。」「大概是身分卑賤的人，要趕往心愛的女人身邊吧。」當隊伍通過，走遠之後，少將好不容易才爬起來說：「那些大概是衙門督的警衛趕著進宮吧。警衛們把我當可疑人物，想要來抓我的時候，真是心驚膽跳，心想這下完蛋了！不過，被他們稱為白腳盜賊，倒是還滿有意思的。」兩人在這話題上說說笑笑，走了一會，少將道：「啊，這下糟了！我們還是打道回府吧。滿身沾滿糞泥，臭氣沖天，就這樣前去拜訪，反而會被小姐嫌棄吧。」帶刀大笑著說：「在這樣的大雨下，夜間步行前往，吃盡這般苦頭才得以到訪的話，小姐一定大受感動，體察到您的深情厚愛，也正因為這樣，小姐應該會將糞臭味嗅聞成麝香般的香味吧！現在再折回府裡太遠了，何況目的地就近在前面了。事到如今，我們還是去吧！」少將也覺得，懷著如此深摯的愛情，一路排除萬難趕來了，這一切努力應該不會白費，於是回心轉意，提起精神繼續前往落窪君家去了。

夜間人都已入睡，門也關上，好不容易找人開了門，進到中納言府中。帶刀叫丫鬟阿露趕快打水來，把少將的腳先洗淨，自己也洗了一下腳。少將對帶刀說：「早上天一亮就要趕快起來，我們要趁天還暗的時分早早回去。不可誤事！我沒辦法在這裡一直待下去，這樣子實在太落魄了。」說罷，就輕輕地敲落窪君房間的格子窗。

落窪君其實並不煩惱少將今晚新婚三日夜不來，她所擔心的是，與少將之間的戀情要是洩漏出去，被嚴厲的夫人知道了將如何是好，另外也很擔憂自己現在的一切遭遇，為此正吞聲飲泣躺臥著，不能成眠。阿漕白費心血準備了新婚三日夜的餅，正靠在矮扶手上，緊挨著落窪君身旁休息著的時候，忽然聽見格子窗有震動聲，便立刻站起身，靠近格子窗一聽，聽到少將說：「把格子窗打開。」她吃了一驚，連忙開門，但見少將進門的樣子，衣服已渾身溼透，汗水直滴。阿漕內心欣慰地想著：「大概徒步前來的吧。這實在令人感動得無法形容。」於是問說：「怎麼會溼成這樣？」少將說：「看惟成（即帶刀）煩惱著會被阿漕責備的可憐樣，我就把衣服撩到膝蓋上，便步行走來了，不過，在路上卻跌了一跤，才滿身汙泥的。」說完就把外衣脫下，阿漕接下後說：「我拿小姐的外衣給少將穿上，您身上穿的衣服，我全拿去烘乾吧。」於是少將把外衣下的白色衣服也一起脫了下來，然後靠近到落窪君躺臥著的地方。一邊接近一邊說：「妳看，為了妳，我在如此的大雨中，弄得這般狼狽樣，還是趕過來了。如果妳能趕緊來抱著我，那該有多好啊！」於是少將把手伸到帷簾中一摸，察覺落窪君的衣袖上有些溼，心想，大概是恨我不來才哭溼衣袖的吧。少將更加憐憫她，就吟了一首古歌的上半句：

不知汝淚為誰流？淚溼衣袖何時休？

落窪君接著吟出下半句：

身世悲慘雨水知，命苦淚雨灑雙袖。

少將說：「如果今夜這場雨水能知道妳身世的幸與不幸，那麼今晚我冒此大雨趕來了，妳就應當明瞭我愛妳有多麼深了吧。」話一說完就和落窪君一起同枕共眠了。

二五

阿漕把新婚三日夜的餅整齊地盛在木盒蓋上，送到落窪君枕邊說：「請兩位進食這些東西。」少將說：「我還很想睡呢。」一點都不想起身，於是阿漕奉告說：「今夜還是請食用這些餅。」少將說：「什麼東西？」抬起頭來一看，但見許多禮餅整齊地排列著。心想：「到底是誰這麼周到地準備了這些事呢？竟然是這麼盛重地期待著我到來啊！」由於準備事宜很用心，東西擺設又饒富趣味，少將便問阿漕：「這似乎是新婚三日夜的餅，聽說吃的時候有一定的規矩，要怎麼食用才好呢？」阿漕說：「難道您還不知道嗎？」少將說：「我怎麼會知道。我還過著單身生活，哪知道吃這種東西的方法呀？」阿漕說：「這種小餅要吃三個[37]，但不能完全吃完。」少將說：「看來很難吃啊！女人要吃幾個呢？」阿漕笑著說：「想吃幾個就吃幾個。」於是少將端給落窪君說：「妳也用一些。」落窪君感到害羞，沒有食用。少將卻很認真地照規矩吃了三個，然後開玩笑地說：「藏人少將

37《北山抄》及《江家次第》中記錄：新郎必須吃三塊餅且不可將其完全吃完；此外，《源氏物語》古注釋書《源中最祕抄》及《河海抄》中，則是記載餅的數量，是依照女性年齡來食用，不過這應該是後來的習俗了。

（三小姐的丈夫）也像我這樣吃了嗎？」坐在一旁侍候的阿漕回說：「是的，沒錯。」最後，因夜已很深，少將和落窪君就入睡了。

阿漕回到帶刀那裡一看，他還是渾身溼透，像隻落湯雞似地抖抖瑟瑟地蹲在地上。阿漕說：「淋得這樣溼！難道沒帶傘嗎？」帶刀笑著將今晚夜間潛行趕來，途中被警衛盤問的經過告訴了阿漕，最後帶刀說：「這麼深厚的愛情，大概是史無前例了吧。妳難道不覺得這是無與倫比，難能可貴的表現嗎？」阿漕說：「我覺得還勉強可以，但還不甚滿意呢。」帶刀回說：「妳說『勉強可以』也未免太苛刻了。身為女人若貪得無饜、不自量力，是會令人討厭的。今後少將就算不體貼的心意持續不斷，或是有連續二、三十次的不造訪薄情行為，也可因今晚的深情厚意行為而受到原諒吧。」阿漕說：「你這個人又犯老毛病了，總說一些對自己有利的事。」說完倒頭就躺下了。然後，又很感慨地說：「的確，今晚要是少將不來，小姐將會何等難堪啊！」兩人床榻間又聊了一些閒話後，就相擁入睡了。

二六

因昨夜到訪時已深夜，很快天就亮了。少將還和落窪君一起睡臥著，說：「要怎麼走出這府邸呢？不會被人撞見嗎？」同一時間，阿漕醒來，心裡一想到：「小姐實在太可憐了啊！前去石山寺參拜的一家人今天一定會回來，一旦回府，家人有可能突然進到小姐房間來。」內心忐忑不安，著急得很。於是一邊擔心著早餐和盥洗用水，一邊開始焦急地活動起來。帶刀看到阿漕的樣子，說：「幹嘛這麼坐立不安，煩躁地走來走去呢？」阿漕答說：「叫我怎麼能夠不著急呢？將少將請進這樣狹小的地方，說不定會有人突然進來，叫我怎麼不提心吊膽，才會這樣走來走去的。」當少將吩咐說：「快叫人去把車子推來！讓我靜悄悄地快速離開這裡。」正在這時候，去石山寺參拜的一行人在喧譁中回來了。少將說：「看來不需要車子了。」已經無法走出房間了。

落窪君一想到這裡空間狹小，毫無隱藏之處，要是有人過來的話，該怎麼辦才好？她內心忐忑不安，滿懷恐懼。阿漕也感到一陣慌亂，不知所措，不過，在混亂中竟也把飯菜準備妥當，更備齊盥洗用水，一起送進了落窪君的房間。由於突然間這樣來回奔走，手忙腳亂起來，恨不得能多一個幫手來幫助她。正在忙得團團轉時，夫人從車子走下來，認為阿漕迎駕太慢，就很大聲地叫喚著：「阿漕！阿漕！」阿漕打開正廳的木門進到裡面，是因為她是三小姐的專屬侍女，但又不被認為是好幫手，因此往內趕去隔著兩道格子門裡的夫人身邊去，夫人一看到她就說：「旅途中一路幫忙的侍女們都疲勞不堪，各自退下休息去了，只有妳這些日子一直待在府裡無所事事，不是嗎？車子回來，我們要下車的時候，妳為什麼不出來迎接呢？沒有人像妳這樣，只對妳的主子死心塌地，卻對我們真是一點用處都沒有。既然這樣，就把妳還回妳家小姐身邊去吧！」阿漕聽到這話，心中雖然感到很高興，但只能辯解說：「正好忙著整理散落滿地的髒衣物。」夫人聽不下去，就吩咐說：

「隨便妳說吧。總之，趕快去給我拿盥洗用水來！」阿漕立刻站起身來，但完全沒有走動的心情。

由於為中納言府邸內每個人準備的膳食已備妥，阿漕便跑到廚房，用她叔母送過來的許多白米，跟幾位負責廚房工作的下女們交換膳食，然後送去給少將和落窪君吃。因為餐盤上並列著各色各樣美味的菜餚，所以讓少將想不透，明明聽說這位小姐生活上萬事不順心，卻能準備得如此周全，有點驚訝。落窪君也很詫異，阿漕到底是怎麼辦到的，竟然能打點得這麼好。

可是，不但少將沒怎麼吃，連落窪君也依然睡臥著不起身坐立，沒吃任何東西。阿漕只好把剩下的食物全部倒進鍋子裡，再經好好調理過後，全部拿去給帶刀吃了。帶刀說：「我雖然長年跟妳在一起，卻不曾吃過這樣好吃的剩菜。看來還是因為我家少爺來了的緣故吧。」阿漕答說：「這是夫人心情高興，為旅途歸來的人接風洗塵的慶宴賞賜呀。」帶刀一聽，忙著說：「唉呀！是夫人的恩情啊！嚇死人了！」兩人說笑起來。

二七

到了中午，少將和落窪君還正躺臥著的時候，原本不常來窺探的夫人來到落窪君房間外，不知想起了什麼，伸手就要把格子門打開，但門關得很緊，她就叫著：「把門打開！」落窪君和阿漕聽到夫人的聲音，都慌張得不知如何是好。少將說：「不要緊，就打開吧。如果她要掀起帷簾來窺看的話，我就用衣服蓋住躺著好了。」落窪君很為難，看樣子夫人是會走進來看的，但也沒有其他辦法了，她就倚靠在帷簾旁邊坐著。外面夫人催促著：「為什麼還磨磨蹭蹭不來開門呢？」阿漕答說：「今天和明天是禁忌的日子[38]。」好不容易才敷衍了一句，夫人說：「唉呦！這也未免太誇張了吧！這又不是你自己家裡，哪有什麼禁忌不禁忌的呀！」落窪君說：「還是把紙門開了吧。」阿漕把門栓一解開，夫人就狠狠地拉開了門，昂然直入，膝蓋一跪坐下來，就環視著四周一看，發現情況和往常不同，收拾得整潔有緻，也架立起了帷簾，落窪君的衣服裝飾更是打扮得漂亮美麗，連室內的薰香也香氣噴鼻。夫人想不通，於是問說：「這是怎麼一回事？這房間的樣子和妳的裝扮怎麼都和往常的不同了呢？難道說，我出門不在的期間，發生什麼不一樣的事情了嗎？」夫人這一說，落窪君不覺漲紅了臉，答說：「沒發生什麼事。」帷簾後的少將很想看看夫人長什麼樣，就從帷簾的隙縫[39]中躺著窺看，但見她上身穿著白質地的綢緞衣服，裡面襯著紅質地的絹裙，雖然不是上等的服飾，卻也裡外層次分明地搭配穿著，面孔扁平，的確有傳聞中的夫人風采。唯獨她的嘴形稍具魅力，保有幾分豔麗和嬌氣，整體長相

38 陰陽道中的習俗。在曆法中所記載的凶日、凶兆、惡夢、穢日等日子，在特定的期間於室內禁閉修身，進行齋戒。這段時期通常不能見任何人，也不能書寫信件，會立起簾帳，掛上「禁忌日」的告示牌。

39 帷簾下方沒有縫合的部分。

算得上漂亮。然而少將還是認為，夫人眉頭稍稍蹙緊，顯露出幾分凶惡性情。

夫人說：「現在之所以過來這裡，是因為我這回在路上買來一面鏡子[40]，實在很有品味，我覺得剛好和妳這裡的鏡盒很搭配，於是想向妳暫時借一借，這才過來跟妳說呢。」落窪君慷慨地答道：「好，我可以借您用。」夫人說：「妳這麼爽快地就答應我，真是居心良善啊！那麼我就借用了。」夫人立刻把鏡盒往她身邊挪過去，隨即取出落窪君置於其中的鏡子，然後把自己的鏡子裝進去。大小還真恰恰合適，鏡子剛好完整地收納入鏡盒中。夫人說道：「哎呀！真的讓我買到了別緻的鏡子了。坊間流行的帶泥金畫[41]鏡盒子，完全無法打造出像這樣的鏡盒來啊！」邊說著邊來回把玩著鏡盒，阿漕看在眼裡，心中非常懊惱地說：「小姐的鏡子若沒了盒子，不是會很不方便嗎？」夫人馬上說：「我現在就去找其他的鏡盒來給她。」夫人一說完便起身要離去，並以十分滿意的樣子說：「這帷簾是哪裡來的？好精緻啊！看起來不是一般普通的擺飾，似乎有點蹊蹺。」落窪君心想：「少將聽到這句話，不知作何感想。」她感到非常害羞。阿漕稟告夫人說：「因為沒有帷簾覺得起居很不方便，所以我叫人去親戚家取來的。」夫人還是滿腹狐疑。

二八

夫人出去之後，阿漕實在氣不過地說：「夫人是絕對不會贈送任何生活用品給小姐的，反而是小姐所擁有的生活用品，就像這樣一樣一樣被夫人拿走，連那精美的鏡盒也不放過。以前夫人親生的小姐們結婚迎夫婿時，都找藉口說：『我幫妳拿屏風去修理，暫時會有點不方便，請忍耐一下。』然後就將屏風等種種生活用品一樣一樣給拿走，到今天還是當作自家東西似地，任意擺設在自己的房內使用著。更可惡的是，連碗盤等餐具也都被取走了。事到如今，我們這就去向老爺說明原委，無論如何都要求老爺幫小姐要回東西來吧。若不這樣做，小姐身邊的器具，恐怕只能眼睜睜地，一件一件變成夫人親生女兒們的東西了。小姐這般宅心仁厚固然是好事，但看得到夫人的感謝之意嗎？完全看不到吧。」阿漕氣到受不了便席地坐下，落窪君見狀覺得好笑，答說：「算了，就算如妳所說的，即使不還也沒關係的。他們用過之後，應該每一樣都會還給我們吧。」少將聽了這話，佩服落窪君氣度的寬大，他忽然撩開帷簾，將落窪君往自己胸前拉過來，問她：「那夫人看來年紀還輕呢。幾位小姐是不是都長得像她？」落窪君答說：「不，長相不盡相似，各個似乎都長得很漂亮。剛才少將在窘迫的位置，以異樣的眼光看到了夫人，要是被她知道您在窺看，不知道她會說什麼？」看著落窪君漸漸釋懷，慢慢可以暢談開來，少將愈發覺得這小姐令人憐惜，於是他內心想著：「當初如果還是判斷她並非什麼好女性，而沒有冒雨前

40 平安時代為整理儀容所使用的普通鏡子。一般多為銅製的圓形鏡。不帶有把柄，鏡子背面中間有圓形突起，搭配有鏡台成一組。背面有圖樣，同時嵌有螺鈿裝飾。

41 原文為「蒔繪」。使用漆或是金銀粉，在器物上創作出圖樣花紋的技術。

來，就斷絕了與她交往的話，那該會多麼後悔莫及啊！」

不一會兒，夫人叫一個名叫阿可君[42]的丫鬟送替代用的鏡盒來。是一只約有九寸四方，深三寸左右的黑漆盒子，相當陳舊不堪，處處都有漆料剝落的情形。丫鬟傳夫人的話說：「這盒子雖然彩繪剝落顯得暗黑，但是漆料勻稱，係屬上等物品。」阿漕看了，忍不住笑著說：「這說明也未免太好笑了吧。」於是將鏡子裝進那盒子去試看看，但由於尺寸大小差太多，就向落窪君報告說：「唉！這實在難看極了。反而不裝入盒子來收存鏡子較妥當，從來沒見過這麼難看的東西。」落窪君說：「那也沒關係的，快別說那樣的話。送我們東西，就該感謝人家，何況這東西的確很好。」說完，就打發那丫鬟回去了。少將拿過那鏡盒來看了看，便笑著說：「夫人到底是從哪裡找來這種老古董的呢？明明夫人有特別珍藏的好東西，怎麼會送來如此德性，且時下鮮少看到的古代用品啊！真是令人感佩。」由於天亮了，少將就悄悄地回去了。

落窪君起身，對阿漕說：「妳為我準備了這些足以遮羞[43]的帷簾和飲食等事項，是怎麼辦到的呢？尤其是帷簾，實在讓我高興。」阿漕稟告說：「事情是如此這般。」這阿漕年紀雖然還輕，卻意外地能幹且用心周到，落窪君愈加憐惜疼愛她，內心感到：「阿漕真不愧是個好幫手，真高興能留她在身邊服侍。」阿漕把帶刀昨夜告訴她的事情轉訴給落窪君聽，並對少將表現的深摯愛情感到高興，她說：「哪怕府裡的其他人如何鄙視小姐，或讓您難堪受委屈，都不打緊，只要少將的愛情能長久持續，就令人高興、欣慰了。」

二九

這天夜裡少將因進宮當差，沒有造訪落窪君，不過隔日，就捎來了一封信。信中寫道：「昨夜我因為進宮執勤務，所以沒能前去拜訪。一想像因為我沒過去，阿漕大概會責備帶刀，就覺得很好玩。另外，一想到阿漕的伶牙俐齒，又喜歡刁難人，不知是受教於誰，就讓我感到害怕。我今夜的心境正如古歌『自與佳人相遇後，昔日何心已不知』一般。

相逢之前心無憂，過往昔日情不愁，
一夜無遇傷悲甚，兩樣心情君知否。

妳難道不希望離開現在這顧慮繁多的周遭處境嗎？我們去找一處生活無憂無慮的住所吧。」

少將信中內容寫得非常懇切。

帶刀對落窪君說：「儘早惠賜回信。」又說：「我會親自帶去給少將。」阿漕看了少

42 夫人所差遣的丫鬟。
43 此處所指的遮羞，乃是阿漕為了落窪君，拜託叔母準備種種必需品，對少將隱瞞落窪君生活貧困的窘境。

將的來信，笑了起來。心想：「帶刀一定將我的事都告訴少將了。」於是對帶刀說：「我因為沒有其他人可以傾訴，因此才會將事情全部對你說，如此才被少將看做我和你吵嘴了啊！」

落窪君回信說：「昨夜我感到如古歌中『恐君心生變，淚珠已溼袖』般的心境，哭了起來。

昨夜空等雨溼袖，君言思念心常憂，
蹤影未顯恐心變，何人能察吾悲愁。

的確，如同古歌中所吟『憂愁世間門深鎖』，我無法逃脫此宅門。另外，正如阿漕所說：『內心有愧疚感之人，一定會怕小姐您的。』您就是因為內心有所愧疚，信中才會寫說怕我的吧。」

帶刀拿了這封回信正要出去的時候，有人說：「三小姐夫婿藏人少將[44]說有急事要找帶刀。」因此他來不及好好把信藏起來，便把信揣在懷裡，就趕去見藏人少將。藏人少將召喚帶刀來，是想叫他幫忙梳理頭髮。當帶刀要梳藏人少將後面的頭髮，隨著藏人少將彎下身子，帶刀也一起彎下身子梳著頭髮的時候，懷中的那封信掉了出來。但帶刀沒察覺，反而被眼尖的藏人少將發現，迅速地拿走了。當藏人少將梳好了頭，走進裡面三小姐的房間後，很高興地把信遞給三小姐，說道：「妳快看看這個，這可是惟成（帶刀）掉落的情書啊！」還說：「筆跡還很好看呢。」三小姐說：「這是落窪君的筆跡呢。」藏人少將問說：「妳說落窪君，到底在說誰呀？這女性名字未免也太奇妙了啊！」三小姐說：「確實有那樣稱呼的一個人，是位做裁縫的女子。」兩人對話就此打住後，三小姐坐著將那封信拿在手上看了看，覺得奇怪，怎麼會是落窪君寫的情書呢？

帶刀整理好梳頭時盛水用的各項器具[45]後，正想出門離去，伸手摸摸看懷中的信，才察覺落窪君託付的信不見了。帶刀這下慌了，他坐立不安，把全身上下的衣服都抖過，也解開衣服鈕扣來回找過，還是都找不到信，急得臉都漲紅了，於是整個人呆坐下來，心裡想著：「信到底跑哪裡去了？」另外忖度著：「一定在這房間內才對，即使掉了，也應該在這裡吧。」他把藏人少將的坐墊掀起來抖抖看，還是沒有，到底在哪裡呢？怎麼找還是找不著。他開始擔心起來：「是不是被誰拿走了？要是被夫人知道此事，不知會引起何等大事。」左思右想，兩手托著腮頰，茫然若失。正在此時，藏人少將正要出門，看見帶刀這般模樣，笑著說道：「怎麼？惟成的樣子怎麼這麼委靡不振呢？是不是掉什麼東西

44 帶刀雖然為少將奶媽的兒子，但同時也是藏人少將的僕役。

45 梳理頭髮時所用的水。為淘米時首次產生出的白色水。而這樣的水會用一種稱做「泔杯」的精緻器具盛裝。「泔杯」可說是平安時代的代表性日用品，通常被當作是房間的裝飾品來使用，在物語作品中常常可以看到。

了？」因此帶刀馬上意會到：「八成是藏人少將拿去藏起來了。」害他急得要死，全然困惑不堪，於是向藏人少將哀求：「求求您，把信還給我吧！」藏人少將卻推說：「我不知道你在說什麼。不過三小姐似乎口裡在哼著『妾待君心變，終末越松山。』這首古歌呢。」說完就出門去了。

帶刀已百口莫辯，一想到此事要是被阿漕知道了，將會責罵他何等幼稚，心裡就覺得很可恥。然而無可奈何，除了找阿漕商量外，已束手無策了，於是走去找她。帶刀態度正經地面對阿漕，以渾然忘我的神色描述著事情經過：「剛才我取得小姐的回信後，為了想親自送交給少將少爺，正準備好要出去的時候，好死不死被藏人少將給叫去了，他趁我幫他梳理頭髮的時候，把信偷偷地取走了。真是要命啊！」阿漕聽了，說：「這下不得了！不知會引起何等的大騷動了。本來，夫人已經對小姐的行徑怪異開始起疑心，這下再被她知道這件事，小姐不知道又會被糟蹋成什麼樣呢？」兩人都嚇得全身冒冷汗，也覺得落窪君很可憐。

三十

三小姐把這封信拿給母親看，一五一十地將得手經過說了一遍。夫人說：「果然如我所料，我早就覺得她房間有男人進出的行跡。對方是誰呢？帶刀既然手中有信，是表示他想娶她為妻嗎？帶刀一定對她說過『小姐我會迎接您去我家』，她才會信中寫了『我無法逃脫此宅門』這樣的內容。那個人，我原本打算不讓她和男人接觸的，事到如今，真是令人遺憾。她要是有了丈夫，就絕對不可能像現在這樣留在府內幫忙做裁縫了。我們家少了這個人，事態是會很嚴重的，我原本還打算一直把落窪當作妳們的侍女呢。到底是哪個壞蛋竟然會做出這種事來？不過，我們也不宜太早聲張，否則那男子會慌張之下把她給隱藏起來的。」因此夫人絕口不提這封信的事，只靜觀著落窪君的動態。由於不見任何人聲張此事，反倒讓阿漕和帶刀覺得怪異。

阿漕向落窪君報告說：「您的回信，如此這般地被人拿去了。我實在沒臉見您。不過，望請小姐再寫一封與先前一樣的回信好嗎？」落窪君聽了，心裡覺得光嘴裡說「困擾至極」也無濟於事，一想到夫人也看過自己寫的信，身體就非常不舒服，於是她說：「我再也沒氣力給少將寫回信了[46]。」落窪君悲哀的樣子，教人不忍目睹。帶刀除了為落窪君感到可憐外，也沒臉去參見少將，只好深躲在自己家裡。

三一

日暮時候，少將來到落窪君房裡，問道：「為什麼沒給我回信呢？」落窪君答道：

46 除了指無法回信之外，還有暗指無顏面再見少將之意。

「因為不巧，夫人那時剛好到我房間來。」兩人就睡覺了。

不久，因為天亮了，少將正想離開此府邸，但是天色大明，出入人多，不方便走出去，只好返回落窪君房裡，繼續躺臥休息。阿漕照例忙著四處張羅早餐事宜。

少將靜靜地躺著休息，和落窪君閒聊說：「這裡的四小姐今年多大歲數了？」落窪君答說：「大約十三、四歲，長得真漂亮呢。」少將又說：「那麼，那件事是真的囉！聽說令尊中納言曾提過，要把她許配給我呢。因為這四小姐的奶媽，和我家中的人熟悉，於是寫來一封信說：『我家夫人很贊成，希望四小姐能和少將結婚。』於是這位奶媽突然積極起來。但是，我打算告訴我府裡的那個人，讓她知道我已經和妳有這樣的關係了。如果我把和妳的關係公諸於世，妳作何想法？」落窪君只說：「我想，我的遭遇會更慘吧！」少將看她的模樣很孩子氣，覺得令人憐愛。少將又問：「我每次到妳這裡來，總覺得空間窘迫，相當不方便，所以我想將妳遷移到別的地方去，妳願意去那地方嗎？」落窪君答道：「全聽憑少將的心意了。」少將說：「既然妳的心意是如此的話……。」說著說著，兩人又相擁入睡了。

三二

日期來到大約十一月二十三日，三小姐的夫婿藏人少將，突然被指定為賀茂神社的臨時祭典的舞人[47]，夫人為此事的準備，忙得團團轉。果然不出所料，夫人立刻派人拿來一條裁好的罩裙，那侍女說：「夫人說，立刻先縫好這件，因為除此之外，陸續還會有許多衣物要縫製呢。」由於落窪君依然在帷簾內側睡覺，因此阿漕代為回話說：「不知怎麼一回事，小姐從昨夜裡生起病來，現在還休息著，等她醒過來時，我再轉告她吧。」侍女傳完話後就回去了。落窪君說要起身來縫衣物，但少將卻說：「剩我獨自一人，寂寞無聊，叫我怎麼能睡呢？」少將不讓她起床。侍女回去後，夫人問說：「怎麼樣？那個人開始縫了嗎？」侍女回說：「還沒縫，阿漕說小姐還沉睡在夢鄉。」夫人冷笑著說：「什麼話！睡覺就叫睡覺，沉睡在夢鄉？這到底是對何方神聖會用的敬語呢？不懂說話用詞是不可原諒的！為什麼妳會用對我們的敬語，用在那個人身上呢？真讓人聽不下去。妳說她像小孩一樣還在睡午覺嘛！那個人連自己是何種身分都搞不清楚，真是太沒用了！」

三三

這回夫人親自拿了一件襯衣來了，落窪君慌張地挪移到帷簾前面來。夫人看見那罩裙一動未動依然擺一邊，臉色頓時大變，罵道：「妳是不是連手都還沒碰過？我還以為已經縫好了呢。我實在不懂，妳竟然把我的話當作耳邊風！近來妳的心是不是開始發痴了，看

47 臨時祭典於十一月下旬的酉日舉行。舞人從近衛府的貴公子中選出，是祭典中的重要人物。

得出來妳一天到晚忙著化妝。」落窪君聽了這番話，心中非常慌亂，不知該如何回答夫人是好，神智恍惚之下，回答說：「因為身體不舒服，暫時還提不起勁做事。」接著又說：「請稍待一下，這件罩裙我現在可以馬上縫好的。」說完便拿過衣物來。夫人仍然生氣地說道：「警告妳，千萬別像手摸到躁動不安的野馬那樣，手抖動不停地碰觸要縫製的衣物，搞砸的話妳就慘了！我之所以要妳幫忙，只是因為府裡剛好沒有可縫製的人。拜託像妳這種只會嘴巴講講，卻什麼都不做的人做事，實在萬不得已，如果這件罩裙以及襯衫，都不立刻幫忙縫製完成的話，那就給我滾出這宅邸！」夫人怒氣沖沖地把衣服丟給落窪君，站起身來突然發現，少將的外衣角從帷簾後面露到前面來，便站定問說：「這外衣是哪裡來的？」阿漕一下感到措手不及，很慌張地答說：「這是別人拜託縫製，拿過來的。」夫人更加憤憤不平說：「什麼！先縫別人家的東西，而把家中的東西閒擱在一邊？妳明明知道應該要好好縫製府裡的衣物的，妳這樣做不是本末倒置，毫無意義嗎？唉！這世界上竟有這麼愚蠢的人啊！」夫人在生氣叨唸中離去的背影[48]，因生了好幾個小孩的緣故，頭髮脫落嚴重，僅剩十幾根左右，長度短短地只垂到腰際。另外體態圓滾肥胖，奇醜無比。這景象被少將從帷簾的縫隙窺看得一清二楚。

落窪君聚精會神地在為衣物摺壓襞褶，但少將卻在身旁拉她的衣裾，說：「來，到這裡來嘛！」因為拉得很用力，落窪君雖感到很困擾，也只好鑽進帷簾裡去了。少將說：「太可惡了！別縫了！再給夫人一點顏色瞧瞧，讓她多窮著急一下。她剛才說的那些話是什麼意思？這些年來她一向是這樣對妳說話嗎？要是我，哪忍耐得住呢？」落窪君只回答說：「因為我像古歌說的『山梨花』[49]呀！」

三四

不久天黑了，落窪君讓阿漕把格子窗關上，點起燈火來，正擔心著如何完成這些衣服的縫製時，夫人悄悄地來察看縫製的情況。一看，衣服散落滿地，還點著燈火，卻不見人影。一想到落窪君一定還躲在帷簾中睡大頭覺，就怒火中燒，大聲地嚷嚷道：「老爺！您快來看看啊！這落窪君的心性太放肆了，我實在不知如何照顧她了，您快來教訓教訓她。明明人家這麼急著要完成衣服的縫製，她卻不知從哪裡弄來一個帷簾，還正經八百地擺立起來，就為了一直躲在裡面睡覺！」老爺中納言回說：「妳說什麼？我聽不太清楚。到我身邊來講吧。」夫人為了回覆老爺話，就往中納言那邊去了，因為距離有點遠，兩人後面對談的聲音就聽不見了。因為少將從沒聽過身邊這位小姐的綽號叫「落窪君」，於是問道：「她說『落窪』？是什麼人的名字？」落窪君很害羞地答說：「這個嘛！我也不清楚。」少將又說：「人名怎麼用那樣的字眼呢？這肯定是用來稱呼身分卑微的人，或是身

---

48 表現出平安時代欣賞女性背影的審美觀。
49 古歌云：「常言世間多憂患，山梨花開在其間，花兒雖美無處藏，無山倚靠任摧殘。」（《古今六帖》山梨）

分不太體面的人的名字吧。夫人好像在欺負那個人，恐怕那個人也是一個品行不佳的人吧。」說著說著兩人又躺下休息了。

這回又送了一件裁好樣的袍子來。夫人心想，她也許還是睡著，遲遲未能完成縫製工作，於是到她父親中納言面前講她種種壞話，還教唆中納言親自到她房間好好教訓她一番。中納言在夫人的慫恿下，逼不得已來到落窪君門前，一拉開房間的拉門，便開口罵道：「唉呀，這裡的落窪君啊！聽說妳不聽從夫人的吩咐做事，專做一些令人生氣的事，實在太不應該了，這到底是怎麼一回事？妳母親早已不在，妳就應該表現好一點，才能得到大家的疼愛。夫人明明因急用找妳幫忙縫製衣服，妳卻縫製別人的東西，把府裡的工作視若無睹，丟一邊連動也不動，妳這是什麼心態呢？」接著又說：「今天夜裡如果沒給我縫好，我就不認妳這個女兒！」落窪君聽了父親這番話，已不斷啜泣，無力回話了。中納言丟下話之後就回去了。落窪君感到非常難為情，因為少將在旁聽得一清二楚，心想自己羞於見人之處被這樣完全曝光，少將應該已經知道落窪君這低俗名字，就是稱呼自己的名字。她羞愧得真想一死了之，便暫時把裁縫工作擱置一旁，只面向燈影暗處吞聲啜泣著。少將覺得她很可憐，也難怪她會這樣，自己也感同身受其奇恥大辱，於是也陪著她一起哭泣。少將勸說：「暫時到帷簾內休息一下吧。」便強把她拉進帷簾內，美言相勸，百般安慰。

所謂落窪君，原來就是稱呼這位小姐的名字啊。少將對於剛才所說的話，她聽了一定非常羞恥，覺得很對不起她。少將心中暗忖：「雖說後母一般心地都很壞，但哪有連親生的父親，也這樣狠毒地對女兒說話啊！看來中納言對她也有很深的厭惡感。我一定得想辦法讓她麻雀變鳳凰[50]，對中納言一家人好好報復一番才行。」

三五

夫人心想，把那麼多衣服叫落窪君一個人縫，而且又對她動怒過，恐怕她一個人終究縫製不完。於是，夫人便叫自己身邊一個相貌清秀，名叫少納言的侍女去幫忙：「你也去落窪君房裡，幫她一同縫衣服吧。」少納言被指派到落窪君房間幫忙後，就立刻前去，一到就對落窪君說：「我要縫哪裡呢？小姐您為什麼老是沉睡夢鄉不起呢？夫人不是早就說過不可以太慢的嘛。」落窪君說：「因為身體不舒服。那麼，就請妳來縫我縫到一半的罩裙前面的襞[51]吧。」少納言接手過來後，就動手縫了起來，過了一會，她說：「您如果身體還可以，還是請您起來一下吧。因為這襞，我實在不知怎麼縫。」落窪君說：「好的，妳稍等我一下，我來教妳縫襞的方法。」落窪君才勉強起身，從帷簾內挪身出來。

50 少將要讓落窪君幸福的決心，成為該作品卷二以後故事主題。從此場面可以看到作者已經做好了到卷四所有內容的構思。

51 意指罩裙上的褶子。

少將照例透過帷簾的隙縫窺看，但見燈光正照著侍女少納言的面龐，感覺十分清秀。可見這人家也有不少漂亮的侍女。少納言稍微注意看了一下落窪君的臉，看她淚流滿面，淚光閃閃，覺得很可憐，於是對她說：「有件事想向您報告，生怕您當我是拍馬屁。但如果不說，您就連我有那樣的心意都無法知道，這樣會很可惜的，所以不管怎樣，我還是老實地講給您聽。從很早之前，當我拜見過您高貴的性情之後，就覺得您比我那始終隨側服侍的小姐來得好，一直很想到您身邊來服侍，但因世間人多口雜，怕會引起不必要的閒話，因此不敢多提，連暗地裡也沒辦法為您多盡服侍之力。」落窪君答道：「即使平常可以和我開誠布公的人，都已很難看出特別真心的樣子了，所以妳能對我說這樣的話，我真高興。」少納言繼續說：「不過，我真覺得有點怪異。夫人待您不尋常，或許是因為繼母的緣故，不足為奇。但連同一父親所生的姊妹們，似乎都不親自和您交談，真是不應該。像您這樣一個好人，卻過著寂寞無聊的生活，實在太可憐了。您看，那邊的四小姐，也在準備招迎女婿[52]了。府裡無論大小事，都是任由夫人隨心所欲地安排進行。」落窪君問道：「那是可喜可賀的事，不知女婿是哪戶人家少爺？」少納言回說：「據我所知，是左大將家的少爺右近少將。大家都稱讚他人品不但很好，而且未來仕途全面看好，更深受天皇的恩寵，還單身未娶妻。這對女性而言，真是再好不過的夫婿了。老爺也經常提起說，很想迎接那位少爺來當我們家的姑爺，夫人也為此忙得很起勁。好像四小姐的奶媽，剛好和服務於左大將府裡的一位侍女相熟識，真是意外的幸運。於是這件婚事就炒熱了起來，而且聽說已寄送書信過去了呢。」落窪君說：「那樣真令人為之高興。」落窪君說話時，以愉快的心情，帶著溫和的微笑，在明亮燈火映照下，眼神及嘴型美麗動人，露出一副高貴之相，令進一步觀看的人反而會覺得難為情。落窪君繼續問說：「那麼，那位少將對於婚事有何看法呢？」少納言說：「不清楚，少將大概會表示同意吧。我們府裡正悄悄地急著在做種種準備了呢。」帷簾內的少將很想出聲說「一派胡言！」但還是忍下來，靜靜地躺著。

少納言繼續說：「府裡女婿增多了，小姐您的針線活兒恐怕會愈加吃重。倘若有不錯的姻緣，您還是早日結婚吧。」落窪君答道：「像我這麼難看的女人，怎麼可以起那樣的念頭呢！」少納言趕緊說：「哎呀！您這樣說不是太糟蹋自己了！快別那樣說。在這府裡被當作心肝寶貝的那幾位小姐們，反而……」話說到一半，突然停下來，改口說：「說真的，我告訴您，現今世間有一位連我們看了都自覺難為情的美男子，名叫弁少將[53]，世人都視他如古情聖交野少將[54]。在那弁少將的府邸內，有一位服侍在他身邊，名叫少將的侍

52 平安時代上流階層的婚姻，以「招婿婚」為主要型態。

53 除了卷二中再次提及此場景之外，該人物僅在此出現過。「弁」為屬於太政官的官名；此處的弁少將應為兼任近衛少將和太政官的少弁。

54 為散佚物語《交野少將物語》的主角。在《源氏物語》及《枕草子》中亦出現過該名稱；推斷是十世紀末期廣為流傳的言情物語。

女，正好是我的表妹。前天我前去少將房間找她時，碰巧見到弁少將，他也知道我是中納言府裡的人，待我特別和藹親切。我親眼拜見到他的容貌，真如傳聞所說，美男氣概簡直無與倫比。他在談話中問我：『聽說中納言大人家有多位千金小姐，是不是呀？』他從大小姐開始，一一詳細探問，我也一位一位地向他報告。當我說到您的身世時，他大大地表示同情，還說：『那位千金小姐簡直就是我理想中的對象，無論如何，請妳務必替我送封情書給她好嗎？』我進一步告訴他說：『在那麼多位千金小姐之中，唯獨她是個沒有母親等親人可以照顧的人，無依無靠，生活很不安定，在此情況下，她恐怕完全沒有想過結婚方面的事吧。』聽我這麼一說，弁少將說：『她沒有母親一事，更讓我憐憫她，加深我對她的愛情。我真正所期望的結婚對象，並非高貴華麗的千金小姐，而是善解男女情感的女子。日本自不必說，即使到中國和朝鮮，我也要尋找飽嘗世間辛酸而容貌秀美的人。若撇開我府中已入宮當后妃的姊姊不說，有哪一位是雙親健在，又能符合我心中理想的女性呢？因此，妳說的那位小姐，與其在那裡過著不順心的生活，還不如當我最疼愛的妻子，讓她住在能滿足她的場所吧。』弁少將同我懇切地細談，直到夜深。從那之後，當我再上弁少將府邸時，他還在問我：『那位小姐的事怎麼樣了？我送封情書給她吧？』我回答他說：『現在還沒有適當的機會，時機成熟，我會盡快幫您轉達書信。』」落窪君聽她講完，一句話也沒回應。這時候，少納言家派人來叫她：「有要緊事要告訴您！」少納言走到外面，那人對她說：「剛才有位客人來拜訪過您，說有話對您說，您能出來一下嗎？」

少納言說：「稍等一下，讓我進去回報一聲就來。」便又進房間裡，少納言對落窪君說：「我很想陪小姐多聊一下，但現在外面來人說，有人有要緊事找我，所以容我先行告退。剛才向您報告的內容，還有許多後續發展。不管話題性也好，還是趣味性也罷，都是令人興奮，非常精彩的內容，讓我慢慢地再告訴您吧。我這樣中途回去，請幫我保守祕密，別告訴夫人。萬一被她知道，她會很驚訝，然後斥責我一頓。下次有適當機會，我再來打擾您。」說著就回家了。

三六

少將撥開帷簾，對落窪君說：「這位侍女真會說話，簡直是唱作俱佳且生動風趣啊！原本窺看她的時候，覺得她相貌秀麗，還在心中讚美她，但當她對妳提到交野少將（弁少將），還讚美他的容貌俊帥等話之後，我就覺得少納言的長相愈看愈討人厭。妳沒有好好地回答她，卻往我躲藏地方恨狠狠地看著，表情顯得非常焦躁，最後妳還用其他話題來化解一時的情緒。我想，如果我不在現場，大概妳就會對弁少將的俊俏熱衷反應吧。如果那弁少將再送情書來，那麼妳我之間的情分就完結了。因為弁少將這個人，有奇妙的魅力和不可思議的手段，只要隨便寫一行情書過來，應該就可搞定一切，沒有不發生效果的。因為不論對有夫之婦，甚至皇帝的愛妃，也都能勾引成自己的情人[55]。就因為這樣，此人到目前都尚未成家立業，仕途一直很不順遂。在他的所有行徑中，他宣稱要將許多千金女子把玩在自己手中。因此他特別想寵愛妳，應該是非比尋常之舉。」少將說時怒氣沖沖，顯得很不愉快，落窪君覺得他的反應怪異，就閉口不再多談。少將說：「妳為什麼靜默不說話呢？是否為了我對妳深感興趣的事情表示不高興，所以感到難於回答了，是不是呢？在這京城之中，所有一切女子，都競相讚譽交野少將，無一不受他迷惑，令人羨慕。」落窪君低聲回答：「我恐怕不在那些女子的行列吧。我才不著迷呢。」少將說：「這位交野少將的家世，可是非常高貴的，妳如果嫁給他，就會如同《交野少將物語》故事一樣，或許有機會當上皇妃，從此飛黃騰達呢。」落窪君因為對《交野少將物語》故事不知詳情，所以就不做任何回答，只默默無言地縫衣服，縫製中的那雙玉手，實在又白又漂亮。

三七

阿漕知道現在落窪君身邊有侍女少納言陪伴，又因帶刀身體有點不舒服，所以暫時閉居在自己房間裡。當落窪君縫好褲裙，正想在上袍打褸時，說道：「怎麼辦，這個我一個人做不了，叫阿漕來幫忙才好。」少將說：「我來幫妳拉布吧。」落窪君雖然說：「您做那種事，太不成體統了。」但少將已把帷簾移架到外面，開始坐起身來，還說：「還是讓我幫妳拉布，我可是一個出色的裁縫師傅呢。」於是和落窪君面對面，幫忙摺起襞來。少將做事的樣子雖然有板有眼，但常常用心過度，反而弄巧成拙，逗得落窪君一邊工作，一邊笑得很開心。

落窪君問：「您和四小姐要結婚一事，是真的嗎？」又緊接著說：「中納言家都已經公開允許您去她房裡找她了，您為什還一臉事不關己的表情呢？」少將笑著說：「別說傻話了，當那個交野少將有一天得到妳，將妳視為寶貝寵愛，並金屋藏嬌起來時，我就可以冠冕堂皇公開去中納言家當四小姐的夫婿了。」

「夜很深了，我們睡吧。」少將催她休息，落窪君說：「再一下就完成了，您還是早點休息吧。還剩一點點活，我一定得把這些縫好才行。」少將說：「不行，哪有讓妳一個人不睡做針線活的道理。」少將也就沒睡，正陪著落窪君時，因夫人很在意落窪君又不縫衣服只貪圖睡覺，於是趁大家都睡著，夜深人靜時，悄悄地走來，從那個經常窺探的洞穴窺看。發現侍女少納言竟然不在，只看這邊立著帷簾，再從帷簾側旁窺看進去，看見落窪君背向著這邊，正拿著布在打褻，而且還有一個男子與她面對面坐著幫忙縫衣服。這下睡眼惺忪的夫人忽然清醒，再仔細一看，但見那男子穿的白色上衣[56]高尚有品味，上面還搭配著一件顏色豔麗的絹絲外褂，及一襲淡紅色衫子。另有一件外褂像似女子的唐裳，從腰部垂到下面。其裝扮之高雅，在明亮的燈火中，令人很想多看一眼，簡直可稱得上是一位

55 在《伊勢物語》、《源氏物語》等作品中，皆以此類不倫戀為主題；而此處內容是作者對於言情物語的批判。是從本物語一夫一妻主義的觀點中所提出的諷刺。

56 原文為「袿」，此為男性穿在便服或打獵服下的襯衣，是放鬆無拘束時的穿著，通常為白色。

容貌端正的俊俏美男子。這個人比起自己花很大心思，非常看重的新女婿藏人少將更加優秀，俊美許多，讓夫人驚訝不已，不知如何是好。

夫人雖然早已察覺到落窪君房裡有男人進出的情形，但都以為只是普通男子而已，萬萬沒想到這男子竟然非是等閒之輩。況且，關係這樣密切，兩人還相依靠坐著，一起做著女人家的針線活，可見兩人的愛情已經非比尋常了。這樣下去還得了！如果落窪君的身分好起來，我就很難像從前那樣隨心所欲地處置她了。夫人一想到這裡，已無心顧慮裁縫不裁縫了，心中憤恨不已地站著繼續窺看。不久，聽到裡面那男子說：「做這些從沒做過的事，連我都做得疲累了，妳應該也感到很睏了吧。我看，我們就做到一半，停下來睡覺，讓夫人像往常一樣去生大頭氣吧。」落窪君答道：「但是看到夫人發脾氣的樣子，著實令我非常難過。」她說完照舊縫著衣服，於是少將很不耐煩，就用扇子把燈火蓋滅了。落窪君感到很困擾地說：「啊呀，您實在很胡鬧！怎麼人家都還沒收拾好衣物就熄燈了呢。」少將說：「有什麼關係，衣服只要隨便掛在那帷簾上不就得了。」於是少將就親自把那些要縫的衣物一團抱起，全部掛到帷簾上，然後就抱著落窪君共寢了。

三八

夫人從頭至尾聽到兩人的談話，覺得很可惡。心想，那男子說「讓夫人像往常一樣去生大頭氣」這句話的意思，大概是他從以前就聽過我喜歡生氣的傳聞了吧，不然就是這臭落窪君告訴他的吧。這臭落窪君實在太可惡了。夫人回到自己的房間，在睡榻中仍在左思右想著對策，卻想不出任何好方法，認為這件事還是去稟告老爺吧，但是一考慮到對方男子容貌俊俏，再從他身上穿著的貴族風服裝來推測，要是真的是一位身分很高的人，告訴老爺後，老爺也許會索性公開讓他們兩人結婚亦未可知。夫人擔心之餘，認為還是捏造成帶刀和落窪君發生了關係，去向老爺謊稱這件事吧。都怪自己太過疏忽，沒有好好管束她，以致發生了這種事。好，日後就把她關進其他房間內吧。看這樣她還會不會有機會讓那男子說「讓夫人去生大頭氣」這樣的話。夫人愈想愈覺得可惡，怒氣沖沖地思慮著計謀。對了，把她關起來之後，那男子不久一定就會忘了她。然後找來自己的叔叔典藥助，他正好住在府裡，雖然貧窮潦倒，年紀也六十左右了，卻仍貪好女色，就讓他去糾纏落窪君吧[57]。夫人盤算了一整夜，直到天亮了都未察覺。少將深情厚愛與落窪君和睦交談了一整夜，天一亮就回家去了。落窪君送少將出門後，立刻趕緊做昨夜未完成的針線活。夫人起床後，馬上想到昨夜落窪君縫到一半停下工作的情形，所以很想趁此機會，怪她沒完成工作，給她惡狠狠地訓斥一頓，叫她頭破血流、痛苦難堪。於是派人去取縫製的衣物，吩

57 為執掌醫藥事務機關典藥寮的次官。在物語後面的發展中為一要角。在《今昔物語》等作品中，對於任職於典藥寮中官差的描寫多為好色之徒。此角色的形象多半認為受到《古本住吉物語》中的角色「主計頭」影響，同時影響了《源氏物語》、《狹衣物語》中的角色；是滑稽及好色的角色典型。

咐侍女傳話說：「衣服應該已縫製好了，夫人叫我來拿回去。」然而出乎意料，衣物已縫製得很漂亮，還折疊整齊送了出來，害夫人心情大失所望，只能自言自語地感嘆：「真可惜，這到底是怎麼一回事，竟然縫好了呢？」最後就沒藉口教訓落窪君了。

三九

少將派人送信來，信裡寫道：

「昨夜縫到一半的衣物，後來怎麼了？夫人還沒開始生大頭氣嗎？好想聽聽她生氣的樣子。對了，我把笛子忘在妳那裡了，請交給我差遣過去的人，因為我現在要到宮中去參加管弦樂演奏。」沒錯，真的有一把用名香薰過的笛子[58]放在枕邊，落窪君就將它包好，交給了來人。這次，落窪君寫一封回信：

「快別說『開始生大頭氣』之類過分的話，被人聽見了會很尷尬的，今後請不要再把夫人想成那樣，聽說夫人心情很好，還笑容滿面呢。笛子我已託來人送上，你怎麼連這麼重要的東西都會忘記呢？

手操笛管節節鳴，竹笛遺忘不知情，
萍水相逢似此緣，笛音短暫如泡影。」

少將讀了這首和歌，覺得很舒坦，便回她一首和歌：

君疑棄笛如忘人，豈知竹笛伴共枕，
此緣不絕共千夜，笛音永繫雙人心。

四十

一早少將出了中納言府邸後，同一時間夫人隨即去向中納言打小報告：「我老早就擔心遲早一定會發生這樣的事情，沒想到，家裡的這位落窪君，竟真的做出見不得人的荒唐透頂的事來了，這簡直太不像話了。當然啦，如果對方是毫無相關的人那倒還情有可原。不過，再怎麼說她還是您的女兒，這實在太不成體統了。」中納言很驚慌地問：「是怎麼一回事？」夫人答道：「本來我也聽說我們家女婿藏人少將的部下帶刀那小伙子，到最近都和阿漕有來往。我也都這麼認為，但意想不到的是，不知什麼時候開始，他很快地又搭上了落窪君本人。這帶刀是個蠢蛋，竟將放在懷裡的一封情書回信，掉落在藏人少將的房間裡，被少將發現到了。當然，少將是個做事小心謹慎的人，就盤問帶刀這封信是誰寫

58 當時的笛子或其他隨身物品，皆有用線香薰香的習慣。

的，帶刀也據實說了。因此少將抱怨說：『到頭來，竟然招進這麼一位出色的女婿！唉呀！太丟臉了。這種事傳出去被人聽見或看見了，是很難聽又很羞恥的。拜託，別讓帶刀再到這府裡進出了，行嗎？』這是三小姐感到很害羞地轉述給我聽的。」夫人將揑造內容當成事實，仔細地報告給老爺聽，中納言年紀雖老邁，火氣仍格外大，於是生氣用力地彈了一下指甲說道：「啊呀！真的捅出難以收拾的大婁子來了。讓她繼續這樣和我們同住在這府裡，不管誰都會知道她是我的女兒。這帶刀就算是具有六位的官職，但卻連藏人頭銜都不到，身分還是個檯面下的帶刀[59]，是個年紀不過二十左右，個頭矮小的小毛頭男子。她怎麼會同那種傢伙幹出這種勾當呢？如果對象是個像樣的地方官，或許我還會閉著眼睛把她嫁出去呢。」夫人說：「這件事真是令人感到太遺憾了。所以我想，不如趁外人還不知情的情況下，把她關在某個房間嚴加看守吧。不然的話，落窪君一但痴想起帶刀來，定會設法繼續和他來往見面的。事不宜遲，先把她關起來再說，等過一些時日後，老爺您再看著辦吧。」老爺應說：「這辦法好極了。現在立刻把她趕出去，關在府內北邊的那間貯藏室裡，飯也不用給她吃，讓她活活餓死吧！」這中納言老邁昏庸，沒有判斷事情的能力，所以任意說了這些荒謬的話，因此夫人內心覺得很高興，於是就把裙子高高地撩起，趾高氣揚地闊步走進落窪君的房間，以單腳跪坐的姿態，說道：「妳真的做出荒唐的事情來了。老爺說妳給別的孩子丟臉了，非常生氣。他說：『別讓她再繼續住在這寢殿內，早一點把她趕去貯藏室，我也會好好監視她的，現在就去把她趕過去！』所以，妳就乖乖跟麼，才這般動怒。落窪君悽慘的哭聲，已無法用言語來表現了。

我來吧。」落窪君感到很意外，內心害怕又悲傷，只管大聲哭泣，不知父親究竟聽到了什

四一

阿漕慌張地飛奔出來，向夫人問說：「老爺到底聽到了怎樣的謠傳？小姐明明向來都沒犯什麼錯誤呀。」夫人說道：「唉呀！我正在教訓她，不要插嘴！別逮到機會，就囉哩叭嗦碎碎唸個不停！要怪就去怪那位大小姐，為什麼膽敢做出令老爺大發雷霆的勾當來的呢？這種事，雖然瞞著我不說，卻是老爺從外頭傳聞聽來的啊。妳有了這個大膽幹盡壞事的主人，還認為落窪君比我疼愛的三小姐好。妳啊，妳這位鄉下姑娘，留在府裡也沒什麼用處了，早點走人吧！大小姐，走吧！老爺有話對你說。」於是，夫人抓住落窪君的衣服肩膀處，站起來就要走，為此阿漕傷心痛哭得不成人樣。落窪君也整個人茫然若失了。夫人把房裡的器具四處踢散，像捕捉逃犯那樣拉住落窪君的衣袖，然後押在自己前面走了出去。落窪君身著紫苑色綾羅做的軟外褂，以及白色薄披肩，下面搭配穿著少將脫下給她的綾羅褲裙，一頭青絲髮，最近剛好仔細梳理過，樣子非常美麗，頭髮長度比身高還長出五寸光景，行走中秀麗烏髮飄逸，整個背影實在美不勝收。阿漕目送著，心想：「夫人今後

59　五位以下的官職，不被允許進入天皇的清涼殿。

不知打算怎樣處置小姐？」愈想心情愈混亂，眼前一團漆黑，手足無措，悲悽心情油然而生。目送落窪君走後，阿漕只能強忍著悲痛，把被夫人踢散四處的器物整理一番。

落窪君悵然若失，被拉到父親中納言面前來，夫人將她押坐在地後，說：「費了好大功夫，才好不容易把她帶過來了。要不是我親自出馬，她才不肯過來呢。」中納言說：「立刻把她關起來！我不願意再見到她。」夫人就揪起落窪君，拉她去關在貯藏室裡了。夫人剽悍起來，行徑完全沒有女性溫柔心腸的一面，落窪君看她那副猙獰的面目，也驚恐害怕成半死狀態。落窪君被帶到一間有小吊門，通往廂房的一間三根柱子寬的貯藏室，這裡是用來雜亂堆放醋、酒以及魚類等雜物的房間，房內只有入口處鋪著一條薄蓆子。夫人說道：「行為不檢，我行我素的人，就應受這等懲罰。」說完，便很粗暴地把落窪君推進裡面，親自重重地把門關上後，還用鑰匙緊緊地上了鎖才離去。房內雜物亂堆，四處臭味撲鼻相當難受，再加上這一連串的驚恐，已痛苦到欲哭無淚了。落窪君為什麼會被夫人這般處罰，被子虛烏有的事害成這樣，她全然不知情，覺得這一切毫無道理，有點莫名其妙。現在她唯有想辦法，看能不能和阿漕見見面，卻完全看不到阿漕的身影。她感嘆自己很沒用，以及自身的不幸，只能俯臥在地，放聲大哭了。

四二

夫人來到落窪君原來住的房間裡，說道：「跑哪裡去了？這裡不是有一只梳頭箱嗎？

一定又是阿漕那小鬼靈精在這裡，老早把它隱藏起來了。」這同時，阿漕答說：「是的，我把它收拾在這裡了。」這一來，即使是夫人也不好意思拿走。於是，夫人撂下重話說：「這房間除非我許可，誰都不准打開它！」把房門緊緊地上鎖後就走了。夫人暗地裡想：「一切太順利了，接下來我要快點去告訴典藥助。」等待著沒人的適當時機。

阿漕就要被趕出家門，不勝悲痛。她想：「我為什麼非得待在這樣的府邸呢？我還真想離開這裡呢。」然而一想回來：「小姐不知變成怎樣了？真令人擔心，好想看看小姐現在的處境。」阿漕一心一意想知道落窪君的處境，於是走到三小姐那裡，向她苦苦地哀求，請三小姐留自己在府裡服侍。阿漕說：「對這件令人遺憾的事，我實在一點也不知情，還被夫人痛斥了一頓，甚至要趕我出門。這一來，我服侍小姐您的差事，就必須半途告退，心中實在痛苦悲傷。無論如何，懇請小姐再給我一次服侍您的機會，拜託您幫我去向夫人求求情，饒恕這次對我的懲罰。雖然我從幼小時候就在落窪君身邊當差，但現在和落窪君已經斷絕關係，這一次關於她的事情，我實在一點也不知道，被夫人誤解如此深，我真的很過意不去。如果再讓我離開侍奉多年的小姐您身邊，又必須告退這府邸的話，對我是何等悲哀的事啊！」由於她能言善辯地不斷地發誓、懇切地哀求，因此三小姐覺得阿漕所言也有道理，很可憐她，便去對夫人說：「為什麼連阿漕也要受處罰？一直以來我已習慣使喚她，如果她走了我會很不方便的。我希望能留她在府裡服侍我。」夫人說：「看來阿漕這小丫鬟，倒是和妳很合得來嘛。別忘了，她可是盜賊根性強的小丫鬟，那小賤人似乎想方設法，讓落窪君飛上枝頭當鳳凰，不過落窪君自己絕不會有窩藏男人的心思，因為看不出她會對男人有賣弄風騷的舉止。」三小姐又央求說：「這次還是饒了阿漕吧。她已經向我保證要痛改前非，真心要悔過了。」夫人很不情願地答應了，說：「要怎麼處置，就看妳自己的心意了。不過，今後不可以稱讚她好使喚，也不要傻傻地動不動就同情她，這樣會寵壞她的。」三小姐聽了母親這話，也覺得事情很麻煩，所以就沒立刻呼喚阿漕到自己身邊來，只託人傳話給她，說：「妳暫時忍耐一些時候，日後我再找時間好好跟妳談一談。」

阿漕愈想愈感到擔心。至於被禁閉在貯藏室的落窪君，簡直就是神志恍惚，不知天日。阿漕整天左擔心右掛慮地，替落窪君感到既擔心又悲嘆。一想到：「夫人一旦吩咐下，把她關進那貯藏室，誰都不准給她送飯菜，這樣府裡的人，任憑誰也絕不敢送飯菜進去給她。夫人那般齜牙咧嘴地使蠻勁拖走小姐的那一幕，歷歷在目。」便覺得肝腸寸斷，為落窪君感到傷心。阿漕心想：「要是自己現在有與夫人同等的身分地位就好了。這樣就能對夫人採取報仇行動了啊！」愈想愈興奮。再想：「少將到夜裡還是會來的吧。他若聽到這種情況，不知會作何感想。」阿漕覺得仿佛和落窪君死別了，胸懷憂鬱，日夜悲傷哭泣，小丫鬟阿露一旁看著，都覺得難過不安。落窪君關在裡面，隨著時間的經過，獨自思量著，如果在這臭氣沖天的房間內，躺著就此死了，就再也不能和少將談話了，彼此間曾立下白頭偕老的誓願，也白費功夫，想起來令人徒增傷悲。昨夜幫我拉住縫衣的少將容姿，歷歷映在眼底，無限悲傷。她自怨自嘆：「不知我前世到底犯了什麼罪孽，必須遭受這樣的苦難。世人常說，後母會虐待非親生子女，是世間見慣之事[60]，所以聽說也有像我這種繼母女情節的故事。即使是這樣，那為何連生身的父親，也對我同樣冷酷呢？」

四三

少將聽聞情況後，自覺很對不起落窪君，心中著急著：「小姐現在一定很煩惱吧。總之，這種事情都是因我而起，才會害她遭到如此的不幸。」少將對阿漕說：「妳悄悄地趁人不注意時替我傳個話。」少將說：「我只想早些見到妳，急忙前來和妳會面，豈知事出意外，不，說意外是一般膚淺說法，簡直就像做夢一般獲知這件事，真是令我茫然若失。我能推測得到，妳現在的心情是何等的痛苦，不過請相信我，我比妳更煩惱又悲哀。我正苦思著要如何才能和妳見面。」

阿漕脫下會有摩擦聲響的衣服，撩起褲裙，繞過廚房的邊廂，前去貯藏室。趁著夜深人靜，她悄悄地移近貯藏室，輕輕地敲敲門：「小姐、小姐。」裡面肅靜無聲。她再敲門：「小姐睡著了嗎？我是阿漕。」落窪君隱隱地聽見阿漕的聲音，悄悄地靠近門口來，

60 當時繼子受虐普遍之情況，在《源氏物語》螢之卷中「繼母壞心之古老物語亦多」的描述中，亦可窺見。

說：「妳怎麼來的？」話一出口馬上哭了起來，繼續說：「實在太過分了，到底為何原由，夫人要對我這樣做呢？」話沒說完，已經泣不成聲。阿漕也哭著說：「我從早上就一直在這貯藏室附近，來回走動找機會，但是無論如何也靠近不了您身邊，實在很抱歉。夫人是向老爺如此這般地誣告您的。」阿漕詳細告訴落窪君後，落窪君聽了，痛哭失聲。阿漕又說：「少將少爺來拜訪過您了。當我向他報告過整個過程後，傷心得哭個不停。少將要我傳話給您。」落窪君聽了愈加悲傷，說道：「現在我思緒很亂，腦中一片空白，不知說些什麼好。若要見面——

吾身遭禁幽閉室，身心雖存神已逝。
今世欲見君一面，唯恐難逢機已失。

請幫我跟少將這樣說。這裡擺滿各種惡臭難當的東西，叫人看在眼裡，心情很不愉快又痛苦。我因為活著，該受這樣的災厄吧。」說罷就哭得不成人樣。這也是人之常情吧，阿漕心中也只能靠想像來感同身受了。阿漕生怕久待落窪君這裡，會被人察覺，便悄悄地回她房間了。阿漕將得自落窪君的回音，報告給少將聽，少將聽了更加悲嘆，思念更深，哭得相當傷心，還用上衣衣袖遮住臉，一直席地哭個不停。阿漕看了不勝悲慟，一時之間不知如何是好，非常猶豫。過了一會，少將說：「還是再幫我傳個話給妳家小姐。『我思念的愛人啊！我悲傷滿懷，雖然再也無法親口跟妳說話，我——

聽聞今夜難相逢，愁思滿懷心悲痛，
已無心情待明日，今夜欲死心等同。

此情只能獨自思量，無法當面向妳傾訴。我們彼此都不要死，要懷抱希望撐下去。』」

阿漕再度前去貯藏室，途中不小心發出一點聲音，夫人馬上覺醒過來，大聲叫道：「貯藏室那邊好像有腳步聲，到底是怎麼一回事？」阿漕不敢久留，哭哭啼啼地傳達了少將託付的音訊後，說：「我還是早點回去吧。」落窪君急忙回給少將一段話，說：「我也是，

曾疑君意似夢幻，情短難續總不安，
豈料此心先絕望，身消命斷近眼前。」

阿漕沒完全聽完，就慌慌張張地回去了。阿漕回去對少將說：「如此如此這般這般。因為夫人已經醒了，所以我無法將小姐的傳話全部聽仔細。」少將聽完後，恨不得立刻闖

進去，把夫人給殺了[61]。少將和阿漕、帶刀三人在一起悲嘆了一整夜，因為天亮了，少將臨走時懇切地說：「倘有機會可以帶走她，務必通知我。小姐在裡面該有多痛苦啊！」說完就回去了。帶刀認為，這件和他自己有關的羞恥事件，中納言一定知道了，所以自己也不宜再留在此府裡，便搭乘在少將的牛車後面一同回去了。

四四

時間來到早上，阿漕想設法送食物給落窪君，她推測小姐的心情一定很惡劣。阿漕趁人沒注意，包了些乾米飯[62]，設法送進去，可是沒有機會可以拿過去。中納言最小的兒子三郎君，經常來找阿漕閒聊，關係還不錯，阿漕便問他：「那位落窪君姊姊這樣被關在裡頭，你感想如何，不覺得她很可憐嗎？」三郎君說：「哪裡會不覺得可憐呢！」阿漕說：「覺得可憐的話，就拜託你，不要被夫人察覺之下，把這乾米飯和這封信送進去給落窪君姊姊。」三郎君說：「沒問題。」便拿了東西跑到落窪君被關的貯藏室前面，大聲撒嬌喊著：「我想打開這個門！給我打開！快點！快點啦！」夫人厲聲罵道：「為什麼你想打開這個門呢！」三郎君說：「我的木屐[63]放在這裡面，人家想拿出來穿啦！」他拚命地敲著門，並大聲地吶喊著，因為中納言很疼愛這位么兒，就說道：「他一定想穿著木屐，四處出風頭吧。快點給他開了吧。」夫人還是嚴厲地說：「再等一下會開的，到時候你就可以進去拿了。」這孩子更不聽話，很生氣地大聲吵嚷道：「好！不給我開，我就把鎖敲壞。」於是中納言親自出來給他把門打開，讓他進貯藏室了。三郎君並不找木屐，只問：「姊姊在哪裡呢？」三郎君看到落窪君後，便蹲下身去，趕緊將乾米飯和信遞給落窪君，然後假裝說道：「太奇怪了，木屐怎麼不在這裡？」話一說完就走出去了。夫人說：「老娘怎麼容得下讓你這樣撒野下去，這次絕不饒你！」於是走近三郎君，抓起來就打。落窪君借用隙縫裡射進來的日光看著那封信，原來是阿漕寫的，信中描述著種種事情，虛稱沒發生什麼事，只為了和乾米飯一起送進來而寫的。但是，落窪君由於悲憤，根本茶不思飯不想，於是原封不動，擱置一旁。

四五

就算夫人再怎麼兇狠，至少一天要給她吃一頓飯，何況她還有裁縫的工作，不能讓她餓死。於是，趁無人在旁的時候，把那個典藥助叫來，跟他商量說：「找你來，是我想把

61《落窪物語》和其他平安朝物語相比，男主角個性非常陽剛，亦為此物語的一大特色。這樣的表現是這部物語獨有的特色，此外也是對少將思維的重要描寫。

62 將糯米以蒸籠蒸熟的飯。類似慶祝時的紅豆飯，但並沒有紅豆。

63 平安時代的鞋子有皮革製、桐木製、及棉製等；分為平常時候穿的平底鞋、下雨下雪時所穿的厚底鞋，及騎馬時所穿的半筒靴。亦會根據儀式及身分而有所不同。

落窪君許配給你。由於發生了如此這般的事情，我已經把她關在貯藏室了。請你要有那樣的心理準備。」典藥助聽了，簡直是喜出望外，感激不盡，高興得嘴巴都笑到咧歪到耳根了。夫人說：「那麼今夜你就到落窪君住的那間貯藏室裡去吧。」正與典藥助萬事約定，預先在敲時間時，有人來了，典藥助就起身離去了。

四六

少將派人送一封信給阿漕，信中說道：

「那之後有什麼後續發展嗎？我很擔心小姐所在的貯藏室能不能打得開？總之，一旦有帶她出來的好機會，妳還是通知我。再者，這封信如果可以送進去的話，就萬事拜託把這封信轉交給她。若能夠得到她的回信，我也會寬慰一些。想像小姐如此可憐的遭遇，我實在坐立難安。」

至於少將給落窪君本人，則寫了一封愛情深摯，相當感人肺腑的信：

「想起了妳給我的那封淒涼的信，真不知該如何是好，實在痛苦難堪。

至少留得性命在，此生相會機可待，

汝言絕望無逢時，令人心憂情難耐。

我的寶貝啊！希望妳要堅強一點，自我好好安慰一下。我真想和妳一起被關在那裡頭啊！」帶刀也給阿漕來信，說：「我仔細反覆地想著此次的事件，心情憂鬱得不得了，只得一天到晚躺著。到底小姐作何感想，每念及此，我就深感抱歉，實在對不起她。心情糟糕透頂，真想乾脆剃光頭出家當和尚[64]去算了。」阿漕寫回信給少將，說：「我知道了。我會想辦法將您的來信拿給小姐看。但小姐被關的那間房間門一直深鎖著，而且監視得相當嚴密。我到底如何才能將您的來信拿給她看呢？真傷腦筋。若能取得小姐的回音，我會先收下，再找機會由我親自說給您聽吧。」她也給帶刀同樣回覆了一封內容相當悲觀的信。欲知後續故事如何發展，請詳閱第二卷精彩內容。

64 平安時代中所謂的「出家」，在《源氏物語》中亦有提及；具有宗教及思想上的意義。但這裡所表現出的是一種想要逃避責任的心情。

卷二

——

阿漕手握著少將的信，想盡辦法想傳給落窪君看，就在貯藏室周圍徘徊等待機會，但見那門一直都不開，感到很著急。

另一方面，少將和帶刀專心籌策，如何暗中搶救出落窪君的計畫。少將自認落窪君是由於他的緣故，才遭受此苦難，所以深感不捨，對她的憐惜之情愈發增多。少將不但希望早點把落窪君搶救出來，更發下重誓要給這個繼母好看，讓她狼狽不堪，後悔莫及。少將就是這麼一位復仇心很強，而思慮深遠的人。

這時候，前幾天晚上來幫過落窪君忙，又閒聊許久的那位少納言侍女，送來交野少將的情書[1]，然而卻碰到落窪君被禁閉的狀態，不免感到很吃驚，書信無法遞交，覺得可惜之餘，也為落窪君感到很可憐。少納言偷偷地啜泣，和阿漕交談說：「小姐內心不知作何感想？小姐的命運怎麼會遭遇這樣的不幸啊！」

直到日暮，阿漕還一直苦思著必須想辦法，早些把少將的信送去給落窪君。這時候，夫人想找個人替藏人少將縫笛子的錦袋[2]，但想不到有誰懂得如何縫製法，而且無人能夠緊急勝任此事，於是打開關著落窪君的貯藏室的拉門，走進去對落窪君說：「現在立刻替我把這個錦袋縫好。」落窪君說：「我身體非常不舒服，沒辦法縫。」只是躺著沒起身。夫人威脅道：「如果妳不幫我縫這個，我就把你趕去下人房間，把妳關在那裡。給妳住在這貯藏室裡，是因為還有像這樣的工作想麻煩妳呀！妳不要不知好歹！」落窪君內心害怕夫人真會使出那樣的手段來，雖然生不如死，痛苦不堪，只得勉強起身來縫製笛子的錦袋。

二

阿漕看見貯藏室的門開了，便把那個三郎君叫來，對他說：「小少爺，你每次都很親切地和我聊天，所以我才會找你幫忙。能不能請你把這個，趁夫人不注意的空檔，悄悄地交給落窪君姊姊。絕不能讓夫人察覺任何可疑意圖。」「嗯，沒問題。」三郎君接過了那東西，就往落窪君被關的貯藏室走去，進去後就坐在落窪君旁邊拿起笛子東瞧瞧西弄弄，然後偷偷地把信塞進她的衣服底下。落窪君很想找機會早點兒看信，然而沒機會，只能等到縫好錦袋，趁夫人將那袋子拿去給藏人少將的空檔，才終能展閱信件。落窪君看了感到無限思念，想寫回信，可是筆硯都沒有，只能用現成的針頭寫了一下內容[3]：「我痛苦難耐如是想——

1 即卷一中所提到的弁少將。
2 裝橫笛所使用的錦布製袋子。因為藏人少將被指定為賀茂臨時祭典的舞人，因此錦袋為必要之物。
3 落窪君縫紉笛袋的場面設定，可以看到庶民的生活智慧。落窪君利用針頭，在少將寫來的信紙上戳出小洞以書寫回信內容。

人後思君懷情時，欲訴不言時已失，

近似晨露瞬間存，轉眼身影終消逝。」

落窪君寫好了之後將信藏起來。這時候夫人又回來了，對她說：「妳縫的那只袋子功夫相當不錯。不過，我把這門打開了，要是被老爺知道，他會生氣責罵我。」說完就想立刻把門關上加鎖，於是落窪君向她請願：「拜託您，請您吩咐一下阿漕，叫她把我房內那只盒子拿過來給我。」夫人聽她這一說，就停下關窗鎖戶的動作，向阿漕喊說：「這位小姐說要那只梳妝盒子呀！」阿漕慌忙地把盒子送過來，落窪君趁阿漕把盒子放進房間的機會，把寫好的回信塞在她手裡，阿漕偷偷地將信藏好就起身離開了。

阿漕把信送交給少將，說：「好不容易取來了小姐的回信，這次是趁夫人為了吩咐她縫笛子錦袋的機會，才會有開門的空檔。」少將看了信，無限感傷，愈發感到落窪君十分可憐。

三

太陽一下山，典藥助由於心情非常興奮，盼望早一刻將落窪君擁為己有，顯得坐立不安而四處徘徊，於是順道走到阿漕那裡，臉上浮現一臉低俗的笑容，對她說：「阿漕小姐，再過不久，以後妳可要好好照顧我這老爺喔！」阿漕覺得很噁心，問他：「怎麼可能會有那種事？」典藥助說：「因為上頭已經把落窪君許配給我了。妳不就是她的隨身丫鬟嗎？」阿漕聽了，非常震驚，認為事態不妙，嚇得連眼淚都差點流下來。但她還是故作鎮靜[4]，說：「小姐如今還沒夫婿，很寂寞，若能有您這位姑老爺相伴，實在叫人太放心了。但不知是老爺答應你的，還是夫人答應你的？」典藥助滿心歡喜地說：「中納言老爺平常是很照顧我的，何況夫人是我的親戚，更不用說了。」阿漕心想，這是小姐的一件切身大事，無論如何，都得想辦法把這件事先通知小姐一聲。阿漕實在急得如鍋上螞蟻，再問典藥助：「那麼，是哪一天呢？」典藥助回答：「就在今天晚上囉[5]！」阿漕說：「不過，今天明明是小姐的禁忌日子[6]呢。是無法與你同枕共眠啊！我說的是事實，您不要懷疑。」典藥助說：「不過，妳家小姐因為有了情人，這樣下去挺危險的，我要是不趁早占有她……[7]」話一說完就起身走了。

4 從此處的描寫可以看出阿漕冷靜機靈的性格。
5 可看出落窪君的處境，如同風中殘燭一般，更加劇了落窪君受苦難的程度。
6 阿漕利用和當初不去石山寺參拜時同樣的手段，以生理期的理由，欲阻止典藥助於今夜前往，占有落窪君的行動。
7 表現出典藥助不理會生理期的禁忌，仍急著要占有落窪君的好色性格。

四

阿漕非常擔心，事情不知會變成什麼樣，於是趁夫人送餐點去給老爺吃的空檔，偷偷地走到關落窪君的貯藏室門口，敲敲門。落窪君在裡面問：「是誰呀？」阿漕低聲對她說道：「大事不好了，典藥助就要潛入您這裡來，對此請小姐要做好萬全準備。我騙他今天是您的禁忌日子。這件事很棘手，怎麼辦好呢？」阿漕話未說完，就急著走開了。落窪君聽到阿漕這番話，嚇了一跳，但完全不知如何是好。從前感到心酸難過的種種事，與這件事一比起來，簡直算不了什麼。除了自覺無用外，已無躲藏之處。落窪君一下子陷入沉思，一心一意只想馬上一死了之，她心如刀割，撫著胸俯臥在地痛哭流涕。

天已黑，府邸上下四處點起燈火[8]，中納言自傍晚時分就感到睏倦，早已就寢了。但是，夫人因有典藥助一事未辦，還沒休息，來到落窪君被關的房間，打開房門一看，只見她俯臥在地痛哭流涕著。於是夫人問道：「很痛苦嗎？為什麼發出這麼痛苦的哭聲呢？」落窪君好不容易出聲答道：「因為胸口很痛。」夫人說：「哎呀！真可憐啊！我想是消化不良吧。典藥助是醫生，就請他來幫妳看病。」落窪君覺得夫人很邪惡，答道：「不用麻煩了，我只是一點傷風罷了，沒有看醫生的必要。」夫人說：「話雖這麼說，胸部的疾病是可怕的呢。」這時候典藥助照約定趕來了，夫人連忙招呼他：「到這裡來！」他便迅速地靠了過去。夫人對他說：「這位小姐好像胸部不舒服，我想應該是消化不良，你給她診療一下，順便也開個藥讓她服用。」夫人話一說完，當場把落窪君交給典藥助，就回去了。典藥助對落窪君說：「我是醫生，會很快把妳的病醫好的。從今天晚上起，請妳全心全意信任我吧。」他伸手就要去摸落窪君的胸部[9]，而將手往落窪君的肌膚撫觸過去，落窪君拚命大聲哭喊，一直抗拒，然而身邊沒半個人可以制止典藥助。落窪君死命抵抗典藥助的猥褻行為，感到相當慌亂與無助，只能放聲不停地哭泣回應典藥助，說：「你雖然真的值得信賴，但是我現在痛苦不堪，神智很不清楚。」典藥助說：「是嗎[10]？妳為什麼會這樣痛苦呢？現在我這老翁真想當妳的替身，幫妳生病啊。」說完就抱住落窪君不放。夫人心想，有典藥助陪在落窪君身邊，便安心了，於是門戶也沒上鎖就去睡覺了。

五

阿漕憂心地想著：典藥助應該已經進到幽禁小姐的房間去了吧！到那兒一看，門開著一條細縫。看到這情形她嚇了一跳，但所幸門並未上鎖，於是連忙推門進去，看見典藥助正蹲在落窪君身旁。心想，竟然還是進來了，便對典藥助說：「我明明向你說明過，今天

8 夫人為了不讓中納言知道，她讓典藥助過去落窪君那邊，而讓侍女們提早將房裡的燈點亮，同時也看到中納言任由夫人擺布的老好人性格。
9 這種和其他平安朝物語有所不同的寫實描寫，是本部作品的一大特色。假借診察之名，而行襲胸之實。
10 描寫落窪君好言勸說典藥助，但他卻更恬不知恥，一意孤行的性格。

是小姐必須謹慎小心的禁忌之日，你怎麼還是這麼不識相地跑來啊！」典藥助說：「妳怎麼這麼說呢？若我已和她發生親密關係也就算了，是夫人叫我替小姐診治胸部不適，將她託付給我的。」典藥助也的確衣衫未解地端坐著[11]。

落窪君痛苦難耐之外，還不停地哭泣。阿漕心想：「這次的狀況，便已讓小姐如此痛苦難堪了，今後可該如何是好？」阿漕對落窪君說：「拿些溫石[12]來讓妳熱敷一下好嗎？」落窪君說：「也好。」於是阿漕轉身對典藥助說：「事到如今也只能拜託你了。請你替小姐找些溫石過來。這宅邸的人現都已入睡，若由我去找，肯定無法拿到溫石。就從這來證明，你對小姐是否真有深切的愛護情意，開始對小姐表現你的體貼吧！」典藥助微笑著說：「這是當然的。雖說我已老邁，苟活之日無多，但只要拜託我這位對小姐專情一意的典藥助，不管什麼事我都會辦到。即使要我把高山挪開，我也毫無怨言，何況只是溫石這種簡單的東西。我就用愛慕小姐的熱情之火來燒熱石頭，讓妳見識見識吧！」阿漕催促說：「既然如此，就請快去把溫石拿來。」典藥助本想拒絕這要求，但心想：「這事若辦成，我跟小姐就能更加親密，這實在太容易了。就讓妳們見識我的深切情意吧！」於是便起身去替落窪君找溫石了。

六

典藥助離開之後阿漕便說：「這幾年來，這麼多悲慘痛苦之事當中，就屬這次最讓人覺得悲慘無助。到底該如何是好呢？到底前世是造了什麼孽，今生必須受這種磨難？夫人對小姐做出這樣的事情來，來世不知道會投胎成什麼[13]？」

落窪君幽怨地說：「我根本無法思考任何事了，到現在仍無法一死了之，真是太悲哀了[14]。」接著又說：「我心情實在鬱悶極了，那老人的靠近，讓我覺得好困擾。請快把門栓起來，別再讓他進來。」

阿漕說：「這麼做的話，典藥助一定會生氣的。現在還是以一般的態度來待他為妙。倘若現在有可以依賴的人在，那麼今晚我也想將門栓上，不讓典藥助靠近。但是就算明天想通知可依賴的人[15]，實際上卻沒有那樣的人存在啊！少將公子雖嘆息擔心，但他該怎樣才能救出小姐呢。現在，公子光是想要靠近這裡，都很困難了。我們只好在心裡祈求上蒼了。」

落窪君的確沒有可以依賴的人。雖說有姊妹在，但情分卻很淡薄。對她盡做些無情之

11 阿漕發現典藥助尚未侵犯落窪君。但這裡的描述，並非阿漕內心的想法，而是向讀者說明情況的敘述。
12 將石頭燒熱後用蠶絲或布巾包裹，放入懷中以暖和身體。
13 過去的因，造成現在的果的宿世觀。但和《源氏物語》比較，這樣的宗教思想，與其說是作者的內在思想表現，將它解釋成當時的時代思潮更為恰當。
14 落窪君在卷一中多次透過和歌等，透露想尋死的心情，此場面再次產生那樣的感受。
15 阿漕暗批道賴的懦弱；在其他物語中，亦無任何侍女，有像阿漕這樣直率的性格描寫。

事，實在是想不出究竟有誰可以依賴，真是太悲慘了。真可依賴的，內心想得到的，也只有淚水和阿漕。而今晚正好兩者都具備。在落窪君和阿漕都淚流不止的同時，典藥助拿著一包溫石回來了，落窪君戰戰兢兢地親手接過溫石，心情感到恐懼難受。

典藥助脫了衣服橫躺在側，想將落窪君擁入懷中。落窪君說道：「請您別這樣呀！當我疼痛難耐時，起身按壓胸口，會讓我覺得舒服一點。來日方長，今夜就先這樣讓我一人獨眠吧。」再加上心裡難受，疼痛更加劇烈了。

阿漕也說：「就只有今夜而已啊。畢竟是必須謹慎小心的時期，還是先請你自己一人好好休息吧！」或許典藥助也覺得這麼說也有道理吧，便說：「既然如此，那麼就請小姐依靠著我。」說畢便橫躺到落窪君面前，落窪君百般無奈地緊靠典藥助坐著[16]哭泣。

雖然阿漕也非常厭惡典藥助，卻心想：「也罷，至少託這老爺子的福，今夜可以待在小姐身邊了。」沒多久，典藥助便睡著打起呼來[17]。落窪君將他和少將做起比較，更覺得他厭惡可憎。而阿漕也不斷謀劃著，無論如何都要將落窪君帶出去的計策。典藥助中途醒來，落窪君更覺得難受痛苦。典藥助說：「真讓人覺得心疼啊，偏偏在我來拜訪的夜晚，遭受這樣痛苦難耐的事。」說完又再次睡著了[18]。

黑夜結束，黎明到來，落窪君和阿漕都覺得實在太好了。把典藥助拍醒後，阿漕說：「天完全亮了，請你快回去。這段時間先暫時別讓任何人知道，你們兩人之間的關係！若你想要長久下去，請遵從小姐所說的[19]。」典藥助說：「的確，我也是這麼認為。」因為睡意未消，便擦了擦沾在眼皮上的眼垢，把眼睛睜開，彎著腰步出房間[20]。

七

阿漕關上拉門心想：「絕不能讓夫人察覺到，我在小姐這邊。」便急急忙忙地回去自己的房間，一回房便看到帶刀的來信。信上寫著：

「昨夜好不容易到妳這兒來拜訪，但房門深鎖怎樣也不替我開門[21]，只好無奈地離去，想必妳是想冷淡對待我吧。少將大人擔心的樣子，讓人看了也非常焦慮不安。這是少將大人的書信。今夜無論如何請讓我們再次拜訪吧！」

阿漕心想：「把這封信給小姐送去吧！現在正是好機會。」於是急忙趕往落窪君那去，到了那邊一看，夫人已經將門上鎖了[22]，心裡覺得很遺憾。回去的路上遇到了典藥

16 相對於典藥助的橫躺，落窪君則是以坐姿來和典藥助保持距離。
17 強調典藥助滑稽的姿態。
18 被落窪君和阿漕以裝病而玩弄其中的典藥助，其滑稽可笑的樣子。
19 阿漕利用典藥助害怕，因為昨晚無法成功和落窪君共寢，而被夫人責難的心情，反過來要他不要張揚，以免讓中納言得知此事。
20 同樣是描寫典藥助滑稽可笑的動作。
21 因為夫人向中納言謊稱，帶刀和落窪君往來，因此帶刀無法進入中納言宅邸。

助，典藥助交給阿漕一封要給落窪君的情書[23]，阿漕收下後，便又跑回去對夫人說：「這裡有封典藥助大人的書信，我該怎麼把它交給小姐呢？」夫人微笑地說：「典藥助是在詢問小姐的情況嗎？真有心。由衷地互相惦記著對方真是太好了。」便將上鎖的房門打開，阿漕覺得實在可笑[24]，便將少將的書信和典藥助的一起送給了落窪君。展信一看，信上寫著：「近來可好？隨著日子一天天過去，對妳的愛戀之意更增加了。

情繫君身意綿綿，思君情切聲聲嘆，
拭淚雙袖溼漉漉，衣袖深契吾心坎。

夫妻間該如何是好呢？」
落窪君更加覺得少將可憐。回信寫道：「您對我如此愛憐，而我的心情更是如此——

愁嘆聲音不絕響，淌眼抹淚落滿江，
憂愁身軀任漂浮，苟延殘喘楚悲鄉。」

而典藥助的信，連看都覺得厭惡，落窪君寫了[25]：「阿漕，幫我回信給他。」便將兩封信遞出去；阿漕迅速拿走離開了。

阿漕看了典藥助的信，信上寫著：「昨天整夜痛苦難耐，實在覺得可憐，我的運氣也真差。我可愛的小姐，可愛的小姐呦！今晚請讓我看看妳開心的容顏。只要能在妳身旁貼近妳，就感覺能延年益壽，返老還童。可愛的小姐，可愛的小姐呦！

他人視我如老木，朽樹生機待雨露，
逢春返青繁花開，伴君結實共歡度。

請千萬千萬別討厭我。」

阿漕一邊覺得厭惡，一邊回信寫道：「小姐狀況依然不佳，無法親自回信，因此由我代筆。

根朽枝枯老樹木，生機已絕近垂暮，

---

22 《落窪物語》中多處巧妙利用，像幽禁落窪君的房間鑰匙類的小道具。
23 即「會後翌晨情書」。典藥助之輩，也跟從當時的習慣，贈送了「會後翌晨情書」給落窪君，顯得十分有趣。
24 夫人誤以為典藥助已和落窪君結為夫妻一事。
25 由於夫人在房間外，落窪君擔心被夫人聽到對話，因此用書寫的方式，託付阿漕代為回信。

老邁龍鍾蒼髮白，何日花開能悅目？」

雖擔心典藥助看了會惱怒，但還是這樣寫了交給他。典藥助笑著拿走了回信[26]。阿漕接著回信給帶刀：

「昨夜我們這邊，發生了難以言喻之事，雖然想親自向你訴說，來換取些許慰藉，讓心情能稍微鬆口氣，無奈無法外出，深感遺憾。少將的信件總算是交到了小姐手上，真的發生了很不得了的事啊。見了面再詳細告知。」便託人將信送出。

八

夫人心想：「落窪君已經託付給了典藥助，那麼便不用像之前那樣，將幽禁落窪君的房間牢牢上鎖。」因此阿漕為能夠容易地見到落窪君，而感到高興。但隨著太陽西下，夜幕降臨，典藥助隨時會來訪，因而阿漕苦惱著不知該如何是好。落窪君心想：「從裡面將門反鎖，躲在這房間裡吧！」為了讓門無法從外面打開而下足了功夫。典藥助詢問阿漕：「小姐今天心情如何？」阿漕答：「非常的苦悶。」典藥助說：「為何會如此苦惱呢？」宛如早已把落窪君當成自己的人似地擔心著。阿漕覺得他實在非常惹人厭。

夫人忙碌地來回奔走著說：「明天賀茂的臨時祭典，藏人少將將擔任舞者，加入遊行行列，讓三小姐去看看吧。」阿漕聽到夫人這麼說，內心雀躍地想著：「這可是小姐千載難逢的機會啊！」阿漕一邊思量著：「只要今晚能平安逃過典藥助……」一邊找出可以從拉門後，抵住門的東西，將它小心翼翼不被發現地夾藏在腋下，靜待良機。趁傍晚有人喊著：「點燈！」人聲吵雜紛亂時，阿漕悄悄地靠近落窪君的房間，在其中一片拉門的門檻溝縫上，偷偷放置棒子，確定不會被發現之後便離開了。而在房裡的落窪君心想著：「該如何是好呢？」由於房裡有大型的杉木衣櫃[27]，於是便推動衣櫃，將它放置在入口處的門後，費盡一番功夫後，便顫抖著祈禱：「神明呀！佛祖呀[28]！千萬別讓典藥助打開這扇門。」

九

夫人把鑰匙交給典藥助，對他說：「在夜深人靜時進去吧！」便去休息了。在眾人皆就寢的深夜時分，典藥助拿著鑰匙來解開門鎖。落窪君不安地感到膽戰心驚[29]。雖然將門

---

26 典藥助根本不懂和歌所表達的意思，只因為以為收到落窪君的回信而感到高興。更有可能誤解了和歌的意思，誤認為和歌中所表達的，是他們兩人的關係已經開花結果了。

27 杉木製成有腳架的矮櫥櫃。一般是用檜木作成。盒蓋類似印章盒的蓋子，櫃子外側有向外彎曲的支撐腳架。常被用來裝衣服或日用品等物。

28 其他物語作品中，許願時，多將特定的神佛名稱描寫出來，但在《落窪物語》中，並看不到這樣的信仰。

29 因為不知道杉木衣櫃是否能夠阻擋典藥助進房，而感到不安。

鎖解開了，但房門卻怎麼也打不開，就在他站也不是坐也不是而感到焦慮時，阿漕聽到了些許動靜，偷偷躲在不遠處，窺視著典藥助的舉動；典藥助用手上下摸索著拉門，但卻怎麼找也找不到抵住門的棒子。

典藥助喃喃自語地說：「奇怪呀！奇怪呀！房裡是不是用什麼抵住了呢？真是太為難我這老頭了，不過這宅邸的人們，既然都已經認同了我和小姐之間的關係，再怎麼說我也絕對不能退縮。」但沒有任何人回應他。因為內外都用東西將門抵住了，所以不管怎麼使勁拉門或推門，就是打不開。心想：「怎麼辦才好？怎麼辦才好啊？」於是便坐在門口地板上等天亮。由於是酷寒的隆冬之夜[30]，身子冷到都縮成一團了。就在這時候，典藥助竟然鬧起肚子來，再加上衣服單薄，地板冷冽的寒氣，直竄入身子裡，肚子更是咕嚕咕嚕作響。正當典藥助說：「啊！真傷腦筋！著涼了啊！」此時肚子咕嚕的聲響更加頻繁了，甚至發出了劈里啪啦的奇怪聲音。典藥助用手一摸，糞屎洩出來了啊！於是帶著不快的心情，捧著屁股慌張離開了。即便如此，他還是將門上了鎖，並且把鑰匙帶走。阿漕對於他把房門上鎖，還將鑰匙帶走，雖感到非常不悅及憎恨，但因為他無法順利將門打開，仍然覺得慶幸。阿漕靠近房間，小聲地說：「典藥助因為拉肚子所以離開了，我想他是不會再回來了吧！請小姐好好休息。今晚帶刀會到我房間來，我會轉告他小姐要給少將的回覆。」說完便回去自己的房間了。

十

帶刀說：「妳怎麼現在才回來？小姐現在情形如何？應該還是被關在房裡無法出來吧！實在很擔心。少將也是擔心到一直嘆息。少將說了：『利用夜晚時分，偷偷地把小姐帶出來吧！去想想有什麼辦法，能將小姐帶離那裡。』」阿漕聽了之後哭著說：「現在將小姐幽閉的看守，比之前更嚴格了。一天只有一次送餐給小姐時，夫人會將門鎖打開。再加上，他們有密謀之事——夫人有個非常年邁的叔父，正打算將小姐許配給他。夫人也對那老頭說：『今晚就偷偷去小姐那吧。』並把鑰匙交給他，不過因為我和小姐在門的內外側，都下足了功夫，作了嚴密的防備。那老頭或站或坐，搖搖晃晃地要開門時，肚子著涼出了些狀況，離開了[31]。而小姐聽說了夫人這樣打算後，胸口感到無比的疼痛。」帶刀對夫人這樣惡毒的做法，感到非常生氣的同時，卻又想到典藥助因為糞屎外漏，落荒而逃的樣子，忍不住笑了出來。帶刀說：「少將交代：『不管怎樣，儘早把小姐偷帶出來，好對夫人進行報復。』」阿漕接著說：「明天宅邸的人，應該都會出去參加祭典。趁那時候將小姐救出去吧。」帶刀說：「這真是一個令人高興、千載難逢的機會啊！真希望天快點亮。」說著說著，天也亮了。而典藥助的衣褲，因沾滿了糞屎，所以暫時忘卻了對落窪君

30 由於是賀茂臨時祭典的前一晚，所以可以知道正逢農曆十一月的隆冬時分。

31 將典藥助捧著屁股，倉皇離去的情況仔細說明。

的色心，專心一意地洗著自己汙穢的衣褲。因為太累了，所以就這樣睡著了。

因為天已經亮了，帶刀急忙回去參見少將。少將問：「對方怎麼說？」帶刀答：「阿漕如此這般說了這些情況。」講到典藥助，少將說：「真是令人厭煩的傢伙，真是可恨的傢伙。小姐該有多麼痛苦啊[32]！」少將擔心落窪君狀況的樣子，也讓人覺得非常可憐。少將說：「我暫時就不住父親大人的大將宅邸了。搬到二條邸[33]吧。馬上去把門窗打開[34]進行打掃。」便派遣帶刀前往二條邸。少將也因為一切進行得非常順利，內心興奮感到歡喜不已。

十一

阿漕為了不被人發現，膽戰心驚地進行著救出落窪君的準備。大約中午時分，從中納言邸有兩台車出來了，三小姐及四小姐及女官們，當然坐在車子裡，此外婢女們，也一起乘車出去，就在最混亂吵雜時，夫人派人去典藥助那取回鑰匙，說道：「太危險了，我外出的這段期間，說不定會有人來開門[35]。」便帶著鑰匙坐上車了。阿漕覺得夫人這樣很可恨。中納言也參加女婿藏人少將擔任舞者的祭典，他想看看那華麗的舞姿，跟著外出了。宅邸的每個人騷動、吵雜著要外出的同時，阿漕派人跑去少將那邊通知，少將手忙腳亂地上了一台不是平常慣搭的車[36]，車子掛上枯葉色[37]的車簾[38]，帶上一群男僕[39]便出發了。少將先派帶刀騎馬趕往中納言邸。中納言邸的男僕們分成三部分，去擔任女婿藏人少將、中納言及夫人的隨從，所以此時連個人影也沒有。道賴的車子在大門前暫時停了下來，帶刀從隱密的側門，進到了中納言邸，對阿漕說：「車子到了，該停在哪？」阿漕說：「請直駛往寢殿北側。」於是車子便進入宅邸，駛往寢殿北側，這時總算有個宅邸的人出來了，責備說道：「這是誰的車停在這裡，大家都已經出門了。」帶刀回答：「沒什麼，就一些女人到宅邸來拜訪。」毫不在意地讓車子繼續前進。至於留守宅邸的女僕們，也早已回去各自的房間，眼下空無一人。阿漕說：「請快下車。」於是少將就像用跑步般地急忙下車。幽禁落窪君的房門依然上著鎖。少將想到：「小姐就是被關在這裡。」就覺得心如

32 聽到這滑稽老人狼狽的情況，少將並沒有像帶刀那樣的笑出來，由此可知，少將所有的注意力，都在落窪君的身上。

33 一條、二條或一條大路、二條大路等，共十條主要東西向道路，是日本京都的棋盤式街道名，現稱一條通、二條通。宅邸因座落在二條道路上，故稱二條邸。

34 這動作可知二條邸現下，是無人居住的宅邸。

35 表現出夫人狡猾謹慎的性格。

36 為了避免讓人認為，是少將的所作所為。

37 紅色中又帶點黃色。

38 掛在牛車前後車簾內側的長布簾。掛上枯葉色車簾，偽裝成女用車輛。因為在車簾內，再多掛了長布簾，讓人無法窺視車內，所以多為女用車。

39 擔心萬一發生爭執，因此帶上男僕。

刀割感慨萬千。少將慌張地跑近房間入口處，試著轉動門鎖，但卻動也不動，他把帶刀叫過來，兩人合力將抵住門的木栓取下，將拉門拉開[40]。帶刀考慮到少將的情形，便退出房間[41]。少將看到落窪君惹人憐愛的樣子，坐在房間裡，深覺疼惜，便將她一把抱起坐上車。少將說：「阿漕，妳也一起上車。」阿漕心想：「夫人一定以為，那個典藥助早和小姐非常親暱了吧！[42]」覺得實在是很可惡，於是將典藥助送來的兩封信一起捲起來，將它放在顯眼的地方，就提著落窪君的梳妝箱上車了。道賴少將的車飛快駛離宅邸，不管是誰都非常高興。駛出大門以後，後頭有眾多的男性隨從戒護，因此安心回到了二條邸。少將心想：「這宅邸沒有住其他人，可以很自在。」讓落窪君下了車之後，便進到房裡一起共枕眠。又哭又笑地互相訴說，在被幽禁的這段時間裡，彼此發生的事。說到那個典藥助，因糞屎外洩狼狽逃離的事情，更是讓少將大笑不止[43]。少將說：「真是個狼狽的求愛者。夫人若知道這情況，會有多吃驚呢？」他們自在地聊著，並相擁入眠。帶刀也和阿漕共枕眠，再也不用在意任何事而開懷聊著[44]。夜幕低垂，為替兩人送晚膳，帶刀宛如宅邸主人似地，奔走照料著。

十二

至於中納言邸那邊[45]，參觀完祭典回到家之後，下車往屋子裡一看，幽禁落窪君的那間房間，拉門已被推倒，門栓也被打壞散落一地，大家都嚇一跳，往房裡一看，落窪君也早已不在房間裡了。眾人議論紛紛地說：「這到底是誰做的？」中納言非常生氣地說：「這宅邸都沒人在家了嗎？竟然讓人進到這麼裡邊的寢殿[46]之處，還破壞門窗撕毀拉門，難道都沒人出來責罵嗎？」大聲嚷嚷著詢問夫人：「到底是誰留守在家的[47]？」夫人答不出來，覺得可恨，卻也毫無辦法。到處尋找阿漕，卻怎麼也找不到。打開落窪君的房間一看，原本在房裡的帷簾、屏風[48]等也都不見了。夫人說道：「阿漕這內賊，就是看準了這時間沒人在家才下手。發生上次那件事時，就想把她攆出去了，都是三小姐說：『這女僕

40 男主角這樣的救援行動，在物語作品中也非常少見。表現出急迫想救出落窪君的心情。

41 帶刀不打擾少將和落窪君重逢的體貼表現。

42 之後將典藥助的書信放在顯眼處，讓夫人知道落窪君並沒有和典藥助發生任何關係，可以說是對夫人的第一項報復行為，同時可再次看出對阿漕伶俐性格描寫。

43 之前少將聽聞典藥助遭遇時，因為心繫落窪君而毫無笑意；如今放下心中大石後，再次聽到典藥助的遭遇，也不禁哈哈大笑。作者對於這樣的心情轉變，亦描寫得相當深刻入微。

44 阿漕也因為兩人所侍奉的主人，終能在一起而感到開心。

45 在時間上前後場景重疊的部分。這樣巧妙的描寫同時進行的場面，亦是《落窪物語》的特色。《源氏物語》之前的作品，在時間的描寫上，幾乎都是直線進行的，很少有同時進行的描寫。

46 幽禁落窪君的房間，在寢殿的北側，是宅邸中非常私人的房間所在處。

47 《落窪物語》所描寫的時代，不但都城裡盜賊跋扈屢見不鮮，甚至也會有闖入皇宮內殿的情況；因此貴族們非常謹慎提防，宅邸內外都森嚴地戒備著。

48 這些道具類，都是阿漕向叔母和泉守夫人借來的。

很好差遣。』才讓她留下來的。」接著又大聲斥責三小姐說：「阿漕對三小姐妳，根本不是真心的，也毫無仰慕之情，勉為其難供妳差遣，才導致今天發生這事。」中納言問到了一個當時留守在家的男僕，男僕答：「我實在是毫不知情。只知道大家出門後不久，馬上就來了一輛很豪華，且掛著布簾的車子[49]，沒多久又馬上駛離了。」中納言憤恨不已地說：「一定是那輛車的主人幹的好事。女人[50]是無法這樣破壞後逃離的。是男人幹的吧！究竟是何種身分的人，竟敢在大白天闖進中納言府邸，做出這樣的事之後逃離。」但卻已於事無補了。

十三

夫人看到阿漕留下來的信件，心想：「典藥助竟然沒和落窪君溫存過。」更是氣憤地把典藥助叫來，讓他坐在面前，對他說：「落窪君可是逃走了啊。實在是不應該把她交給你的，你似乎也沒跟她發生親密關係，是嗎？」又說：「我是看了你被放在這的信件才知道的。」典藥助辯解回答說：「這要求實在是太勉強我了呀。那位小姐胸口疼痛不已的夜晚，因為她痛苦難耐，我也就難以親近她，何況，阿漕又一直在旁邊說著：『今天是禁忌之日，今天就姑且這樣度過吧。』小姐本人也是這麼說，但因為她很痛苦，所以我就一直守候在她身旁睡著。隔天夜晚，我想要強硬去和她睡在一起，一到那房間想拉開門，不料門卻從內鎖上[51]，怎麼也打不開，於是就在門口又站又坐的想打開拉門。但到了半夜，我著了涼[52]，肚子咕嚕咕嚕作響，想說忍耐個一兩回就好，於是更一心一意想要將門打開，就在那時，發生了令我狼狽不堪的事[53]。本來因專心而忽略的便意，竟然又席捲而來，在清洗弄髒了的衣物時，天就亮了。絕不是我這老爺子故意怠慢小姐。」夫人生氣地斥責著，但又覺得很滑稽而笑了出來。在旁邊一直靜靜聽著的年輕侍女們，更是捧著肚子快要笑死了。夫人說：「算了算了，你一邊去吧[54]。真是無法依賴你呢，可恨極了。早知道託付給別人就好了。」典藥助聽了生氣說：「都已經說這件事太勉強我了[55]。我內心也一直想著要和小姐溫存啊，但畢竟我是個可悲的老頭，容易出洋相，當然也就會突然拉肚子漏出屎糞，我也沒辦法啊。像我這樣的老爺子，也是曾經很努力想要把門拉開呢！」說完便氣沖沖走出房間。侍女們更是笑到覺得痛苦。

49 原文為「網代車」。以竹片或檜木皮斜或橫編組成房屋樣式，並向左右兩側延伸塗上藍色顏料、黃色花紋的牛車。為普通高官所乘坐的簡便車輛。再加掛上布簾，便可當作是女用車輛了。
50 意指落窪君和阿漕那樣的女人。
51 典藥助並未發現門外也被木棒抵住。
52 在此並非只是單純的感冒，而是身子受到冷風侵入引起著涼。
53 屎糞漏出來的情形。
54 因為一旁侍女們也狂笑不止，所以就算典藥助是夫人的叔父，夫人也希望他趕快離開。
55 更仔細描寫了典藥助為自己辯解的滑稽姿態。

十四

三少爺用老成的語氣說：「所有事都是母親大人您的錯。為什麼要把落窪君姊姊關進房間裡？又為什麼要讓她和那麼愚蠢的傢伙結婚？落窪君姊姊內心會有多麼的悲傷。我們家有這麼多位姊姊，考慮到我們家的將來，持續保持往來比較好吧。您做得太超過了。」夫人回答：「那樣的女子不管到哪邊去，你覺得會有好事在她身上發生嗎？即使之後遇到了，會對咱們家的孩子，做出什麼事來呢？」中納言和這位夫人有三個兒子。長子在擔任越前守，次子出家為僧，而三男就是這位小少爺。雖然經歷了這樣的騷動，但大家卻都束手無策毫無辦法，於是各自就寢去了。

十五

在二條邸，將燈檯上的燈點著以後，少將便橫躺下來，對阿漕說：「把這之間發生的事說給我聽。那位小姐說什麼也不肯對我傾訴[56]。」阿漕便一五一十地，將夫人的意圖[57]全說出來，少將聽了之後心想：「真是太可惡了。」但少將仍繼續橫躺著說：「這個家裡，家人、女僕都很少，實在是不方便。阿漕，妳去找些人僱傭過來。雖然想從父母宅邸那邊，叫些人過來差遣，但他們的無趣，是眾所皆知的[58]。阿漕，妳就升任侍女總管[59]吧。妳非常通情達理呢[60]。」阿漕聽了非常高興。天亮以後，少將仍非常悠哉地睡到了近午時分[61]，中午左右，少將要回父母宅邸一趟，對帶刀說：「你去小姐身邊待命[62]，我馬上就會回來。」說完便出門了。

阿漕寫了封信給叔母[63]。內容寫著：「因為事出突然，所以久未問候，深感抱歉。能否請您在明天之內，僱一些漂亮的丫鬟及侍女？叔母您宅邸若有合適的丫鬟，也請暫借我們一、兩人。詳情請容日後見面再當面告知。煩請您移駕至此[64]。」便差人送信過去。

十六

少將一到父母宅邸，就有人來談他和中納言家四小姐的婚事，那人說：「有事來商談。中納言大人說：『希望能儘早促成這婚事。』所以不斷催促我說：『因為希望能在年

56 落窪君對於夫人如何虐待她，始終不肯詳細地告訴少將，藉此更凸顯出落窪君不凡的人品。
57 除了夫人任意差遣落窪君做事之外，典藥助的事，也一併告知。
58 少將認為與其讓早已習慣的人來二條邸服侍，不如僱傭新的侍女來，藉此描寫少將身為男人的心理。
59 阿漕至此終於成為可以獨當一面的侍女了。在這之前，都僅只是個身分較為低下的婢女。
60 藉由讓阿漕升任為侍女總管，以回報阿漕一直以來對落窪君的幫助。
61 原文為「巳午」，早上十點到中午十二點左右。可以睡至此時，表現出安心的狀態，同時也強調，從夫人任意差遣的生活中得到了解放。
62 少將擔心落窪君還未能完全安心。
63 仍是前面所提到過的和泉守夫人。
64 阿漕目前所在的二條邸。

底舉辦結婚儀式，所以請少將務必儘早差人送信給四小姐[65]。』」少將的母親說：「由女方來催促信件，這順序根本顛倒了。不過若對方硬是如此要求，我們還是照做吧。拒絕的話，對對方而言，也是很難為情的。而你到了這年紀還是單身，也讓人覺得難為情。」少將說：「若對方希望這樣，那趕緊把我納為女婿不就好了。給四小姐的書信，之後我就派人捎過去。不過現下可是流行沒有書信往來，就直接結婚的呢[66]。」便笑著[67]起身離開了。

少將回到自己的房間之後，將自己日常所用的生活用品跟櫥櫃[68]等的東西，全部移往二條邸。同時也寫了封信給落窪君：「現在這時候，妳在做什麼呢？我一回到父母宅邸，又想馬上回去。

與君相逢心歡喜，猶如披得珍唐衣，
攬袖欲藏心中悅，只怕袖滿喜綻溢。

我想和妳親密在一起的心情，反而讓我覺得不好意思。」

落窪君回信寫道：「我此刻心情是——

往日悲嘆無人懂，衣袖溼漉淚朦朧，

唐衣袖口今汙朽，仰賴何物藏悅情？」

少將更覺得她惹人憐愛了。

帶刀細心留意，並謹慎小心侍奉著落窪君。這時候，和泉守的夫人回信給阿漕，信上寫著：「因為沒妳的消息，所以很掛念；昨天差人送信去中納言邸，對方卻說：『她做了很過分的事，已經逃走了。』甚至連我派去的信使，他們都不輕易放過，想要毆打他，好不容易才逃回來。我擔心嘆息想著：『現在情況到底怎麼了？』這時收到妳的信息，知道妳平安無事，甚感欣慰。妳拜託我的家僕及侍女，我馬上就替妳進行斡旋準備。而目前我家有的家僕，都不是很可靠。我家老爺和泉守有一位表妹，目前正好在這，或許她能符合妳的要求。」

夜幕低垂，少將回到二條邸。少將說：「今天他們又跟我提了和四小姐的婚事。雖然

65 在平安時代，通常由男方多次贈送書信，等到女方回送答應的書信之後，便結為夫妻。而這僅為形式上的做法，並無辦理正式的結婚手續。
66 可看出平安時代所流行的「招婿婚」形式，已漸漸崩壞。
67 笑意背後，隱藏著少將之後要進行報復行為的計畫。
68 原文為「厨子」。存放日用品或書畫的置物櫃。有上下兩層，下層多附有門。

他們要的是我，但我想找個替身[69]，讓他代替我去和四小姐結婚。」落窪君說：「這是絕對不可以的。如果你真的不願意，那也得誠懇明白地回絕。如果我遭受同樣的對待，會有多麼的難堪啊！」少將說：「我不是想對四小姐如此，而是太恨那位夫人，想給她點顏色瞧瞧[70]。」落窪君又說：「請你忘了復仇這件事。難道你恨四小姐嗎？」少將說：「妳心腸實在是太軟了[71]。妳的性格大概是，即使人家曾對妳做了極度過分的事，妳也從不會記得吧！」又說：「如此一來，我也覺得輕鬆自在[72]。」語畢，又相擁入眠了。

十七

中納言邸得知少將說同意結婚的答覆後，夫人便歡天喜地喧鬧著，進行結婚的準備，心想：「落窪那傢伙在的話，這些縫紉工作就都可以交給她了。實在是很方便呢。佛祖啊，那傢伙若是還活著，就把她帶回家吧。」藏人少將這陣子也抱怨衣服縫得很糟，進出宅邸常露出不滿的神情，常挑剔發牢騷，而沒有衣服可穿的時候，更覺得難為情。夫人心想著「真想找個擅長縫紉的人」而到處尋找。中納言坐立難安著急地說：「少將說『同意』，就趕快把他納為女婿吧。不然少將說不定會改變心意。」

結婚儀式決定在十二月上旬的五日[73]舉行，從十一月下旬左右開始，準備更是如火如荼地展開。三女婿藏人少將問：「四小姐的夫婿，是從哪裡招納來的？」三小姐回答：「聽母親說，好像是左大將大人家的公子，我想應該就是那位了吧。」藏人少將說：「那可真是個出色的對象呢！我和他能親密互相交談，進出這宅邸，真是太棒了。」大表贊同。聽到這話的夫人，覺得很有面子而感到開心。

而即將成為女婿的那位少將，卻是在心裡深思熟慮盤算著：「夫人實在太可惡太可恨了，無論如何，一定要讓她嘗嘗苦頭。」因此才會對這次的婚事答覆說：「我接受。」

十八

二條邸就這樣過了十多天，新到的侍女們有十來人，在當時社會中可說是非常繁華熱鬧。和泉守的表妹，聽完和泉守之妻說了事情經過以後，便到二條邸報到，這位侍女名叫「兵庫」[74]。阿漕成為侍女總管之後，便改名叫做「衛門」[75]。衛門是一位嬌小可愛的年

---

69 為少將最初思量的報復計畫。

70 儘管落窪君並不贊成復仇行為，但少將仍然非常積極，而少將欲進行復仇的意志，將成為之後物語展開的主軸。

71 對落窪君性格的評論。而這樣的性格，應該為當時女性的理想形象。

72 表現出少將認為身為妻子的女子，心腸軟較好。

73 在平安時代，通常五月及十一月，是不舉行婚禮的。此外，日期則是依據陰陽道來決定。

74 侍女的稱呼，會使用和女性相關的官名，另外，以領地名作為稱呼，也是普遍的情形。「兵庫」這位侍女，只在此出現一次，之後不再出現。

75 由於阿漕是帶刀（惟成）之妻，因此以夫婿的官名來稱呼她。物語後面有描述帶刀升任為左衛門尉兼任藏人，因此才以「衛門」稱呼阿漕。

輕侍女，工作勤奮，似乎不需要再替她多操什麼心。主人少將和落窪君都極其信任衛門，實在是難能可貴。

少將的母親左大將夫人問：「有謠言說你在二條邸那邊，迎娶了一位妻子，此事當真？若屬實，你為何又對中納言那邊做出『同意結婚』這樣的承諾呢[76]？」少將笑著回答：「二條邸那邊發生的事，原本是想先向您稟告的，那間宅邸因為一直沒有人住在那邊，所以想暫時借來使用。而中納言大人那邊我是聽說，即使我已經有了妻子，他們也無妨[77]。實情就請您自己去問中納言大人吧。男人不是只專一守護著妻子一人吧[78]！人們都說，要多多和別的女人親密往來才好呢。」少將的母親說：「這說法太可惡了。擁有眾多妻妾的人，將會背負著所有妻妾的悲傷嘆息[79]。對自己而言也是種折磨。還是別做這種事。如果你真的在意現在住在二條邸的那位，那麼就回絕了和四小姐的婚事吧[80]。之後我也會去拜訪一下二條邸那位。」然後，少將母親賞賜了非常好的物品，給二條邸的小姐，彼此也互通著信息。少將母親看了小姐的書信之後，微笑著對少將說：「那位似乎是個非常不錯的女子。書信中的筆跡及字句，都非常流暢。是誰家的女兒呢？你就把她當成自己的妻子和她成親吧。我也是有女兒[81]的人，可以了解父母親的想法，會覺得她很不幸很可憐。」少將說：「我絕不會把這位小姐遺忘的。但我還想要其他女人。」少將母親又笑了，說：「你是怎麼回事？真是要不得。你真是個不會認真替女人著想的人呢[82]。」少將母親是一位內心溫柔，容貌美麗的女性[83]。

十九

一個月過去了。而少將的母親覺得對方四小姐很可憐而說：「後天就要舉行婚禮，想必你是知道的。」少將回答：「我知道。我會參加。」內心十分愉悅。而少將心裡想的是，母親大人的叔父雖官拜治部卿[84]，卻是一位不和外界交際往來，被世人認為偏執愚昧

76 從前面少將和母親的對話，以及此處內容可以知道，在平安時代，父母對於婚姻一事，還是會有所干涉。

77 中納言自己除了夫人之外，也曾和落窪君的生母有所往來，而少將對於此事做出了諷刺。同時這也主張了，落窪君的所有不幸遭遇，都是起因於這樣的一夫多妻制度。

78 此為好色主張，為了辯解而說出了違心之論。但也因此可以看出，少將一夫一妻主義的意向。

79 少將的母親也認為，一夫一妻才是理想的形式。此外，少將的父親左大將，從物語內容判斷，只和少將母親一人結婚。一夫多妻的悲劇，在《落窪物語》之前的《伊勢物語》、《宇津保物語》等作品都有描寫。特別在《蜻蛉日記》中，更是清楚描寫了道綱之母的悲哀。透過這樣的描寫，反映出當時的時代狀況，之後的《源氏物語》、《狹衣物語》中，也有描寫一夫多妻下的悲劇場景。相對於此，從《落窪物語》徹底描寫一夫一妻、夫妻同居這點看來，更可認為是作者意識的強烈表現。

80 從這段話中，其實少將母親已經下意識地，諒解了少將之後欲讓白臉馬代替自己結婚的作為，進而支持後面事件的發展。為獲得母親諒解的布局。

81 少將的妹妹，左大將家的長女，天皇的妃子。

82 主張貪戀女色並非是真愛。

83 藉此和落窪君的繼母做比較。

84 治部省長官。主要規範各家姓氏，掌管五位以上官職的繼任、婚姻、雅樂、僧尼、喪葬、山陵及外交的機關。在律令時代雖為重要機關，但在攝關制度下，並無太大的存在意義，治部卿也多為兼任官職。

的人[85]，他家裡有一位人稱兵部少輔[86]的長男。少將去那裡，問道：「少輔在家嗎？」治部卿回答：「小犬在自己房間裡吧。因為人們都笑他，所以不願從房裡出來。請您幫我關照一下他，讓他學會如何和人交際應酬。這我也經歷過，所以知道。若能忍受被人取笑，也能挺胸站立，那麼要在宮內任職，也未嘗不可。」少將笑了笑，說：「怎麼這麼說呢？我不會對他視而不見的。」到了少輔的房間一看，少輔還在睡，覺得很愚蠢可笑。少將說：「喂喂！起床了。我有話必須跟你說。剛剛已經先向你的父親大人打過招呼了。」少輔手腳一起伸展，舒服地伸了伸懶腰[87]，總算是起身盥洗了。少將問他：「你為什麼都不願意到我那兒去？」少輔回答：「侍女們老是會呵呵地笑我，怪難為情的。」少將又說：「如果是一些關係疏遠的人家，是會難為情，但我那兒怎麼會呢？」接著又繼續說：「你為何至今仍未娶妻呢？自己一人入眠，是多麼的淒涼啊！」少輔回答：「沒人願意當我妻子照料我，這些日子，就算一人獨眠，也完全不覺得困擾。」少將問：「既然那樣，你說不覺得困擾，難不成你不打算娶妻了？」少輔說：「我至今一直等待著，但心想會有願意照料我的人嗎？」少將說：「那麼，我來關照你吧！我有個很不錯的人選。」少輔聽到這話，果然還是面露喜色。少輔臉色如雪一般白，脖子特別長，相貌宛如馬面一般[88]，小小的鼻子不停地抖動。表情就好像馬「哼哼」地嘶啼著，宛如要扯斷韁繩，飛奔出去的樣子[89]。和他面對面的人，都會恍然大悟般地爆笑出來。少輔問：「真是令人開心的消息。是哪家的小姐呢？」少將說：「是源中納言[90]家的四小姐。原本是要我和她成親，但我已經有一位無法拋棄的女子了，所以就想把和她成親的機會讓給你。結婚日期已決定在後天了，請做好準備。」少輔回答說：「四小姐看到是我後希望落空，一定又要恥笑我了吧？」少將雖然覺得少輔自認會被他人恥笑的心情，很值得同情，但卻又覺得很滑稽，只好裝作若無其事地說道：「四小姐絕對不會笑你的。你在中納言邸就這樣說：『我在沒人知道的情況下，從今年秋天開始，和四小姐已有往來[91]，最近聽說要將少將招納為四小姐的夫婿，而少將和我是親戚，於是我憤恨地對少將說：『我和四小姐已有往來，你為何還要娶四小姐為妻？』少將對我說：『你會有怨言那是當然的了，既然如此，我便不能成為

85 平安時代攝關體制下，階級制度非常嚴謹，因此就算本身極具實力，但仍有可能得不到賞識，而無法出仕，因此產生一群性格乖辟的人。少將母親的叔父所擔任的治部卿，在平安時代中期，是屬於難以獲得晉升的閒職，因此這位叔父或許也是位乖辟的人。

86 職掌軍事的兵部省次官。

87 描寫出明明有來客，卻毫不在意，慢條斯理起床的滑稽感。

88 描寫長相就像馬一樣。這樣對於容貌的描寫，影響了《源氏物語》中對末摘花的描寫。

89 馬從平安朝文學開始，便一直被用來當作是滑稽好色的象徵。

90 由此得知中納言家為源氏。源氏原本為皇子，後被降為人臣，賜姓「源」。在平安時代，擁有足以和藤原氏相抗衡的勢力。

91 從少將和落窪君的事情，也不難想像，在平安時代，男女祕密私自交往情況並不少見，而少將也因為當時的習俗，而想出了這樣的計策。

四小姐的夫婿。但因為四小姐的雙親，並不知道有你這個人，若招個根本不是我的人來當女婿，就顯得太荒唐了。因此必須在這時表明你和四小姐的關係。』就這樣跟中納言大人說吧！如此一來，中納言大人，還能有什麼怨言呢？難不成還會繼續笑你嗎？之後你持續和四小姐往來，四小姐也會漸漸對你湧現愛意，一定會愛上你的。」少輔總算稍微能夠接受，喃喃自語地說：「希望能如你所說的順利。」少將說：「那麼，後天晚上入夜後，請到中納言府邸去。」少將雖擔心想著：「四小姐會有多麼的悲傷啊！」但對夫人的憎恨更甚於此，終究還是做了這樣的事情[92]。

二十

少將一回到二條邸，落窪君正在眺望下雪的景色，靠著火爐[93]撥弄著灰燼，那姿態非常惹人憐愛。一到她對面，看見她在火爐的灰燼中寫著：

若己身逝化成空，深愛君意徒勞功。

少將看了很心疼，一樣在灰燼裡接著寫了：

火熱戀情若不燃，身將自焚為愛終。

之後少將又馬上吟了一首和歌：

爐中埋火若溫暖，如聞無恙活人間，
更添倆人情愛深，如此懷抱共枕眠。

便將落窪君緊緊擁入懷中，一起入眠。落窪君被擁抱而笑著說：「你抱著火入眠，實在是一件非常危險的行為啊！」

二

中納言邸到了結婚當日，早已準備妥當。總算到了這一天，少將再次對少輔說：「前幾天跟你說的婚禮，就在今夜了。晚上八點左右，請到中納言邸。」少輔說：「我也是這麼打算的。」少輔對父親說了如此這般的一些話，乖辟愚昧的治部卿，並不認為自己的兒子，被當作傻子一樣看待很可憐，而對少輔說：「歷經千辛萬苦，才得到世人讚許，絕非

92 雖然認為少將復仇的方式做得太過火，但作者為了盡可能將少將的行為正當化，因此強調了心理方面的理由。
93 木製的火盆。將桐木掏空，內側覆蓋紅銅，外側塗上顏料。

壞事；所以你還是早點去。」隨即忙著替他準備好衣裝，少輔著裝後便出發了。中納言邸的侍女們，興高采烈地整裝，靜待新女婿的到來。當有人通報：「女婿大人到訪。」馬上有人領他進了四小姐的房間。此夜並未有人發現少輔愚蠢的樣子，在燈火昏暗模糊中[94]，倒覺得他身形細長優雅，侍女們都認為：「必定是個飽受世間美譽之人。」完全沒發現是少輔，而互相談論著：「女婿大人身形細長優雅，突然就進去小姐的房間裡了。」夫人聽到這些話，笑容滿面吹噓[95]著說：「得到了一個非常不錯的女婿啊。我真是幸運啊。女兒們都有了理想的夫婿。這位少將公子，聽說馬上是大臣的候補人選呢。」侍女們也互相說著：「的確如此。」然而四小姐並未發現，她的夫婿竟是一個如此愚昧之人，而和他共枕眠了。天快亮之前，少輔便離開了[96]。

二三

少將（道賴）想像著：「少輔的情況如何了呢？」而覺得好笑，對夫人（落窪君）說：「中納言邸昨晚替四小姐招納了夫婿喔。」夫人詢問道：「對方是怎樣的人呢？」少將說：「是我舅父治部卿鍾愛的兒子兵部少輔[97]。是世間少見的美男子，又因他的鼻子特別醒目，才被選為女婿的。」夫人說：「倒是沒聽過有人會特別稱讚鼻子的呢！」說完就笑了。少將說：「為什麼笑了呢？那可是四小姐夫婿，最為人稱讚的地方呢。不久之後，妳也可以見到那位女婿大人。」語畢便前往隨從們的處所去，派人送書信給少輔。信中寫：「昨夜情況如何？另外，隔天該送過去的書信，已經送過去了嗎？若還沒，你就這樣寫吧。這首和歌的字句極具風雅。

前聞世人翌朝戀，一夜鴛鴦情應現，
吾人新婚乏此感，全然無心已生厭。」

少輔這時正苦惱著，不知該怎麼書寫所謂「會後翌晨情書」，這時收到少將的來信，覺得實在是太幸運了[98]，於是便急忙照著少將的內容，寫了封信給四小姐，派人送去。同時回信給少將，寫道：

「昨夜很順利成功了。對方沒有嘲笑我[99]，並且圓滿結束讓我很高興。等見面時再將

94 雖然和這個敘述沒有直接的關聯性，但在平安時代，結婚時有一習俗為，從女婿家手持火把到新娘家中，然後再用該火把，點亮新娘家中的燈火，同時在三天之內，不可讓燈火熄滅。

95 描寫夫人毫不知情，就稱讚女婿的滑稽樣。

96 當時結婚以後，有初夜天亮前，必須回家的習俗。

97 少將為了不讓夫人（落窪君），成為復仇行為的共犯，因此只暗示性的讓她知道有這件事情。

98 少輔因缺乏和歌的素養，因此根本不了解少將代筆的那首和歌意境。

99 由此看出，少輔非常討厭被人嘲笑的感覺。像這樣對登場人物性格及心理的描寫，為此物語的特色。

情況詳細告知。」

少將雖然覺得：「讓四小姐受辱了。」而感到可憐[100]，但由於早已下定決心「無論如何，一定要盡快對夫人進行報復[101]。」只好暗自思量，當目的達成之後，好好彌補四小姐。少將夫人對於復仇之事，感到良心不安的樣子，也讓少將覺得心疼，因此這次的事情，並沒有讓她知道。少將自己一個人心裡覺得好笑，跟帶刀說這件事時也笑著；帶刀也高興說著：「這真是一件值得高興的事啊！」

二三

中納言邸一直等待著新女婿，捎來「會後翌晨情書」，當女婿的書信一到，便馬上送去給四小姐。四小姐看了之後，覺得那樣的內容，讓她感到非常難堪，沒將信件收下，便想將自己藏身起來。夫人湊過去看，並說：「新女婿的筆跡如何？」四小姐更覺得羞愧得想一死了之[102]，這比當初落窪君，被少將聽到落窪這名稱時的羞愧感，更有過之而無不及。夫人迅速看了信件內容，百思不得其解，這和以前女兒們招婿時，所收到的書信相比，這次的女婿竟然寫了這樣的內容，實在覺得心痛。中納言排開眾人，湊近想要看信件內容，但由於眼睛不好[103]，所以無法閱讀。說道：「喜愛女色之人[104]，總是用淡墨來寫。請把這信讀給我聽。」夫人迅速接過信，將之前藏人少將的會後翌晨情書內容默背出來，還說：「信件最後寫了『等不及要再和妳相見。』」中納言聽了微笑說著：

「因為我也是通曉此事之人，所以了解他所寫的含意。盡快仔細地回信給他。」便離開了。四小姐在旁聽了覺得尷尬，只能難過趴著嘆息。夫人和三小姐也嘆息著心想：「為什麼他會寫這樣的書信過來呢？」三小姐說：「即使真的討厭，有必要這樣說嗎？果然和現下一般男子一樣，說『今天愛戀著妳』，已是陳腔濫調，或許是想要『換個新方式回信』，但就算是這樣，也實在讓人難捉摸，太奇怪了呀！」夫人說：「一定是他想換個方式。他一定是想做些，一般風流男人[105]所不會做的奇特之事。」雖然被催促：「盡快回信。」但四小姐聽到在身邊的父母及姊妹，又坐又站，一下覺得奇怪，一下又嘆息的情況，完全沒有起身的心情，只管趴著。於是夫人說：「我來回信吧！」夫人回信寫道：

---

100 雖然少將想對繼母進行報復，但萬沒想到，竟然會直接波及到無辜的四小姐。這裡須非常注意少將的心境。

101 從《源氏物語》開始，平安朝物語中，因果報應的主題便和宿世觀重疊，認為憑藉一己之力，無法改變命運。但就像這句話所描述，《落窪物語》中認為，「果報」必須在積極的行動下，才會產生。這也表現出作者思想上較特殊的一面。

102 這種羞愧的心情，和當初落窪君的感受是相同的，甚至可以說感受更加的強烈。這全是因為少將的復仇，終於要實現的緣故。

103 有老人的意思。在平安時代，超過四十歲就認為是老人了。在當時的日記中，常常可以看到，因為年齡關係，導致眼睛看不清楚的記載。

104 中納言主觀地將少將（實為少輔）判斷為貪戀女色之徒了。

105 為一種喜愛女色的論點。喜好女色的另一面，是對攝關制度的一種逃避性抵抗，和乖辟之人也有重疊的部分。

「年邁不知世間情，不解新婚恩愛境，
青春年少好色輩，豈會生厭無戀興。

小女覺得您的態度很無情啊！」給了信差回禮[106]之後，便讓他回去了。四小姐一直沒有起身，終日臥躺著。

二四

天黑之後，女婿大人很快又來了。夫人很開心地說：「看吧！就像我們猜測的啊。如果他真的討厭，就會遲到了吧！那封書信果然是風格迥異的寫法。」便引他進入四小姐房間了。四小姐雖覺得不好意思，但無計可施，只好出來迎接夫婿的到來。夫婿的言談舉止，感覺恍惚駑鈍，和四小姐之前向藏人少將打聽到的言行相比[107]，覺得很可疑，心想：「我才是想要對他說『別愛戀我』。」夫婿在天亮前便回去了。

二五

中納言家，盛大地準備結婚第三日的喜宴，侍者和下人們的休息室，堆滿所預備的各式各樣的酒肴。甚至連三小姐的夫婿藏人少將，也做了出席的準備。因為是倍受當今天皇寵愛的貴人[108]，心想：「得熱情款待才行。」於是中納言親自出席，等待著新女婿到來。不久女婿到了，指引他說：「請往這邊走。」新女婿突然就在上位坐下。在明亮的燈火照射下一看，從脖子一直到容貌，竟是非常細長窄小，臉色就像化妝塗了白粉[109]般的蒼白，鼻子大大的撐開著，坐在上位的樣子，在座的眾人都大吃一驚，隨後馬上認出他是兵部少輔，於是都忍不住「哈哈哈」哄堂大笑起來。藏人少將，本來就是個笑聲誇張的人，這下當然更是捧腹大笑了。敲打著手上的扇子說道：「這無疑是匹白臉馬[110]啊。」一便起身離席了。同在宮中服務的其他人，也都開始笑說：「那匹白臉馬，從馬廄扯斷韁繩逃出來了。」藏人少將即使在人煙罕至的內屋，也仍然笑不停地說：「這到底是怎麼回事啊？」中納言氣憤到說不出話，心想：「這到底是誰搞的鬼？」雖然氣憤不已，但在眾多賓客面

106 雖然是捎來這種信件的信差，但在禮儀上也是得回禮。在遞送「會後翌晨情書」的使者當中有一慣例，給使者的回禮，通常是女用的衣裝。

107 原則上，當時未婚的女性，不會直接和男方見面，這裡是藉由回想藏人少將所描述的形象來做比較。可看到平安時代女性生活的一面。

108 等待新女婿的眾人，都認為新女婿就是少將。少將是當今權勢家的長男，今後的仕途都必須要靠他提拔。

109 平安時代所使用的白粉，有用米製成的米粉，和以鉛和醋蒸製成的鉛粉兩種。《榮花物語（榮華物語）》御裳著卷中記載著，米粉為下女所使用的劣質品。此外白粉也被男人所使用。

110 兵部少輔的綽號。

前，卻也只能平靜地說：「關於這件事，實在是意想不到啊！怎麼會發生這事呢？真是莫名其妙啊！」而少輔依然照著那位少將所教的方法，茫茫然地坐在位置上，中納言覺得多說無益[111]，不管女婿，也不敬酒[112]，就進到自己的房間去了。少輔的隨從們，也不管主人被怎樣恥笑，逕自往準備了酒肴的場所去，大吵大鬧地坐下來吃喝。宴席上賓客走得一個不留，少輔覺得無趣，便從一直以來走的出入口，進去四小姐的房間裡。夫人聽說新女婿是白臉馬的事以後，完全沒了頭緒而氣憤難耐[113]。中納言覺得：「都到這把年紀了，竟然還要當眾遭受這無情的恥辱。」氣得坐在房裡彈弄手指。正當四小姐躺在帷簾裡時，少輔突然闖進來一起共眠，她沒有辦法逃開，四小姐身邊的侍女，都替她感到可悲。而擔任他們介紹人的侍女，並非是仇家，是四小姐的奶娘，因此更加苦不堪言。當大家都在為此事嘆息時[114]，天色微微地亮了，少輔心裡想著：「世間都說從第四天起，就必須住進新娘的家中[115]。」打算和四小姐長久共枕眠[116]。

二六

藏人少將說：「世上男人如此多，為何偏偏把那白臉馬引進這宅邸？這件事真是愚蠢到無法言喻啊！」接著又嘲弄似地笑著說：「我實在無法和那樣的傢伙，一同在這宅邸進出[117]。他可是被取了殿上名駒的綽號，不論到哪都無法露出他那馬臉的愚蠢之輩，為什麼會混進這宅邸來？這大概是你們設計的吧！」三小姐對於四小姐完全不知原委的情況，感到可憐而嘆氣著。三小姐偷偷想著：「正因為是這樣的怪人，當初才會送來那封不合乎世間情理的書信吧！」再次覺得四小姐可憐而嘆氣。夫人內心怎麼想，直接請讀者來猜測了。到了中午時分[118]，也沒人替少輔準備盥洗用水，甚至連粥也沒有。從以前就一直在中納言邸服侍的侍女們，大家原本都認為四小姐招到身分顯貴的乘龍快婿，都聚集過來想要服侍，沒想到竟然豬羊變色，於是侍女們都異口同聲說：「誰想被那麼愚蠢的人使喚啊！」當然連新進的人，也沒人願意為他隨侍在側了[119]。四小姐看了看迷迷糊糊橫躺在側的少輔，長相其貌不揚，鼻孔大得似乎可以讓人進出[120]，每次睡著呼氣，鼻孔就撐大，也

111 相信少輔之前就和四小姐有所往來的說法。
112 在第三天的婚宴公開儀式中，依照習俗，丈人會和女婿對飲，但中納言卻因為過於驚訝，而沒有進行這個儀式。
113 這完全是因為少將計謀成功的緣故。在平安時代，女性是不能被男性看到容貌的，也因此夫人並沒有親自出席宴會，所以當聽到別人告知新夫婿是少輔，以及他再度要進入四小姐的房間等事後，也感到非常錯愕。
114 本來今夜夫妻兩人，也要進行吃三日夜餅的儀式，但因為發生這樣的事，所以也沒進行。
115 依照當時的習俗，第四天起，女婿便不需要再回到自己家中了。
116 到了早上仍不起床，充分表現出少輔這個人好色的下流感。
117 認為和白臉馬同樣身為中納言家女婿，是可恥至極，且難以忍受的。
118 巳午時分。大約是從上午十點左右至中午左右。巳時在當時認為已經是中午，而午時則是正中午。
119 當時侍女們，服侍有勢力的主子，以期待有朝一日可以飛黃騰達，在平安朝物語中，常可看到這樣的描寫。
120 為誇飾手法，突顯少輔滑稽的樣子。

令人討厭，對他完全沒了愛意，所以便馬上裝做有事的樣子起身離去。夫人等著等著發起了牢騷。問道：「如果一開始妳就老實告訴我們，妳和少輔發生了如此這般的事，我們絕對會替妳保密。偏偏還辦了婚宴，造成這麼大的騷動，不論是誰，大家都蒙受了莫大的恥辱啊[121]！到底是誰介紹你們兩人發生關係的[122]？」還責備說：「快說出那人的名字。」四小姐更覺得憤恨難過了，但卻只能不斷哭泣。她甚至連自己為何會有這樣的夫婿都不知道，偏偏少輔又說得煞有其事，讓她完全無法辯解。夫人說：「藏人少將到底會作何感想呢[123]？」接著又哭著說道：「身為女人，就是這麼的可悲啊！」卻什麼辦法也沒有。

二七

少輔不管什麼時候都是在睡覺，中納言說：「他太可憐了，把盥洗用水給他送去，餐點也一起送去。若是連那樣的人，都說要拋棄四小姐，那才是史無前例的恥辱。或許是前世的因果[124]，導致發生這樣的事吧！事到如今就算大哭大鬧，若能回到一切沒發生過，當然是再好不過，但這早已無法挽回了。」夫人心慌意亂地說：「真是可憐了我的寶貝女兒。究竟是什麼緣故給她安排了這樣的人？」中納言斥責：「少說那些無意義的話了。若是被那樣的人拋棄[125]，會是多大的恥辱啊！」夫人說：「如果少輔不再前來，或許世人都會這麼想吧！但現在我真的只希望他別再來，也不想給他送餐點過去。」到了午後兩點左右，沒有任何人到房間來露個臉，少輔也待得不自在，於是便回去了。

二八

這夜，少輔又來訪了；四小姐光顧著哭，不肯前去迎接少輔，中納言發怒責備她說：「妳既然這麼不願意，當初為什麼隱瞞雙親，自己偷偷和他往來？現在世人都已經知道這件事了，妳才說不要，妳知道會給雙親和兄弟姊妹帶來雙重的恥辱嗎？」因此四小姐就算覺得非常難受，也只能哭著出去迎接少輔。少輔看見四小姐哭泣的樣子，雖覺得奇怪，但什麼也沒說，就又和她一起睡了。這情形，讓四小姐更覺悲傷苦惱。夫人也開始胡言亂語說著：「好想拆散他們兩人。」不過礙於中納言之前說了那樣的話，而有所顧慮。雖然四小姐會去陪伴少輔，但也有不去陪伴的時候，可是因為悲慘的前世因緣，讓四小姐也出現懷孕害喜的症狀了。夫人說：「一直希望能有個藏人少將的子嗣[126]，卻怎麼都無法懷孕，

---

121 平安時代的貴族社會圈，非常狹隘，因此人際關係相對的非常重要，和武家社會迥異，而「恥」的意識，發揮了強大的倫理性，非常重視世人的輿論和看法。

122 從少將和落窪君的例子可清楚得知，當時的女性身處深閨，要發展戀愛關係，若無像侍女之類的仲介者幫忙，根本不可能發生。

123 由於藏人少將，是中納言家最看重的女婿，凡事以他為中心，因此在這裡提及他，其實也是作者為後面情節展開所做的布局。注意夫人把社會觀感和人際關係，視為第一考量的態度，可以把這態度和四小姐的哀嘆做對照。

124 平安朝物語常描寫，將不幸歸咎於宿世而嘆息的場面。

125 相對於夫人積極的態度，中納言卻過於在意世間觀感而顯得消極。

而這愚蠢之輩的種，倒是散播了。」四小姐也覺得正是如此，所以一心只想著：「真想一死了之。」

就如藏人少將所想，殿上公卿們[127]都笑說：「白臉馬如何啊？馬上就要過年，到時候你就手持韁繩，把那匹白馬[128]牽出來過節吧。中納言邸那邊，究竟比較重視你或是他呢？」連沙塵般細小的批評[129]都無法承受的少將，自然感到非常痛苦。雖然藏人少將一開始，並不覺得三小姐是他理想的妻子[130]，但由於中納言邸對他寵愛有加，所以一直和三小姐往來至今，但這次的事件，讓他有了藉口，而產生「拋棄了吧」的想法，因此不來拜訪的夜晚日益增多，三小姐也感到非常苦惱。

二九

而在二條邸那邊，一天比一天更像模範夫妻，少將（道賴）對夫人（落窪君）的珍愛，更是無減倍增。少將說：「侍女需要幾個，就差幾個去使喚。我們這裡侍女很多，每個都是公認氣質典雅，容貌美麗的人。」透過各種關係[131]，各式引見，大概僱傭了二十多位侍女。由於二條邸的少將和夫人，都是氣度寬大，人品良好的人，所以侍女們服侍起來，非常輕鬆。侍女們不管是在宅邸裡服務，或是回家省親，穿著的服裝，都極具當代的華麗感。衛門就擔任所有侍女們的總管。帶刀跟妻子說了白臉馬的事，衛門內心高興且覺得：「希望能夠變成可以直接對那可恨的夫人，進行報復的身分，這希望成真了吧！」但表面上卻說：「唉呀！這可真不幸啊！夫人會有多麼的苦惱啊！」接著又說：「看來又有眾多侍女，要遭受夫人的責罵了吧[132]！」

三十

就這樣到了十二月底。少將的母親，從大將宅邸傳話來說：「請儘早將少將大人的春季衣物準備好。這邊因為要替在宮中的女兒做春季的準備[133]，所以已無閒暇了。」因此送了華麗的絲絹、綾羅綢緞，以及許多茜草、蘇芳、紅花[134]等染料。二條邸的夫人，原本就

---

126 當時的結婚在生下子嗣之後，才真正具有意義。夫人這番話是由衷的心聲。

127 允許進入清涼殿或紫宸殿，須為官拜六位的藏人，以及五位以上的身分才可。公卿：親王、攝關家、諸侯等貴族的公子。

128 白馬指白馬節會，為正月三節會之一。正月七日，天皇會離開紫宸殿宴請眾臣，同時左右馬寮會將白馬牽出來讓天皇欣賞，這樣的儀式，是根據中國的信仰，認為看到白馬，便可驅除一年的所有邪氣。

129 對「恥」意識異常的強烈。

130 這段描述暗示了之後的情節發展。

131 當時侍女們去服侍某人，大多是透過私人的關係引見。

132 同情侍女們會遭受責罵，但其實另一方面是拐個彎說夫人的壞話。

133 大將家的長女是宮中的妃子。當時即便成了妃子，娘家通常會成為其後盾，替她準備衣裝。

134 茜草：緋紅色染料。蘇芳：暗紅色染料。紅花：紅色染料。

很擅長縫紉，便急忙開始染色的工作。這時有一位受到少將提拔，在右馬寮擔任三等官的鄉下有錢人，送來了五十疋絹布，也都分別賞給了侍女們。衛門身為侍女總管，擔任起分配的指揮工作，分配得十分公平。這幢二條邸，是少將的母親大人所擁有的宅邸[135]，膝下有兩位小姐，長女入宮當了妃子，兒子當中的長男，就是這位少將，次男是位侍從，十分熱衷音樂，三男還只是個孩子，但已入宮成了殿上童子[136]。從幼年時起，這位少將便得到父親大將大人的無比寵愛，世人對他也讚譽有加，連天皇都稱讚他非常出色而極度寵信。因此不用說也知道，父親大將大人不管少將做了什麼，都不會有意見的。不管少將做了什麼，大將也都只是一笑置之。所以在大將府邸，從雜役到養牛的下人，沒有不景仰這位少將的。

就這樣迎接了新年的到來，新年上朝的衣物，在配色上當然不用說，配合得相當完美，少將感到非常滿意，穿著到處兜走。少將的母親大人看了稱讚說：「真是華麗啊！真是位擅長縫紉的人呢！將來在宮中的妃子[137]，有重要場合時，可是要麻煩她幫忙準備了。這一針一線都非常完美。」在春天的人事異動[138]中，少將升任為中將，官拜三位[139]，天皇對他的寵愛，更是與日俱增了。

三一

三小姐的夫婿藏人少將，向大將府上的二小姐求婚，中將道賴一直對雙親說：「藏人少將的確是一位很出色的人呢！若想在朝臣中招選女婿，就選擇這位少將吧。他也很有前途[140]。」此時中將心想：「那位中納言夫人，一直視藏人少將為珍寶[141]，因此將衣裝的準備，通通交給我的妻子，藉此來折磨她。」所以無論如何，非得讓藏人少將拋棄三小姐才行。因為中將的推薦，母親大人也覺得：「藏人少將是位有前途的人。」就讓二小姐時常寫回信給他[142]。藏人少將把希望全寄託在這次的婚事上，因此漸漸和三小姐疏遠了。藏人少將以前一直稱讚中納言邸準備的服裝，但最近的裁縫已大不如前，於是愈來愈常藉故發脾氣，替他準備好，掛在衣架上的服裝等，也都丟棄不要，生氣地說：「這是怎麼回

135 當時家中財產大多是分給女兒。
136 在創作《落窪物語》當時，兄弟間爭權奪利的事屢見不鮮，在此強調像少將家這樣的家庭關係，是一種理想型態。
137 指在宮中當妃子的少將妹妹。
138 殿上童子：公卿家的公子，在成人式（元服）以前，被允許以見習的身分上殿。
139 任命京城中眾臣的行事。於春、秋兩季舉行。
140 中將一般官拜四位，這裡特別破格升任至三位。
141 為中將想讓藏人少將，和自己妹妹二小姐結婚的計謀。
142 中納言家的大小姐夫婿身分不詳，二小姐夫婿為少弁，和藏人少將相比，都較無飛黃騰達的機會，而四小姐的夫婿白臉馬，則是更沒有出人頭地的機會。
當時求婚由男方贈送書信給女方，但常常收不到回信的情況也很平常。另外，上流階層在招婿時，通常也會強烈反映出雙親的意向。

事？那個十分擅長縫紉的侍女到哪去了？」三小姐回答說：「她有了男人，已經離開這家了。」少將又說：「怎麼會有男人？應該是不想待在這個家，自己一人逃走了吧！這宅邸還有機靈一點的人嗎？」三小姐說：「雖然沒有機靈的人，但你的心看起來，應該已經有一個特別的人存在了吧！」少將回答：「的確如此。是有個白臉馬存在啊！事實上，有位這麼出色的人來到這宅邸，我覺得滿有風雅內涵的呢！」藏人少將就算偶而來訪，也是說說這類的話，嘲諷一番便回去了。三小姐非常憤恨地嘆息，卻毫無辦法。夫人因為落窪君不在，覺得既憤恨又遺憾，但心情卻又感覺：「為什麼會因為落窪那傢伙，而讓我有種不祥的預感呢？」夫人現在再自豪說「我真幸福。我有個出色的女婿」也一點意義都沒了。因為一向讓她自豪的藏人少將，已漸行漸遠了。原本準備「完美的婚事」[143]，如今也淪為世人的笑柄，夫人就像病人似地哀嘆著[144]。

三二

正月下旬正好是黃道吉日，在這樣的黃道吉日，到神社寺廟參拜的人會有好運。於是中納言邸的三小姐、四小姐連同夫人，一起共乘一輛車，偷偷地前往清水寺[145]參拜。好巧不巧，二條邸那方，官拜三位的中將少夫人（落窪君）連同她的夫君，也在同時前往清水寺。由於中納言大人家的牛車出發得早，所以車子走在前面。而這次是私下出門，所以並沒有特別安排前導車，安靜地前往。而中將大人由於是夫妻共同前往，因此前導的隨從群非常龐大，開路的人也威風凜凜，隆重地前往參拜。行駛在前方的中納言家車輛，也被後方來車不斷逼迫，同行的隨從們都覺得困擾。藉著火炬的亮光，中將往簾幕裡看進去，似乎是因為多人共乘一輛車的緣故，拉車的牛顯得很吃力，坡道爬不太上去的樣子，而在後方中將家的車隊，因前方受到阻礙，只能暫且停下來，僕役們都嘰嘰喳喳地發著牢騷。中將叫了一位隨從過來，問道：「行駛在前面的是誰家車輛？」隨從答：「是中納言家的夫人私人參拜。」中將愉快地心想：「真是好巧，竟然同時來參拜[146]。」於是對隨從說：「家臣們，去對前方的車說：『動作快點！』若辦不到，就叫他們讓到一邊去。」於是前導的隨從們，便對中納言家的隨從說：「拉車的牛若力量太弱，是無法爬上前面坡道的。你們讓到一邊去，讓我們的車先通過。」中將還說：「牛若沒力，不如叫白臉馬來拉車吧！」其聲音極具魅力又別有深意。中納言家的人在車子裡隱約聽到，感到非常困惑，心想：「真是太無情了，究竟是誰會這麼說啊？」中納言家的人仍然將車行駛在前方。中將大人的隨從們說：「為什麼不把車靠邊停下來呢？」便朝他們丟擲小石子。中納言家的隨

---

143 白臉馬和四小姐結婚一事。

144 平安時代，對於輿論和世人觀感容易感到恥辱，甚至會有因此生病或是出家的情況。

145 即現今位於京都的清水寺。平安時代觀音信仰盛行，從貴族到庶民都有眾多信徒。常和石山寺、長谷寺一起出現在平安朝物語中。

146 心中竊喜有了復仇的機會。

從們感到憤怒，說：「說什麼呢！以為自己是大將大人的公子嗎？竟然如此囂張。我們這可是中納言大人家的車子呢。想打我們的話就打打看啊！」中將家的僕役們說：「我家主人可是連中納言大人都必須敬畏三分的人呢！」小石子如雨般不斷朝中納言家的車丟過去，讓中納言家的車集中在一起，再把它推到路邊[147]去。這下中將家的車子便行駛在前方了。中將家由於從前導的人開始，隨從規模便非常龐大，所以中納言家根本無法和他對抗，就算一邊的車輪被推陷到水溝裡，也說不出任何怨言。和中納言家起爭執的隨從們發著牢騷說：「和他們爭執反而是浪費了我們的時間。」車裡的眾人包括夫人在內都忿恨難平，好奇地問：「是哪位大人來參拜啊？」隨從回答：「是左大將大人家官拜三位的中將大人前來參拜。勢力可說是當今第一[148]，隨從們剛剛那樣回嘴實在很糟糕。」夫人聽了以後說：「究竟有什麼仇恨，讓我們不斷遭受恥辱？那個兵部少輔的事，也是中將謀劃的啊。當初老實地說不願意，也就沒事了啊。和我們毫無關係的人，會像這樣把我們當作仇家來對待嗎[149]？他到底是什麼人啊？」夫人疑惑地搓著手。車輪因為陷到非常深的溝裡，一時之間也無法將車子弄出來[150]，在設法要將車弄出來的騷動中，車輪稍微毀損了。隨從一面說著：「真傷腦筋啊！」一面合力將牛車抬起來，並找來繩索將壞掉的地方綁牢，說：「差點翻車了。」然後好不容易才爬上坡了[151]。

三三

中將一行人將車子停在清水寺的舞台處，過了好一陣子，中納言家的車子才終於踉蹌到達。中將家的隨從嘲笑說：「堅固的車輪壞掉了嗎？」那天由於是黃道吉日，所以舞台那邊參拜的人非常多，連個空位都沒有。中納言家的人想：「到舞台後較隱密的地方下車吧。」於是繞過舞台去了。中將把帶刀叫過來，對他說：「去看看那輛車下來的一行人，齋戒參拜的禪房在哪，回來通知我。我們去霸占那間禪房[152]。」帶刀跑去一看，夫人喊來有舊識的法師，說：「我們很早便出發前來參拜，但在前往參拜的途中，遇到了那位官拜三位的中將，發生了一些事，使得車輪損毀，耽擱了時間現在才到。有幫我們準備好參拜的禪房嗎？想趕快下車呢。真是疲累得苦不堪言啊！」法師聞言說道：「這真是太不順利了啊！因為沒有得到改變行程的通知，而您又吩咐要本堂前的禪房，所以早已為您準備好了。那位中將也會在某處進行閉關參拜吧！一定會有無聊的傢伙強行進入房間霸占吧[153]！

147 今日的清水坂仍舊非常狹窄，作者便是以這樣的風土，做為場面的設定。
148 除了中將深受天皇寵愛，大將家的長女也是宮中的妃子。
149 夫人尚未發覺中將已和落窪君結婚，且種種事件都是針對她而來的報復行為。
150 因為無法要求夫人及小姐們從牛車上下來，所以困難重重。
151 以非常狼狽的姿態爬上坡道，讓讀者可以想像其滑稽的情景。
152 中將打算強占中納言一行人準備閉關參拜的禪房，藉以報復夫人。

唉!真是糟糕的一夜!」夫人說:「既然如此,我們就快點下車吧!雖然是間空房,但一定會被搶走吧!」因夫人催促著,所以有位隨從說:「我先去看看禪房。」帶刀便尾隨身後,發現了他們的禪房,他跑回中將身邊說:「夫人說了這樣的話。在他們還沒去到禪房前,我們先去占了吧!」大家便開始從牛車上下來。在中將夫人附近搭起帷幕[154],不讓人看見她。中將也一步不離地陪在她身旁,視她如珍寶般地照顧著。

三四

中納言的夫人心想:「得趕在中將大人還沒下車時先去。」當眾人走往禪房的途中,中將一行人早已冠冕堂皇整頓好衣裝,步履穩健地前進,由帶刀在最前面驅趕著路上的參拜群眾。當中納言家的人下車,擔心並急忙前往時才發現,中將家的人早已將道路阻擋起來,根本無法前進。無計可施之下,只好暫時呆站在那邊觀望,中將家的隨從嘲笑著說:「參拜落後我們了呢!雖然老是想著要先去參拜,但卻總是落後啊!」中納言家的人,不管是誰聽了,都覺得非常可恨。中納言家的人,因人多雜沓,無法馬上走近預定的禪房,好不容易總算走到了禪房。雖然那間禪房前有個小和尚[155]接應,但因為看到中將家的人時,便以為是「預約這間禪房的施主到了」,於是先自行離開了。當中納言家的人正要進禪房時,中將不欲人知悄悄地把帶刀叫來,說:「讓家臣們去嘲笑那些人吧。」中納言家的人認為這是他們的禪房,因此也想要進去,但中將家的隨從卻喝止說:「竟敢無禮,中將大人在此。」他們慌亂中全呆住了，中將家的隨從只管嘲笑他們：「簡直太不像話了」、「讓人家好好帶領你們，你們再下車就好了啊！」、「你們這樣莽莽撞撞的，也不會有禪房吧」、「唉呀！好可憐喔！你們去仁王堂[156]那裡吧，聽說那兒很寬廣呢。」中將家的隨從裝做毫不知情，七嘴八舌地嘲弄。帶刀心想，若自己被中納言家發現，那麼復仇可能會功虧一簣，於是他只負責煽動一些血氣方剛的年輕人，去嘲笑他們。中納言家的人心情惡劣，簡直無法言喻，想哭卻哭不出來，光用言語是無法表現那樣的痛苦。中納言一家暫時全呆站在原地，但由於參拜的人群眾多，幾乎要將人推倒似地來往走動，那種很想走回車上去的困擾心情，還請讀者自行想像。中納言家的隨從們，若勢力強大的話，就算會引起爭吵，還是會報復回去吧！但現在卻怎麼也做不到。最後眾人如遊魂般地撤回到牛車上，氣憤懊惱的心情難以形容。「果然，沒有仇恨的話，應該是不會做出這種事的[157]。」一家難道他們覺得中納言是個混帳東西嗎？今後中納言大人還不知會有怎樣的遭遇？」一家

153 法師暗示中將沒有參拜禪房會感到困惑，有可能會奪取夫人預約的禪房。

154 為了不讓人看見，在前往房間時，會立起屏風之類的帷幕。貴婦人外出時，為了隱藏容貌，會讓左右的侍者立起帷幕，之後再步行前進。

155 在寺廟中打雜剃髮出家的少年僧。

156 安奉金剛力士的殿堂。金剛力士為佛教的守護神，多擺置在正門兩側。

157 仍未發覺是中將為了落窪君所進行的報復，反而思考著是否是中納言和他們有所過節。

人聚在一起悲嘆著，四小姐因為白臉馬的事再度被提起，感到非常丟臉。夫人把住持叫來，說：「因為發生這樣的事，導致我們的禪房被搶走了。無疑是種恥辱。還有其他禪房嗎？」住持說：「這時候哪裡還會有空房呢？甚至連有人在裡面的禪房，也都被那些顯赫的大人們強行進入搶走，而你們這麼晚才到，情況更是嚴峻。現在可是毫無辦法了。只好請你們暫且在車上度過一夜，等待天明吧！如果對方只是普通人的身分，或許能找他們商量看看，可是他們是當今最有權勢的人啊！即使是太政大臣，遇到這位中將，也會啞然無聲呢。再加上他的妹妹，可是倍受當今天皇寵愛的妃子[158]，中將大人握有極大的權勢呢。我們對抗不起天皇專寵的人。」話說完便離開，什麼忙也幫不上。中納言一家人原本想：「到達寺廟之後便可以下車了。」所以才六個人共乘一輛牛車，現在擁擠到連要移動身子都沒辦法。這種痛苦，勝過以前落窪君被幽禁在低窪小房間時的情境吧。

三五

好不容易總算天亮了，夫人催促著說：「趁那位令人憤恨的傢伙[159]，還沒出發前，我們先回去吧！」然而在修理車輪的期間，中將大人早已上車了。由於情況如同先前一般惡劣，於是中納言家的人想：「跟在中將大人的車隊後面吧。」便停下來。中將大人認為：「這樣他們事後回想起來，一點證明都沒有，那就失去報復的意義了[160]。」於是把隨車的僮僕叫過來，對他說：「你去靠近那輛車的下車出入口說：『知道要反省沒？』」僮僕馬上靠近旁邊，照著中將交代的說了。中納言家的隨從們都在詢問：「是什麼人這麼說？」僮僕也只是回答：「那輛車裡的人說的。」中納言家的人覺得奇怪，竊竊私語說：「果真如此。會這麼做果然是另有含意。」夫人回嘴說道：「我是要反省什麼？」僮僕將夫人的回話稟告中將，中將笑著說：「真是性格惡劣的人。竟說出如此令人憎惡的回話。既然如此，她應該不知道小姐就在我的車上吧！」又派了同一位僮僕去說：「就因為您不知道反省，還活在這世上，所以還會繼續碰到難堪的遭遇吧！」隨從們阻止中納言夫人說：「夫人，別再回嘴了。算了吧！」不讓夫人再次回話。中將一行人也直接回二條邸了。中將夫人（落窪君）知道後，阻止說：「這件事真無情，若繼母夫人回去說：『會發生如此怪異的事情，全是因為當初中將大人在場。』之後也會傳到父親中納言的耳裡啊。別再說這樣的話了[161]。」中將說：「中納言大人有在那輛車上嗎？沒有啊！」夫人說：「但子女們都在車上也是一樣。」對於夫人的擔心，中將說：「之後我會以另一種態度，誠心誠意關照

158 描寫中將的權勢。而這樣的權勢，乃起因於妹妹入宮成為天皇寵愛的妃子之故。表現出當時攝關體制的實際狀態。
159 指中將。
160 中將這麼做，並非只是想要滿足自己報復的心情，更要讓夫人對報復行為有深刻印象，而中將這種固執的態度，也是此物語的一項特徵。
161 回到二條邸後，夫人希望中將放棄報復的勸說，希望中將不要因為這樣的行為而壞了聲譽。

他們的，屆時中納言大人應該就會感到滿意了[162]。但我一旦下定決心要做的事，就一定要達到目的，才肯罷休[163]。」

三六

另一方面，夫人回家之後，便向中納言說：「那位大將大人的公子中將，你對他做過什麼壞事嗎？」中納言說：「沒那回事，即使在宮中，也是萬事小心謹慎呢。」夫人哀怨地搓著手[164]說：「這就奇怪了。先前到清水寺參拜時，發生了如此這般的事。再也沒有什麼比那件事更令人憎恨的了。憤恨的心情，也是至今從未有過的。回程時打的招呼，那話說得更是可惡。無論如何都要想辦法報復他。」中納言說：「我年邁駑鈍，在宮中已經變得不受寵信了[165]。相反的，中將大人現在好像馬上要擔任要臣似的，勢力正龐大呢。妳想報復他，這可是難如登天。會有這樣的遭遇，一切都是命，由世間來評斷吧。妳們身為我的妻小，就是該蒙受這樣的屈辱受人嘲笑吧[166]。」便唉聲嘆氣地彈了彈手指。

三七

之後到了六月[167]。中將不斷勸說父母，讓二小姐和藏人少將成親，這流言傳到了中納言邸，中納言夫人相當焦慮苦惱。夫人說：「中將自己想讓藏人少將和二小姐結婚，卻對我隱瞞，硬塞了白臉馬來[168]。」又說：「請讓我化身為怨靈[169]去糾纏他吧！」焦慮地搓著手，心中充滿無限怨恨。在二條邸，中將夫人心想：「中納言邸對藏人少將，是那麼無微不至地對待，這件事實在是太遺憾了[170]。」而覺得很悲哀。成親的第三日所要穿的束裝，因為二條邸的夫人十分擅長縫紉，所以便將準備工作拜託她。中將夫人急忙開始染布、裁剪、縫製等工作，這讓她想起以前的種種而無限感慨，吟道：

急染裁縫唐衣飾，著裳新人為舊識，
不禁引人思故宅，難忘強離舊日時。

162 為之後情節發展的暗示。由此可知，作者已經完全構思好卷三及卷四的情節了。
163 固執且絕對付諸行動，也是中將性格上的一大特色。
164 表現哀怨、依賴時的一種動作。
165 暗示中納言已無晉升的機會了。中納言的整段話，為卷四一開始的場面做布局。
166 這裡亦可看出平安時代的貴族，對於輿論批評有強烈「恥」意識的倫理觀。
167 平安時代，五月及七月是忌諱結婚的月份，因此才將時間設定為六月。
168 夫人主觀判斷中將先前的種種惡行，都是為了要讓藏人少將和自己的妹妹結婚所致。
169 生靈。平安時代的信仰之一，附身在人體折磨宿主的怨靈。《源氏物語》中六條御息所的怨靈，最為人所知。在《落窪物語》中，雖然出現這樣的詞彙，但並沒有實際怨靈現象的描寫。
170 強調落窪君體貼姊妹的心情。

新裝縫製得非常華麗，疊置整齊後便遞交上去了。大將大人的夫人，看到如此華麗的服裝非常高興。中將也覺得：「這縫得真是無可挑剔！」遇到藏人少將時說了：「之前『聽說你有位非常恐怖的夫人』[171]，而常常感到十分惶恐。能和你親近往來，一直是我長久以來的希望，所以硬是不斷勸說你和舍妹結婚，雖然會造成你的困擾，但還請你別像對待先前的夫人那樣對待舍妹。」藏人少將說：「快別這麼說。您看！我可是一封信都沒有寫給那邊的三小姐呢！自從得知『想招我為婿』的消息之後，就全心全意把心都交給這邊了[172]。」事實上，對中納言邸那邊，他似乎是連頭也不回地離開了。在大將府得到的待遇，以及二小姐對他的心意都是無從比較的[173]。和中納言邸比起來，怎麼說都是這邊好得多，這樣為何還要和中納言邸往來呢？這種情況讓中納言夫人焦慮不安束手無策[174]，連飯也無法好好吃，只能不斷嘆氣。

三八

而中將府邸，招募了許多出色的年輕侍女。聽傳聞說：「道賴中將對侍女們，也是非常重視。」在中納言家服務的一位侍女少納言，並不知道中將的夫人其實就是落窪君，於是便和一位叫弁君[175]的侍女，一起轉換到中將府邸服務。中將夫人看了看新進的侍女們，見到少納言以後，一方面覺得懷念，一方面卻又覺得疑惑，便讓衛門出去應對，並讓她這麼說：「我還以為是別人呢！我絕對沒有忘了以前的種種，實在是因為要顧慮的事太多，所以我的近況無法通知妳[176]。但我一直非常惦記著妳，如今再見到妳真的很開心。請快點到我房裡來。」少納言聽到這麼意外的消息感到很驚訝，所以不假思索地，將遮掩臉部的持扇放下，跪坐著移動到衛門面前，心情也和平常不同，很疑惑地問說：「這是怎麼回事？是哪位大人要您這麼說的？」衛門說：「妳看到我如今在這裡這樣服務著，應該可以想到了吧。就是當時被稱作落窪君的那位小姐啊！而我個人看到妳前來此邸，也是非常的開心呢。這宅邸沒半個以前親近的人在，現在情況可說是完全不同了。」少納言聽到以後說：「啊！這是多麼令人開心的事啊！我的小姐竟然在這裡啊。我怎麼也忘不了，時刻眷戀著，這一定是神佛的指引[177]。」便開心地去參見小姐了。一見到之後，馬上便想起在那

171 指中納言家三小姐。這句話是對夫人性格的諷刺。

172 藏人少將的回話，可看出加入權勢一家的強烈意願。不但對於權勢一方諂媚的行為，沒有否定的描寫，更視為是理所當然的行為。

173 在平安時代，剛結婚時習慣，給女婿應有的援助及待遇。

174 中將的報復行為有了成果。

175 僅在此出現一次的侍女。推測應為少納言的友人。和在卷一中請求夫人，讓落窪君一起前往石山寺參拜的弁君，並非同一人。

176 有不願意讓中納言邸的人，知道落窪君在二條邸的心情。

177 強調沒想到還能重逢的一種修辭法。

低窪小房間裡的情況[178]。而小姐現在隨著年紀的增長，變得更加美麗，樣子十分出眾[179]，覺得「真是個出色又幸福的人呢！」身著盛裝唐衣的女童，以及年輕貌美的侍女有十人以上，在小姐身邊說說笑笑，景象實在非常優雅。「竟然馬上就能拜見夫人」、「這是怎麼回事」、「我們剛到這府邸時也沒這樣呢」。大家羨慕交談著[180]。中將夫人笑著說：「的確如此。這位對我而言是位非常特別的人。」神情也十分美麗奪目。因為夫人如此美麗的樣子，少納言便心想：「比起被雙親視為珍寶的異胞姊妹，小姐更是加倍的幸福啊。」就在其他侍女們還在不斷詢問時，少納言說了些開心的事，待侍女們離開之後，便詳細地告知中納言邸這陣子發生的種種事情[181]。講到了之前那位典藥助回夫人的責問時說的話，衛門也大笑不止。少納言還說：「夫人對於這次四小姐和白臉馬結婚的事情，感到非常的不體面，但覺得這或許就是前世的因果吧！不知不覺間，四小姐也有了身孕，以前意氣風發盛氣凌人的夫人，現在也變得非常憂慮[182]。」中將夫人聽了之後說：「關於四小姐的夫婿這件事，我覺得很疑惑呢。我的夫君可是一直稱讚那位女婿。還說他的鼻子更是長得別具特色。」少納言說：「中將大人那是在逗妳玩的。他那鼻子長得可是特別的糟糕。鼻子朝上不停抖動，鼻孔大得可在左右建造廂房，中間甚至可以建造寢殿呢[183]。」夫人說：「這是多麼悲慘的事啊[184]，四小姐究竟會有多悲傷啊！」就在交談著這類話語時，中將大人在宮中喝得酩酊大醉回到府上。他的臉色因酒精而醺得緋紅美麗，帶回了一套束裝說：「天皇舉辦管弦宴，因此召我入宮，每個人都不斷向我勸酒，實在好痛苦。我擔任吹笛[185]的樂手，天皇因此賞了我一套服裝。」是件紅色且用線香薰過的禮服。對夫人說：「把這送給妳吧。」於是便將禮服披在夫人肩上。夫人笑著說：「這獎賞真是太好了[186]。」中將這時注意到少納言在場，便問：「這位，是不是在中納言邸有見過呢？」夫人回答：「的確如此。」中將又問：「怎麼會來這兒呢？之前那位交野少將風流的故事後續如何[187]？我實在很想繼續聽呢！」少納言早已忘記以前交談的內容了，正襟危坐心想著：「他在說什麼呢？真奇怪啊！」中將說：「好累啊！睡覺吧！」夫妻便一起進到帷簾裡了。少納言心中

178 想起以前在落窪小屋的樣子，和現在雍容華貴的姿態相比，更感到驚訝。
179 出落得更有中將夫人的氣質了。
180 從女童和侍女們的竊竊私語中可以知道，當時新進侍女，能馬上拜見主子的情形，是非常少有的。
181 少納言因顧慮到中將夫人的立場，而不讓二條邸裡的女童和侍女們，聽到中納言家的的壞話。由此可知少納言優秀的心性。
182 此段描述也可看到中將報復行為的成果。
183 對於鼻子非常誇張的描寫手法，在其他物語作品中不曾出現。
184 也是強調落窪君性格溫柔的描寫。
185 橫笛，管弦樂中主要的樂器。卷一中有描述，中將把笛子遺落在落窪君房間的場面，與此相互對應，更可看出情節構成的細膩。
186 描寫中將夫婦讓人感到羨慕、欣慰的愛情。
187 在卷一的情節中，中將曾在帷簾內聽到少納言和落窪君的談話，現在舊事重提，來開少納言玩笑。

想著：「中將真是個相貌出色完美的人呢。對小姐似乎也非常疼愛有加。小姐能夠成為這麼幸運的女主人，真是太好了[188]。」

三九

就在這時候，右大臣有位獨生女，他曾考慮過「把女兒送進宮裡吧」，但又對自己將來死了以後，會變怎樣深感不安。而和這位官拜三位的中將，在交際過程中，特別留意觀察過他，認為是位可信賴之人，對女性的照顧也是竭盡心力。讓這人和女兒結婚吧。他現在的妻子並不是顯赫人家的女兒，應該也無法成為他真正的妻子。近年來因為有此想法，所以特別留意過，見到他本人以後，更覺得他就是理想中的女婿。而且他也馬上就會出人頭地[189]了吧！」[190]因此透過一些門路[191]，派人對中將的奶娘[192]說：「我有如此這般的想法。」奶娘便對中將說：「就是這麼一回事。這實在是一件可喜可賀的事呢！」中將卻說：「若我還單身，那麼的確是件令人開心的親事。但我現在已經有了夫人，所以無法同意這事，請幫我回絕對方。」說完便起身離開了。但奶娘心裡卻想[193]：「現在的這位夫人似乎沒了雙親，只能全心依靠我們這位中將大人。中將大人若是能得到右大臣殿下的盛情款待[194]，可真是再好不過的事呢！」因此並沒有按照中將所吩咐的去回絕這門親事，反而差人回覆右大臣說：「這件事真是太好了。最近就挑個吉日，差人送上求婚的書信。」右大臣府邸得知，認為已經應允了這門親事，於是便想：「若中將說『想盡快成親』的話，那麼四月[195]即可招婿。」手邊的各種用具也都重新訂做，比以往所有的還要豪華。另外還聚集年輕的侍女，為了準備結婚事宜到處奔走。這時有人[196]告訴衛門：「中將大人馬上要成為右大臣的女婿了呢。在二條邸的那位夫人知道嗎？」衛門被這意外的消息嚇了一跳，說：「看他似乎完全沒這回事的樣子啊。妳說的是真的嗎？」那人又告訴衛門說：「千真萬確。還說四月要舉行結婚儀式了，現在正積極準備著呢！」衛門稟告夫人說：「聽說有

---

188 藉由少納言的想法，來強調落窪君現在的榮華。平安朝物語常利用透過侍女的觀點，對主角進行評論的描寫手法。

189 一般攝關家的公子，都能很快出仕。右大臣認為，中將的父親左大將雖然不是攝關，但女兒既然已經成了妃子，那麼遲早會成為攝關。

190 從右大臣的這段話中可以得知，上流貴族常以政治考量來決定結婚對象。但《落窪物語》中的愛情，卻完全不以政治為考量，更能吸引讀者目光。

191 當時上流的貴族，會拜託有關係的人來進行婚事的斡旋。

192 帶刀（惟成）的母親。當時的人結婚，奶娘的意願，常能發揮極大的作用。根據當時的資料、物語等記載，這樣的情況是非常普遍的。此外，不單是男方如此，女方亦然。

193 以下則為奶娘的獨斷獨行。通常奶娘對於自己養大的孩子，容易會產生一些獨斷的行為。

194 一般男女雙方結婚之後，女方的父母或兄弟，會對女婿多加關照。但中將和落窪君的情況卻不同，因此，奶娘做出若能得到右大臣的關照，中將一定也會有所動搖的判斷。

195 《宇津保物語》藤原君之卷中，有記載五月是結婚的厄月，因為希望能夠盡快成親，所以決定了四月。

196 衛門（阿漕）認識的人，從後面內容判斷，應為大將邸的侍女，且應該有友人是右大臣邸的侍女。

這樣的事情。您有聽說嗎？」夫人說：「是真的嗎？」雖然覺得很意外，不過還是平靜地繼續說：「中將大人都還沒跟我提及此事。這是聽誰說的呢？」衛門說：「是從深知右大臣府邸事務的人那兒聽來的。甚至連結婚的月份都已經確定了。」夫人心中獨自猜想：「或許是中將大人的母親，勉強他這麼做的吧！若是母親要求這麼做的話，中將大人也只能接受了啊！」雖然心中委屈，但也只能裝做不在乎，心中僅想著：「中將大人會怎麼解釋呢？」但中將卻什麼話都沒有說。

四十

中將夫人（落窪君）雖極力隱藏，但難過的樣子多少還是看得出來[197]。中將說：「妳有什麼擔心的事嗎[198]？妳的樣子看起來就是如此。我是不會如同一般男子那樣說『我愛妳』、『想死妳了』、『眷戀著妳』等等之類的話[199]。只是從第一次遇到妳，就下定決心『絕不再讓妳遭受到難過的事』，然而此時再次看到了妳如此苦惱的樣子，讓我覺得很心疼。難道是想起了以前痛苦的回憶嗎？在第一次要去拜訪妳的那天，在滂沱大雨中，即使狼狽不堪，仍前往拜訪，還被取笑是白腳的盜賊呢！我怎麼可能薄情寡義呢？所以，不管是什麼事都請坦白告訴我。」接著又繼續說：「怎麼樣呢？雖然我都這麼說了，但我仍然在意妳的樣子。看來我們兩人的心已有了隔閡。」

這時夫人吟道：

熊野[200]浦生濱木棉，層隔君心妾瞭然，
重疊幾層人已知，自嘆苦憂往身纏。

中將聽了說：「唉！真是太令人難過了，妳果然在擔心著什麼事。

真野浦[201]生濱木棉，葉如妻妾堆疊繁，
吾心不懷此多情，慕君侍側結單緣。

雖然不是我心所願，但妳應該是聽到什麼讓妳在意的事情吧！妳還是說出來吧！」夫人心想：「這也不是很確定的事情。」所以依舊什麼也沒說。

197 因為中將對夫人的深切愛意，所以能夠看出夫人有心事的狀態。後面則是中將對夫人不願向他吐露心事的怨言。

198 此物語中所描述的愛情，並非轟轟烈烈，而是日常生活中，平淡幸福的夫妻相處模式。而以這種方式描寫男女愛情，也是平安朝文學中相當罕見的。

199 背後藏有這部作品，對於風流好色的批判意識。

200 紀伊國（今和歌山縣）熊野地區。

201 攝津（今神戶市長田區）的地名。

四一

天亮了，衛門對帶刀說：「聽說有這麼一回事，你竟然都沒告訴我，真是太可惡了。這是能一直隱瞞下去的事嗎？」帶刀說：「我完全沒聽說有那麼一回事啊！」衛門又說：「但這事連別的地方的人都有聽說了，覺得我們這邊的侍女們很可憐，還特地來探望了呢。」帶刀說：「真奇怪啊！我現在馬上就去看看中將大人的狀況。」

中將回到大將府，梅花正風雅盛開著，隨手折取花枝，寫了封信[202]：「妳看看這花。它的美和一般的花不同。就讓這花撫慰妳的煩惱吧。」而夫人回信寫道：

過往憂心不復有，妾非格外添憂愁，
只恐君心花似色，色改心變令人愁。

並將花枝隨信奉還[203]。這是根據中將所送的花所吟詠的和歌，中將覺得是首極具風雅的傑作。內心煩惱著：「果然是聽到誰說我對她有了二心吧！」於是馬上回了：「果真如此啊。妳對我起了疑心；我絕對沒做什麼錯事，請妳仔細看清我對妳的心意。

心似梅花寒中立，面對憂愁心不移，
君心不悅似山嵐，吹散芳菲落滿地。」

夫人回覆：

風誘梅花落滿地，君心四方飄飛移，
留妾孤零守殘枝，獨自憂愁無人依。

中將想著：「夫人到底是聽到了什麼？」此時，奶娘到中將跟前對他說：「右大臣殿下所提的那件事，我已經照您吩咐的轉告他們了，但對方卻說：『現在在二條邸的夫人，似乎不是很尊貴的身分。所以之後偶而往來便可[204]。另外，已向您的父親大將大人報告過，我們想婚禮就在四月時舉行吧。』於是已經積極地展開準備了。他們是這樣盤算著的。」中將很不好意思地[205]笑著說：「怎麼會這樣？男方都已經說不要了，有必要這樣勉

202 特地隨書信奉上梅花，希望能夠知道夫人內心的煩惱。

203 花朵無法慰藉內心的哀愁，所以將花朵隨信奉還。在此藉由書信往來及花朵等小道具，傳遞夫妻之間內心真正的想法。

204 當時是承認一夫多妻的制度，但此部物語反對這樣的觀念。

205 中將了解奶娘所轉述的右大臣說法，對當時的上流貴族社會而言，是較為合理的想法。因此對於自己拒絕當時世間認為不合理的決定，覺得不好意思。作者再次反對當時的觀念，主張一夫一妻制度。

強嗎？我和一般世上男子不同，不但是個奇怪的人，身分也不尊貴，所以不會有人想要招我這樣的人為婿吧！像這樣的事，妳就別再幫忙轉達給我了。實在不適合啊[206]。關於在二條邸的夫人，她身分不尊貴不能當正妻這事，我想右大臣殿下不曉得吧！夫人的身分絕對足以當我的正妻。」奶娘又說：「真傷腦筋啊。您的父親大將大人，也決定這麼做而急忙展開準備了。你看，被尊貴人家勉強要求的一方，還能有什麼辦法呢？怎麼能夠回絕得掉呢？再說，若你能夠有個有力的夫人娘家做後盾，才是當下最重要的[207]。即使你心中有位惦記的人，但也請你就算了吧，請趕快寄送書信給右大臣殿下的小姐吧。想想那位在二條邸的夫人，雖然說是某位大人家的女兒[208]，但被叫做落窪君，想必是所有小姐當中最卑微的一位，甚至還被幽禁在低窪房間過。你卻對她無比珍愛，實在太令人匪夷所思了。身為女人，身邊還是要有父母的寵愛[209]，才會是真正優雅的人。」中將微慍[210]地說：「或許是我食古不化吧！我不期待有所謂風流韻事，也不想得到什麼寵愛，也沒想過要有位雙親健在的女子[211]。落窪也好，上窪也罷，我內心從沒想過要遺忘夫人。別人會說三道四是無可奈何的，但竟然連妳都說出這樣的話，實在是太無情了。就算妳覺得二條邸的那位夫人，從沒為妳盡過任何心力，但一定馬上就會有那位夫人，能為妳竭盡心力的事了。」中將一副能讓夫人感到非常可靠的樣子[212]，起身離去。帶刀在一旁聽到以後，氣憤地彈了彈手指，便對身為中將奶娘的母親說：「為什麼要對中將大人說那樣的話？雖然說那位夫人是繼女，但難道妳沒有看見，她具有令人自慚形穢的高尚品格嗎？現在他們兩位的關係，早已是旁人無法拆散的了。就如同中將大人所說，若如母親妳所願，中將成為了尊貴人家的女婿，妳難道不是抱著『自己也能從中得到好處吧』[213]的想法嗎？妳實在是太無情了。稍微有點見識的人，會產生這種卑鄙的想法嗎？還有，妳為什麼以落窪這麼不得體的名稱稱呼她呢？妳是因為年紀大了才產生這種偏見吧。這件事若是讓中將夫人聽到了，她會作何感想呢？以後別再說這類的話了。妳對中將的夫人竟是這種態度，我實在感到非常羞愧。母親妳難道就真的那麼想得到右大臣家的夫人，對妳有所關照嗎？就算得不到關照，也還有我惟成在，我絕對會好好照顧妳的。像妳抱持這種想法的人[214]，是天大的罪過啊！若妳

206 為中將謙虛的說法。透過中將這樣的說法，再次看出作者反對一夫多妻制的婚姻觀。
207 身為上流貴族家的公子，所娶的正妻，是沒有娘家做為後盾的女子，在當時人看來是非常不合理的。這段描述，可看出奶娘完全是想以當時社會通俗的現實考量，來說服中將。
208 夫人為中納言之女。中納言是官拜三位以上的貴族。因為奶娘是帶刀的母親，所以清楚夫人的出身。
209 《源氏物語》中的桐壺更衣，因為也是單親，為此遭受很多不幸。因此，當時認為要雙親健在女子才能幸福。
210 因為奶娘對夫人的身世說三道四看不起她。
211 兩人的愛情，即使違背當時觀念而受阻也毫不動搖。中將甚至可以為了愛，拋棄所有的榮華富貴。
212 因為袒護夫人而對自己的奶娘回嘴。
213 這類奶娘藉由自己養育大的公子飛黃騰達，而讓自己也得到利益的情況，在物語類的作品中多有描寫，《源氏物語》中，末摘花的奶娘亦是如此。但也有反而對此會有所顧慮的描寫，《源氏物語》中玉鬘的情況即是。
214 犧牲別人讓自己得利的心態。

再對中將大人說這樣的話，那我只能想：『為了消弭母親的罪過，只好出家當法師了！』這真是太不幸了[215]！」奶娘說：「你真是讓我連回答的機會都沒有。」帶刀說：「的確啊！拆散相愛的兩人，難道不是很過分的事嗎？」奶娘說：「現在有誰去說『和夫人分手吧』、『拋棄她吧』這類的話了嗎？」帶刀回答說：「不！我不是這意思。我是希望妳別再去說媒了。」奶娘說：「討厭！真是麻煩啊。我只是隨口說說，有這麼嚴重嗎。你為什麼要說得這麼誇張？另一個原因是你顧慮到自己妻子的緣故吧！」帶刀母親畢竟還是心疼帶刀可愛的模樣，就噤口不想繼續說下去了。帶刀笑著說：「算了算了。妳還是有想勸勸中將的心意吧！那麼惟成我只好現在立刻去當法師，會讓母親為此而受罪[216]，實在太可憐了，從此我也不再過問妳的事情了[217]。」接著帶刀將剃刀夾在腋下說：「母親大人若是再次說出同樣的事，我只好馬上剃度了。」說完便起身離去了。奶娘因為只有帶刀一個兒子，他對她說出這樣的話，讓她覺得難過，說：「竟然自己說出了這麼不吉利的話。你腋下的剃刀，究竟能不能被我的念力給折斷，我們走著瞧吧！」帶刀竊竊地笑著。奶娘覺得：「中將大人說什麼都不會答應的了。我兒子也都這麼說了。」於是心想：「得趕緊向右大臣殿下稟告，這門親事無法交涉成功了。」

四二

中將心想：「原來夫人這陣子異樣的煩惱，是因為聽說了這件事啊！」到了二條邸之後便說：「知道讓妳心情不愉快的理由，我真開心。」夫人說：「你在說什麼呢？」中將說：「妳是在煩惱右大臣家的小姐那件事吧。」夫人微笑說著：「你別瞎說。」中將說：「妳真傻。就算天皇要將內親王賞賜給我當妻子，我也絕對不會接受的。一開始就已經表明過我的心意了，我一心只想著不再讓妳受委屈。我聽說女人最感到痛苦的事情，莫過於對方有了其他愛人，那會使人悲嘆不已[218]。所以我絕對不會做出那樣的事。不管別人對妳說什麼，也請妳相信，絕對不會有那樣的事發生。」夫人說：「雖然如此，這跟『變心之人如流水，堤崩岸潰不復回』有什麼差別！」中將對她說：「我都已經表明『我心裡只惦著妳』，若妳還說我『不能信賴』也無所謂。不過我對妳說，『我一心一意只想著不再讓妳受委屈』，這樣妳總該能明白我的誠意了吧！」帶刀見到衛門時對她說：「妳絕對不能懷疑中將大人。來世的事姑且不說，但今生，夫人絕對不會再有憂傷的心情了[219]。」奶娘被自己的兒子帶刀說得啞口無言後，再也不說結婚的事情了。並到右大臣府邸稟告說：

215 此處的出家，僅是帶刀要脅母親的一種手段。可以從這裡推測現實意識旺盛的作者態度。
216 母親來世的業障。是一種因今生的惡行，來世必須償還而受罪的業障思想。
217 雖然描寫的是爭論的場面，但背後可看出對親子之間感情的刻劃。
218 對中將夫妻生活的描述，再次表明一夫一妻制的思想。
219 透露出重視現實的思想。

「中將已經有如此深愛的人了。」於是右大臣府邸也放棄了這門親事。

四三

就在中將夫妻過著稱心如意，且平靜安穩的相愛生活時，夫人（落窪君）懷孕了，因此中將對她是更加愛護。四月時，大將大人的夫人和內親王們[220]會一起在看棚[221]，觀賞賀茂祭[222]的遊行隊伍，大將府裡的二小姐說：「讓二條邸的女主人也來觀賞吧。年輕人總是會想看廟會慶典的。我到現在都還沒機會見過她，實在覺得有點遺憾，我心想『藉此機會想見她一面。』」中將一副感到開心的神情，說：「不知道是什麼原因呢。她不像其他人一樣，會想來看看究竟。就讓我盡快回去勸說吧！」回到二條邸之後，中將說：「母親這樣說了呢。」夫人說：「身體不太舒服，再說我現在有孕在身，樣子實在不好看，所以不想去。如果我真到看棚下去，大家看到我的狀況，也會很傷腦筋吧！」看她不願意的樣子，中將便說：「有誰會看到妳的樣子呢？只有母親和二小姐會看到啊！其實就像是我看著妳一樣啊。」夫人說：「那就聽你的吧。」中將母親也差人送信來，信中寫道：「還是請妳出門來吧！今後有趣味的事物，都想和妳一起觀賞呢[223]。」看到這封邀請一起觀賞祭典的信件，讓她想起了當初石山參拜時，繼母將自己一人留下來的悲傷往事。

一條大路[224]上，蓋著以檜木皮覆蓋的豪華看棚，看棚前鋪著砂，種了些草木，裝飾得彷彿能長久讓人居住一般。中將夫人一早便動身前往。衛門及少納言都感覺：「就像生在極樂淨土一般。」以前在中納言邸時，只要是稍微同情落窪君的人，對中納言夫人咒罵憎恨人的情況，已經司空見慣了，而現在看著大將夫人的侍女們，服侍著中將夫人的情況，都感到非常棒。雖然奶娘之前說過那樣的話[225]，此時來到中將夫人面前，謹慎地邊走邊問：「哪位是我們家惟成的主夫人呢？」年輕的侍女們都在笑她[226]。中將夫人因為中將說：「為什麼和母親她們如此疏遠呢？只有互相疼愛，像親生母女般和睦相處，之後才能感到輕鬆安心。」所以進到了母夫人及二小姐[227]她們所在的看棚。母夫人見到小姐之後，

220 中將入宮為妃的妹妹所生的皇女。

221 為了參觀所搭建稍微高一點的地板。不過這裡指的是，擁有看台非常豪華的宅邸。而這種可以居住式的看台，一般認為是從一條天皇時代（西元九八六—一〇一一）所開始。

222 賀茂祭在農曆四月中的酉日舉行，於賀茂神社服務的未婚皇女，也會由特使陪伴一同去參謁。參觀賀茂祭的遊行隊伍，是平安時代女性們非常期待的年中行事之一。

223 雖從未見過面，但透過先前縫製衣裳，中將的母親和夫人已經有所接觸。而這封來信，更有已認可中將夫人是中將正妻的含義。

224 賀茂祭主要是身於京都北郊紫野的齋王，行經一條大路到賀茂神社下社，然後再由神社的使者陪同，前往上社參謁的儀式。因此一條大路上看棚及前來參觀的牛車綿延不絕，為平安時代深具代表性的年中行事。

225 中將和右大臣女兒的婚事。

226 侍女們因為知道和右大臣女兒婚事的整個經過，因此而發笑。

227 中將和藏人少將結婚的那位妹妹。

覺得她髮絲之美毫不比自己的女兒們及孫女們遜色，在紅綾的襯衣外，罩上紫藍色的罩衫和淺紫色的小袿，而因為懷孕的身形感到害羞的樣子，也讓母夫人覺得更添加幾分美麗的風韻。內親王覺得：「她的確不是一般人，氣質優雅品德高尚，看起來像是十二歲女孩，相當年輕可愛。」在二小姐年輕的心中，也覺得二條邸的女主人，是位美麗的女子，不斷和她交談[228]。

四四

結束觀賞祭典後，中將把車子叫過來看棚這邊，準備回府了。中將的夫人雖然想要馬上回二條邸去，但母夫人笑著說：「因為現場吵雜，所以無法盡興與妳交談。請到我的宅邸來。我們好好聊個一兩天吧！中將為何要急著回去呢？妳就順著我，聽我的吧。中將實在很討厭呢。妳不需要太重視那傢伙。」這時車子已經來到看棚邊，前座坐著內親王和二小姐，後座則是中將夫人和中將的母親大人。接著眾人依序搭上車子，一輛接一輛返回大將府。大將府那邊，趕忙整理正殿西側[229]的房間，並進行裝飾，用以迎接中將夫人下車。而侍女們的房間，則安排在中將以前住的西側房間旁邊。接待上非常禮遇。大將大人也因為是自己愛子的夫人，所以甚至對待侍女們，也是愛屋及烏非常重視。停留了大概四五天之後[230]，中將夫人說：「待我度過身體不適的時期之後，再來好好拜訪。」便回二條邸了。中將的母親和中將夫人見過面之後，比以前更覺得她是位可愛的女子了。

四五

就這樣，中將對夫人更是無以復加地寵愛。而夫人也看得出，中將的心意絕對不會改變[231]，更確信了她身為中將夫人的身分。夫人說：「此刻，不管怎樣，都想要告知父親中納言，我現在在這宅邸的情況。父親年事已高，在深夜或黎明，隨時都可能發生萬一，若無法見上一面就從此永別，那麼會心感不安的。」但中將大人卻也只是對她說：「我知道妳有這種想法，但請再忍耐一陣子，先別通知中納言大人。如果妳現在告訴他，就太遺憾了，因為這樣一來，就無法懲治那位夫人了。我想要再多懲罰那位夫人一點。此外，我想要更加出人頭地。中納言大人，絕對不會突然就過世的[232]。」就在顧慮著中將這席話[233]時，又過了一年；在正月十三這天，中將夫人平安產下男孩[234]，中將心中大喜，說：「都

---

228 因為兩人年齡相仿而能輕鬆交談。

229 寢殿西側，為非常私人的區域，為大將夫人等的生活區域。而將這個場所給予中將夫人，代表著將她視為中將正妻來對待她。

230 前述大將夫人邀請中將夫人，至大將府住個一兩天，在此說明停留了四五天，可看出中將夫人在大將府得到了極好的對待。

231 透過回絕和右大臣家的婚事，以及在大將府得到的禮遇等，知道了中將的心意。

232 透過中將的這段話，可以稍稍窺見物語之後的情節發展。

233 因為顧慮著中將一席話，因此便不再說想要和父親中納言見面。

是些年輕的侍女，靠不住。」於是將自己的奶娘[235]從大將府接過來，將孩子託付給她說：「就像我的母親大人剛生產完時那樣，萬事拜託了。」奶娘盡心地照料著初生兒的洗身儀式[236]。看著夫人心情舒坦的日常樣貌，奶娘心想：「果然名不虛傳。難怪中將大人都不看其他女性一眼。」親朋好友們爭先恐後地，不斷送來祝賀喜獲麟兒的賀禮，在此便不再贅述，請讀者自行想像。新生兒的所有用具，全部都是銀製品[237]。此外也盛大舉辦了管弦樂會。見到這盛大歡慶的場面，衛門心想：「無論如何，實在很想讓那位中納言夫人知道[238]。」至於新生兒的奶娘，由於少納言[239]正巧也剛產下一子，於是任命少納言擔任該職。這位剛出生的小少爺，得到宅邸內所有人的關愛，大家都視他為珍寶。

四六

在春天的人事異動中，道賴中將超越了其他人，升任為中納言[240]，藏人少將則升任為中將。道賴父親左大將，兼任右大臣，對新任的中納言說：「這樣一來，因為這孩子的出生，而讓他祖父嘗到了升官的喜悅，真是個帶好運來的孩子。」新中納言，比以前更加得到天皇的寵信，風光一時，同時兼任衛門督。新任中將則成為宰相[241]。新中納言夫人（落窪君）的父親中納言一家，看到藏人少將這樣一路晉升到宰相，中納言家的三小姐以及夫人心裡妒恨著：「為何連一點舊情都不顧，不偶而來訪呢？」雖然這麼想著，但卻一點意義也沒有。另外天皇對新衛門督道賴的寵信，一天比一天深厚，道賴在自己權勢盛大時，在朝中屢次對落窪君父親中納言，做出侮辱教訓的事情，因手段雷同，不再贅述。

隔年秋天，衛門督夫人，又生了個可愛的公子[242]，右大臣的夫人便說：「這間產房，一直忙著生可愛的孩子呢[243]。這次就由我們來照顧那孩子吧。把奶娘也一起接過來我這。」帶刀當上了左衛門尉[244]，兼任藏人[245]。衛門（阿漕）心想：「小姐如今的生活，已

---

234 在當時的醫學技術、衛生條件上，生產伴有非常大的風險；在《落窪物語》中，雖然沒有類似描寫，但當時常常會舉辦盛大的法會，以祈求生產過程能夠平安順利。

235 帶刀母親。

236 新生兒的淨身儀式。不限於出生當日舉行，擇一吉日，取用吉祥方位（多為東方）的河水或井水進行淨身。而舉行洗身儀式的同時，也會舉行閱讀漢籍、拉奏弦樂的活動，並用犀牛角或虎頭來慶祝。

237 在慶祝新生兒的宴會上，主要都是穿著白色束裝，因此器具便統一使用銀製品。

238 作者常常描寫阿漕，或其他侍女們內心的想法，試圖引起讀者的共鳴。

239 作品中並未提及少納言的夫婿為何人。

240 太政官的次官。從三位。後面描述新中納言一族晉升一事。而這樣的晉升，背後暗藏著新中納言的妹妹，因為是天皇寵妃，因此才有這樣的晉升機會。

241 宰相為正官，中將為兼任的官職。

242 子嗣眾多，也象徵著繁華及繁榮。

243 因為古代視生產為禁忌的思想，因此會特別建一間房間當作產房。

244 左衛門府的三等官。衛門大尉。

245 官拜六位。刻意描寫帶刀的仕途順遂，也是此物語的特色。

經過得非常好了。」但現在的衛門督夫人（落窪君），由於一直沒向父親中納言大人告知目前狀況，總覺得有點美中不足。

四七

而中納言年老體衰，對整個情況只能窮擔心之外，也幾乎不能上朝了。落窪君從亡母那邊繼承的房子，也就是三條邸那地方，建造得非常宏偉，於是老中納言說：「因為現在落窪君早已不在這世上了，所以這幢宅邸就變成我的了。」夫人說：「這是當然的。就算她還活著，那傢伙的身分，也不配擁有這樣的宅邸。理應讓出色的孩子們及我們住。這裡這麼寬廣實在很棒[246]。」花費了地方莊園繳來的兩年份稅額，從地基開始全部翻新，此外，老舊材料一概不用，將改建這宅邸視為大工程來進行。

四八

由於世人都說：「今年的賀茂祭比以往都要盛大。」因此衛門督（道賴）心想：「一直待在家實在無趣，讓侍女們都去參觀祭典吧。」所以在祭典前，就開始新車的調配[247]，同時也賞賜新衣給大家，說：「讓大家參觀祭典時不感到困窘。」便著手準備。到了祭典當天，為了將車停在一條大路[248]上，便沿路打上木樁[249]，感覺一切就緒後，安心地認為：「現在出門，不管是誰都能得到一個位置了吧。」便悠哉地出門了。牛車有五輛左右[250]，侍女二十人，後面還有兩輛車，搭載了女童僕四人及婢女四人。由於是由衛門督大人率領一行人，因此在前導的隨從當中，官拜四位或五位之人，也非常眾多。衛門督的弟弟們，本來是侍從的，現在已晉升為少將，而原本為殿上童子的，也晉升為兵衛佐了。他們向衛門督說：「一起去看祭典吧。」所以加上他們所搭乘的牛車，一輛接一輛，前前後後大約有二十輛左右的車。心裡想著「大家都依序[251]將車子停在規定的場所」的衛門督，看到在打著木樁的地方對面，停著一輛老舊、用檳榔葉裝飾的車[252]及一輛竹葉編的車[253]。在衛門督家的車要停下之際，說了：「男人搭乘的車子，因為大家都不是疏遠的人，就以可以親密說話的原則來停放，同時也以可以互相看到對方那樣，縱向停放在道路的兩側。」隨從

---

246 描寫出夫人貪婪的性格。

247 今年沒有架設看棚，為了讓侍女們也能參觀，因此直接將牛車當作參觀用的車子。

248 一條、二條或一條大路、二條大路等，共十條主要東西向道路，是日本京都的棋盤式街道名，現稱一條通、二條通。

249 確保車位的行為。

250 通常一輛牛車會搭載四人，七輛牛車大概便有二十七人左右。光是夫人就有如此眾多的侍女，藉以誇飾新中納言家當今的權勢。

251 依照身分地位的順序。

252 天皇以下，四位官以上，或是女官、僧侶們的座車。

253 高官的簡便車，或是四位、五位官職的常用車。

們說：「停在對向的車，稍微移動一下，讓我們可以停放。」但對方卻固執裝作沒聽到。衛門督問：「是誰家的車？」對方的隨從回答：「我們是源中納言大人家的車。」衛門督說道：「管你是中納言家的車，或是大納言家的車，有那麼多地方可以停車，為什麼還要停在可以看到我們已經打上木樁的地方？請稍微讓開。」僕役們隨即靠上前去，去推對方的車子，於是對方車子的隨從出來，笑著說：「為什麼你們這群人，又要再做一次這種事？實在是群性急的僕役。你們那位囂張的主人，不也同樣是中納言而已嗎？難道一條大路，全部是你們家的嗎？真是無法無天。」衛門督的隨從說：「就算是天皇、太子、皇后對我們家主人，都還要敬畏他三分，讓開道路讓他通行呢[254]！」對方嘴巴厲害的男僕繼續回嘴，衛門督家的隨從反駁說：「什麼同樣只是中納言而已？別把我們家的大人和你們相提並論。」因為無法馬上將車讓開，所以衛門督便對左衛門藏人（帶刀）說：「你去處理一下，叫他們把車停遠一點。」於是便帶上隨從到旁邊去，硬是叫他們讓開。對方因為隨從人數較少，所以無法抵抗。源中納言家前導的隨從有三、四個人，他們說：「這是場毫無意義無聊的爭吵。就算敢踢太政大臣的屁股[255]，卻碰不到這位衛門督家養牛人的一根手指。放棄吧！」於是便將車子停在旁邊的住家裡去了。源中納言家的人，只能隱約地窺視到外面的情況。從這事件來看，或許會覺得衛門督外表是個性急讓人害怕的人，但實際上，卻非常親切穩重[256]。

四九

中納言家車裡的人，七嘴八舌地批評：「這作法真惡毒」、「這樣一來要怎麼報復啊！」此時，先前提到那位叫典藥助的愚蠢老頭也在場，他說：「為什麼要照對方意思把車子讓開？」說著便走出來繼續說：「今天的事能這樣毫不留情地對待嗎？若是我們把車停在他們打上木樁的地方，被如此對待也就罷了，但我們停在對向還這樣對我們，究竟是為何[257]？想想之後還可能遭到同樣的對待。所以現在就必須報復回去。」衛門尉（帶刀）看見典藥助心想：「長久以來，我一直想見見這傢伙。」現在竟在這裡遇到，覺得很高興。衛門督也看到了典藥助，便說：「惟成，為什麼任憑他這麼說[258]？」惟成意會後，很快地對僕役們使了眼色，於是僕役們跑到典藥助旁邊說：「這位老爺子，你剛才說『想想之後還可能遭到同樣的對待。』所以你是想對我家主人怎樣？」揮動著長扇，立刻把典藥助的冠帽咚的一聲打落。定睛一看，髮髻[259]的量少得可憐，前額光禿閃閃發亮，看到的人

---

254 此段描述為對自家權勢的自豪。亦可從此段描述中得知，當時攝關家權勢的強大。

255 因為衛門督家中女子入宮當了妃子，因此權勢甚至勝過太政大臣，所以衛門督的隨從才敢這麼盛氣凌人。

256 作者對衛門督囂張行為所作的辯解。

257 典藥助的想法合乎常理，但即便如此，仍對其批判、嘲笑、愚弄，可說是作者利用當時有權勢的人，所作所為都是正確的這一現實觀點，作為立足點進行描寫。

258 暗示惟成對典藥助進行報復。

都放肆大笑。這老人用衣袖遮住頭，慌忙得想逃回車裡，但衛門督的僕役們迅速跟上，一腳又一腳地，隨心所欲一邊踢他，一邊說著：「之後會有什麼遭遇，你知道吧！說啊！」典藥助像是要被打死似的，連喘氣聲都沒了。衛門督也假裝制止地說：「夠了夠了。」典藥助被僕役們無情地踹踢，最後遍體鱗傷、軟趴趴地掛在車轅上。源中納言家的雜役們，看到典藥助被這樣懲治，都嚇得發抖不敢靠近那輛車，宛如陌生人一般。但即便如此，雜役們還是繞到另一頭去，從遠處關心他。等衛門督的僕役們，將典藥助搭的車拉進小巷內，又再度拋出大馬路中央，隨即離去後，源中納言家的雜役們，才敢靠近車輛，當他們抬起車轅時的模樣，實在狼狽不堪。

五十

包含夫人在內，車裡的人都說：「不參觀了，回家吧。」便讓牛拉著車急忙想趕回家。不過在剛剛爭吵的時候，車廂固定在屋形車輛的繩子，已經被割斷了，坐著人的屋形車廂[260]，啪搭一聲整個脫落掉在馬路中間，身分低下的路人見狀，無不捧腹大笑。隨車的男僕們，手足無措，無法馬上扛起屋形車廂，憤恨地彈了手指說道：「今天實在是不該出門的倒楣日子」、「竟然會遭受如此不堪的侮辱。」在這慘狀下，車廂裡的人們心情，讀者應該是可想而知了吧。總之乘車的人都啜泣著。其中，那位夫人因為叫女兒們都坐在車輛前座，而自己坐在後座，因此車廂翻落時更是不得了，因為車廂是從橫的車軸處翻落，牛只拉著車轅前行。夫人雖然好不容易從翻落的車廂中爬出來，但手臂嚴重撞傷，因此哇哇大聲哭嚎著說：「這是什麼因果報應，竟然會有如此遭遇。」女兒們說：「小聲點，小聲點。」好不容易前導的隨從們循聲找來了，看了這情況，都覺得慘不忍睹，吩咐說：「快把車廂抬到車輛上。」忙著進行事後處理。而來參觀廟會慶典的百姓們看到，都嘲笑他們說：「真是丟臉丟到家的車主啊！」隨從們覺得非常丟臉[261]，因此都默默不語，面面相覷地站在馬路正中央。好不容易將車廂歸位，讓牛車重新行駛，但由於車廂仍然不是很牢固，因此車子是在夫人不斷嚷嚷著：「唉呀危險！唉呀好痛！」的叫聲中，慢慢前進著。

五一

好不容易回到了中納言邸，車一停妥，夫人便靠在別人肩上，短短的時間內，已哭腫了雙眼走下車。中納言嚇一跳說：「怎麼了？發生了什麼事？」夫人如此這般道出了事情

---

259 男子成為青年後，通常會帶上冠帽或烏帽子，甚至在家也不例外，在人前不將頭髮露出，為一禮貌的做法。這裡不單只描寫打落冠帽讓他難堪，更讓人看見他禿頭醜態的滑稽描寫。

260 源中納言夫人一行，搭乘用檳榔葉裝飾及竹葉編的兩輛牛車前來，夫人及眾女乘坐檳榔葉裝飾的那輛，而典藥助等男人則乘坐另一輛。這裡指的是用檳榔葉裝飾的那一輛。

261 被眾人圍觀嘲笑。

經過，中納言聽了之後覺得非常過分。說道：「這真是天大的恥辱。我乾脆出家當法師算了[262]。」雖然這麼說，但覺得這樣妻兒更可憐，所以無法真的出家[263]。因為世人把這事件當成笑柄來評斷，右大臣（道賴的父親）聽說了之後問：「這傳聞是真的嗎？你真的做了這樣的事嗎？說是『對於女人搭乘的車子，你也毫不留情的對待。』在這事件中，聽說有二條邸的人在場，到底是怎麼想的，要做出那樣的事呢？」衛門督答：「我並沒有如世人所說的那樣，毫不留情地動粗。因為我們這邊打了木樁的地方，被對方的車子停占了。隨從們才說：『那麼多地方好停，為什麼偏偏停在這裡。』就這樣愈說火氣愈大，於是便把對方車上固定頂篷的繩子割斷了。至於打人這件事，純粹是因為那傢伙太無禮，一氣之下把他的冠帽打落，在隨從們拉扯下，他自己跌倒了。當然，弟弟少將和兵衛佐都目睹整個經過。因此，絕對沒做出會落人口實的事情。」右大臣說：「千萬別落人口實[264]。我會擔心你落人口實也是有理由的。」而衛門督夫人（落窪君）覺得，源中納言家的夫人一行人很可憐[265]，頻頻嘆氣。衛門（阿漕）說：「您會嘆氣也是無可厚非，但也別太擔心。您再怎麼擔心都沒用。在他們一行人當中，若是您父親中納言大人也在，就另當別論，但毒打典藥助那人，只不過是針對以前那件事給他一點懲罰罷了。」衛門督夫人說：「妳真是說了讓人不暢心的話呢。妳別當我的侍女，去跟著衛門督，當他的侍女吧。那個人也是那樣對任何事都這麼執著。」衛門說：「那麼，我衛門就去服侍衛門督大人好了。衛門督大人，可是讓我衛門能隨心所欲地做想做的事[266]，對我而言，跟您比起來，衛門督大人，更像是珍寶似的重要主人呢！」

那位中納言的夫人，因為這樣病倒了[267]。她的子女們齊聚一堂，替她向神佛祈禱，才好不容易痊癒了。

---

262 由於平安時代，比現在更重視「恥」的意識，因此想以受辱的種種事件為契機而出家。《源氏物語》中，更將恥的意識昇華為罪的意識。《落窪物語》雖然因為重視社會關係，而仔細描寫了關於恥的意識，不過並沒有針對罪的意識進行描寫。這兩種意識，可說是《落窪物語》和《源氏物語》在文藝上的差異。

263 物語中經常描寫到，因為有妻小的牽絆，所以無法如願出家的情況，特別是《源氏物語》以後的作品，更是常以這狀況來當作主題。

264 右大臣認為，兒子衛門督仗著權勢，太過於有恃無恐了。這可說是作者的想法，而在承認復仇行為的同時，也批判了暴力行為。

265 因為自己夫婿的行為，使中納言家一行人遭受恥辱。

266 表明了衛門就算會無視落窪君的心情，也要繼續進行復仇的態度。而衛門這樣的心情，讀者可以感同身受，可說是衛門和讀者已經合為一體的意識，支持復仇行為的進行。

267 不只典藥助，衛門督也對夫人進行復仇，讓她遭受重大打擊。

卷三

——源中納言家伴隨著憂慮[1]，卻也將三條邸[2]建造得十分豪華。中納言說：「六月[3]就搬過去吧！一直以來所住的這宅邸，會有如此不堪的遭遇，是否是因為這宅邸的方位不好？」說完，便和女兒們開始遷居的準備。衛門督（道賴）和夫人（落窪君）在休息時，向她說：「中納言家的三條邸，已經建造得非常豪華了，聽說要舉家搬過去。夫人的亡母不是曾屢次說過：『請住在這裡，不要轉手讓人，這是我已故的母親大人的風雅住所，所以依戀不捨。』現在卻眼睜睜地要看他們強占宅邸，無論如何都不能讓他們強行占有啊！」衛門督詢問：「妳有地契嗎？」衛門（阿漕）答說：「夫人手中的確仍握有地契。」衛門督說：「如此一來，便可強硬找對方進行談判了。妳去打聽他們搬家的確切日期[4]。」夫人埋怨地說：「你又要做出什麼事情來了[5]！衛門妳也真的變壞了。竟然伶牙俐齒地煽動大人，讓他暴躁脾氣復發。」衛門說：「這怎麼能算是壞事呢？若是不合世間常理的事，倒也就另當別論。」衛門督笑著說：「衛門妳什麼都別說了，我們這位夫人是位不管人家怎麼對她，都不會有怨言，極富同情心的人。就算我們為了她做了一些過分的事，她也會說：『好可憐啊！』然後很自責。」衛門同意地說道：「除此之外，夫人還會說什麼呢？」

二

一個月過去，到了六月，衛門裝作若無其事的樣子，向中納言家的人打聽：「何時喬遷呢？」聽說是這個月的十九日[6]，便去向衛門督報告：「就是如此這般。」衛門督知道後說：「那麼就在那天讓夫人搬過去三條邸吧。為此，再多找一些年輕的侍女來幫忙。那個中納言家，應該有合適的人選吧[7]！對那些人什麼都別多說，直接把她們叫過來吧。讓中納言家那位夫人事後悔恨吧！」衛門說：「這樣真是太好了。」因為衛門督的一席話，衛門喜上眉梢[8]，其樣子讓衛門督看了便想：「衛門的性情和我很像[9]，這事絕對不能讓夫人知道。」兩人互相耳語商量著。衛門督對夫人這樣說：「有個人給了我一幢非常豪華

---

1 從白臉馬事件、清水寺參拜爭奪禪房、賀茂祭車位爭奪等等，一再被衛門督愚弄的事。
2 為落窪君從亡母那邊繼承來的宅邸，推測應該位於當時右京。右京三條，靠近皇宮，屬於高級住宅區域。
3 當時遷居必須遵照種種禮儀，日期也被陰陽道嚴格規定。
4 衛門督即將實施最後的復仇計畫。
5 落窪君希望不要再繼續復仇行為的善良想法。
6 根據《拾芥抄》等記載，十九日為八神日之一的白虎脇日，為適合建造房屋的吉日。因此將日期設定在這一天。
7 為復仇計畫之一，和下一個場景有所關聯。
8 現在看來男主角的復仇，可以說是非常殘酷，但透過衛門的表現可以看出，甚至作者和讀者已經都對這樣的報復行為產生認同感了。
9 由此可看出作品中男主角衛門督和女配角衛門，比起女主角落窪君，更加活躍的理由。

的宅邸，這個月十九日就搬過去住吧。麻煩您幫侍女們準備衣裝[10]。搬過去那邊之後，這棟宅邸就要進行整修了。早點搬過去吧。請快點準備。」便把紅絹、茜草之類染色用的草料[11]，交付給夫人，夫人卻完全不知道這祕密企圖，隨即忙著開始搬家的準備。

三

衛門利用關係，把中納言家漂亮的侍女們全都找來，其中服侍夫人的一位叫做侍從君的，更是美麗動人，被認為是宅邸中的第一侍女。而跟在三小姐身邊的典侍、大輔，甚至連打雜的侍女麻呂屋[12]等等這些人，只要是美麗高尚的，通通用盡辦法，派人去對她們說：「現在這裡是權勢極大的人家，對待在這裡工作的人，也都格外重視。」年輕的侍女們，想到自己家的主人早已年老力衰，毫無前途可言[13]，感到非常遺憾，個個都已經想著：「換到別的地方去服務吧。」現在聽到如此誘人的話，都心想：「那裡是當今評價非常高的府邸呢。」因此都答應了衛門的邀請。心想著：「到那邊去服務吧！」大家都急忙回自家[14]做準備。大家根本作夢也想不到，要去服侍的新主人就是落窪君，也不知道新的任職地方同樣是三條邸[15]，大家都偷偷地私底下和衛門進行交涉。二條邸那邊派遣隨從各自駕車，一小部分一小部分地將她們接過來，大家都過來任職了。宅邸裡傭人眾多，裝扮得都很華麗也無從比較。大家都在同一個地方服務、在同一個地方下車，當發現彼此，正覺得愉快時，眼前出現傳聞中所聽到的，有二十位左右年輕漂亮的侍女，穿著白綢單衣，外面罩著紫藍色唐裳，下半身為深紅色褲裙；另外有五六位稍為年長一點的，穿著紅色褲裙，淡紫色單衣上披著綾布外衣，和年輕侍女們一樣地打扮著，一批一批現身排開來迎接。新進的侍女們看到，都覺得自己非常困窘。夫人或許是中暑了，身體不甚舒服，所以無法接見新進的侍女們。衛門督說：「我親自接見她們吧。」便走出房間[16]。新進人員誠惶誠恐地趴著拜見。衛門督身穿深紅色褲裙，白綢單衣和輕便的直衣接見眾人，新進侍女們看到以後，都覺得衛門督果然如同先前所想像的，非常出色。衛門督仔細看了看新進的侍女們，說：「似乎都是不錯的女子。因為是由衛門介紹，所以就算有什麼不盡滿意的，我也不會多說什麼[17]。」接著又笑著說：「侍女們對衛門真是非常的信任呢！」衛門說：

10 為了遷居而準備的衣裝。在遷居時有許多規定必須遵守，甚至之後仍有關於衣裝的嚴格習俗。

11 遷居時多採用紅色系的染料，但到了後世，紅色系反而成為忌諱的顏色，改採用白色衣裝。

12 「麻呂屋」是在下級打雜的女僕中非常常見的名字。

13 除了中納言已年老體衰之外，中將（原藏人少將）也已不再和三小姐往來，四小姐則和白臉馬結婚等等的醜事。

14 指回家省親之際，順便為前往三條邸服務作準備。

15 作者在描述侍女日常生活時，加入了一點滑稽的成分，除了批判侍女們的庸俗之外，更讚賞像阿漕那樣忠心不二的侍女。

16 未向女主人引見，由男主人親自鑑定新進侍女的素質，這樣的場面設定非常少見，強調衛門聚集的侍女們極為優秀，而受到衛門督的讚賞。

17 對於衛門至今為止的辦事能力，給予極高的評價。

「您所謂的不盡滿意，那是因為您不認識她們，才會這麼說吧[18]。當時我在中納言邸服侍於小姐跟前時，要是能將她們好好打扮讓您過目，您就不會這麼說了，真可惜。我之所以能從中納言邸，接過來這麼多侍女，也是因為我在眾侍女中，受到高度信賴才辦得到的。」新進的侍女們，看到得意地現身說出這番話的侍女，竟然就是當年的阿漕，大家都驚訝地想：「這是怎麼一回事？阿漕竟然在這宅邸得到如此的寵信。」衛門裝作初次見面般地說[19]：「唉呀！真是太不可思議了。這次來的各位，竟然都有種似曾相識的感覺。」新進人員也說：「我們見到您也有同樣的感覺，真叫人感到愉快。」說著：「這麼長的時間沒見面，隨著日子一天天的過去，每當想起您還是覺得寂寞呢。」正當大家在說著以前的往事時，一位侍女抱著一個大約三歲，長得白皙可愛的小少爺出來，並說：「衛門君，裡面[20]有事找妳呢。」這位就是當年也在中納言邸服務的少納言。這時新進侍女們又七嘴八舌地說了：「有種回到過去的奇妙感覺」、「又是個令人懷念的聲音啊！」等等之類的話語。因為太過瑣碎了，在此不再一一贅述。大家都非常高興而盡情地敘舊，因為受到舊識特別的關照，新進侍女們都覺得：「真是可靠的府邸」、「真是太棒的地方了」。

四

就在這時候，衛門督聽到了：「他們說：『明天搬過去吧。』」中納言邸開始搬運夫人等眾家人的行李，也在新宅邸掛起簾子[21]，進行各種遷居準備，甚至連家僕們的行李也都運過去了。」於是傳喚了衛門督府邸的家臣但馬[22]守、下野[23]守，以及在其他辦公處所[24]當差的衛門佐[25]，外加眾多僕役等一些較雄壯威武的人們來，對他們說道：「因為種種原因，三條的那宅邸是屬於我的，而一心想著要搬去那邊的中納言，究竟是什麼打算？我聽說他們還大言不慚地說：『把那裡當作是自己的地方來進行整修吧。』但我認為：『儘管如此他們還是會告知我一聲，向我說明經過吧。』雖然靜待著他們的通知，但他們卻一點表示也沒有，竟然聽到：『中納言家明天要搬家了』之類的話。所以請你們到那邊去說：『究竟想怎麼樣？這裡應屬於我們的宅邸，為什麼連個招呼都沒有就打算搬過來？這是怎麼回事？』別讓他們把行李搬走，因為我也想要明天搬過去。所以你們現在馬上外出，到

18 為衛門自豪的說詞。

19 阿漕隱瞞是自己設法讓她們過來，裝作現在才知道的樣子。輕巧地描寫了阿漕的深思熟慮。

20 請衛門到衛門督夫人跟前。

21 主屋及附近廂房才會掛起簾子，這裡特別描寫出來，以強調懸掛簾子的行為，是代表連起居室都已經完工了。

22 山陰道八國之一（今兵庫縣地區）。

23 東山道時三國之一（今栃木縣）。但馬、下野都是收入豐厚的領地，兩位領主是因為衛門督及右大臣的權勢，才聽任差遣。

24 原文為「政所」。負責親王、攝關家以下的貴族名下莊園事務，或家政之機關。長官稱為「別當」，政所的別當，也非衛門督的家臣，應為從父親右大臣的二條邸所派來的。

25 衛門府的次官。

三條邸去設置守衛處，好好把守。」大家接到指示以後便外出了。眾人來到三條邸一看，不單只是外觀整建，宅邸內甚至鋪了砂[26]，也掛上簾子等生活器具了。眾人一起聲勢浩大地闖進去，在三條邸裡的中納言家人見狀，都大為震驚，紛紛詢問：「哪來的人？」眾人回答：「我們是衛門督家的家臣、職人。這宅邸明明應該是衛門督大人所擁有的財產，衛門督大人說：『為什麼連個招呼都沒有就打算搬過來？暫時別讓他們遷入。』」於是眾人進到宅邸內，下命令指揮著：「這裡是守衛處」、「這裡就這麼處理」、「那樣辦吧」。改變了原本的設置。

五

中納言家的人慌張地跑回中納言邸，稟報：「發生如此這般的事了。衛門督家的家臣、職人通通闖進來，我們這邊的男僕役們，完全無法出入那宅邸了。對方還說：『衛門督大人或許也是明天要搬進三條邸。』還在宅邸內設置了守衛處、辦公室等等，到處都被他們做了更改。」中納言因為年邁，而一時失了方寸，感到驚慌失措。中納言說：「這真是太過分了。關於那幢三條邸，雖然我手上並無地契，但那是我家孩子[27]持有的宅邸。除了我還有誰能夠擁有它？那孩子若還在世上，我問她的話，她一定會表示贊同。如今那孩子已經不在世上了啊，我能怎麼辦[28]。對方可是衛門督，因此是無法和他抗爭的[29]。先去稟告衛門督的父親右大臣吧[30]！」說完，沒有特別做任何外出的準備，也沒有更換衣物，便急忙趕往右大臣府去[31]，請人通報：「有要事欲徵求右大臣大人的意見。」右大臣接見他之後問道：「有何要事？」中納言嘆息無奈地說：「這些年我領有的三條邸，在這幾個月裡進行了整修，明天就要搬過去了，正當家臣[32]們事先將日常器具搬過去時，卻來了衛門督的部下[33]，還說：『這是我家主人的領地，你們為何沒有任何知會就搬進來？衛門督大人應該也是明天要搬過來。』因而占據了三條邸，造成我家眾男丁無法通行。因為受到了這樣的阻礙[34]，讓我感到驚恐，因此前來拜見。我認為這幢三條邸除了我之外，不可能有別人持有它。衛門督大人有什麼理由這麼做？難道他有地契？」右大臣回應他說道：「這件事我完全不知情。總之他沒跟我提過這樣的事情。若真如你所言，是我兒子衛門督

26 寢殿樣式的建築，在正面庭院通常都會鋪上白砂。
27 即落窪君。
28 描寫中納言完全不知道落窪君尚在人世的樣子。
29 由於是當今最有權勢的右大臣家公子衛門督，描寫當時對於權傾一時的人，是無法據理力爭的社會情勢。
30 因為想和衛門督抗爭的話太過困難，因此決定直接向右大臣告狀的決心。
31 描寫中納言驚慌失措的姿態。
32 原文為「侍」。在親王、攝關、大臣以下貴族家中，服務打雜的男人。
33 用間接的說法，表示此事衛門督並無直接的責任。
34 再次指責衛門督的蠻橫。

無法無天了。儘管如此，他會這麼做一定有他的理由，待我向他問清楚緣由後，再答覆你好了[35]。這事從一開始我就完全不曉得，所以我現在也不知道該如何回答你。」右大臣事不關己的樣子，中納言也無法再多說什麼[36]，只能嘆息著退下了。回到家之後嘆氣地說：「剛才去稟告右大臣時，他這樣這樣地敷衍我。為什麼事情會變這樣？這些年[37]來費盡心思的整建，到頭來仍淪為世間笑柄嗎？」

六

衛門督一從宮中回到右大臣府後，父親右大臣便詢問他：「中納言到府裡來說了如此這般的話。這事是真的嗎？究竟是怎麼回事？」衛門督回答：「沒錯，確有此事。這些年來我一直想遷到那邊去住，因此派人去視察並進行整修，但卻獲回報說：『很突然地那位中納言說要搬過去。』因此我覺得奇怪，心想到底是不是真的，於是再派部下過去詢問情況。」右大臣又說：「那位中納言說：『這是除了自己以外，其他人無法擁有的宅邸，衛門督這麼做太無理了。』你什麼時候持有那幢宅邸的？你有地契嗎？是誰[38]讓渡給你的？」衛門督答：「那是我二條邸的妻子所擁有的宅邸。是擁有皇室身分的外公[39]留給她的，那位中納言年老愚昧，對他的夫人所說唯命是從，因此對女兒冷酷無情，對此我極度痛恨，便心想：『絕不把房子讓給他。』才做出這樣的事。至於地契，確實在我們手上。中納言未持有地契，就擅自對宅邸進行整建，還認為：『除了自己不可能會有人能擁有它。』這實在太荒謬了。」右大臣聽完後說：「聽你這樣解釋我就毫無意見了[40]。盡快讓他們看看地契，這事讓他悲嘆不已呢！」衛門督回到二條邸後，召集了明天一同前行的隨從，並將侍女們乘車[41]的位置分配妥當。

七

中納言一夜悲嘆到天亮，天一亮，就又命他的長子越前守前往右大臣府。越前守說：「父親中納言本應親自前來，但昨日回家後便感身體不適，因此無法親自前來。昨日父親詢問之事，不知結論如何？」右大臣說：「昨天衛門督回來之後，我立刻把中納言的話轉

35 右大臣這樣的回覆，一方面有對自己兒子衛門督的偏愛；另一方面，針對抗爭不能只聽一方的片面之詞，表現出大臣客觀裁斷的器量，及政治家的人格特性。
36 因為右大臣事不關己的處理態度，中納言又是懦弱且服從的性格，因此表現出弱小的貴族無力對抗權勢的現實面。
37 實際上為二年。但因為發生這樣的事情，所以中納言因而感到時間的漫長。
38 右大臣並未察覺落窪君，就是中納言的女兒。
39 在卷一開頭部便描寫到，是具有皇室血統之女所生下的孩子，落窪君可說是皇孫。除此之外，在前面內容，曾經以「故大宮」來稱呼落窪君的外祖母，因此可知其外祖父母皆為皇族。
40 可看出原本對衛門督的行為，有一抹不安的右大臣，聽完衛門督所說之後便放心下來。
41 可以從牛車的帷簾下方，窺視到乘坐於內的侍女們的衣袖，或衣裝一角的座車。衛門督計畫帶上穿著華麗衣裝的侍女們，盛大地遷居。

告他了，至於詳細情形，你見了衛門督之後再詢問他吧！由於這件事我並不知情，所以無法正確判斷是非。不過，中納言沒有地契，卻說是自己的宅邸，實在有些愚蠢[42]。」越前守之後，又前往位在二條的衛門督府邸。衛門督只穿著一席便衣[43]，坐在帷簾旁邊，越前守恭敬地坐著。衛門督夫人（落窪君）在簾後，看到兄長越前守的身影，覺得非常懷念。擔任侍女的衛門及少納言，看到越前守緊張的樣子，笑著說[44]：「以前不管什麼時候[45]，都覺得那位大人，也是一位可敬可畏的主人呢。我們也曾想著：『千萬不能違背他所說的話呢！』」此時越前守說道：「我已去過右大臣府，右大臣大人是如此這般對我說的。您們真的持有地契嗎？我想仔細做個判定，若這些年來都是由衛門督大人您所持有，只要我們有聽到一些這樣的傳言，那麼我們就不會有怨言。如今我們整建這房子，也已經兩年了，這期間全無相關的消息，現在卻又這樣妨礙我們遷居，家父為此不斷悲嘆，且無法平心靜氣下來呢！」衛門督優雅地說：「這些年我們握有地契，所以理所當然認為房子是我們的，因此便沒有對外說明。直到聽說中納言要舉家搬遷過去時，才突然想起我們擁有這幢宅邸。再說，你們有地契嗎[46]？」說話時，還一邊逗弄坐在他膝上那位大約三歲的白皙可愛孩子[47]。越前守覺得自己在談論的這件事非常重要，卻看到對方竟是這種態度，實在又氣又惱，卻也只能壓抑著繼續說道：「我們的確是把地契搞丟了，至今仍遍尋不著。或許是被人賣了，關於這一點實在充滿疑惑[48]。此外，沒有人有資格領有這宅邸。」衛門督說：「我的地契並不是買人家偷盜來的。我有十足的理由[49]認為，除了我之外，沒人可以擁有這宅邸。你們還是早點放棄『能夠理所當然擁有這宅邸』的想法吧！請你轉告中納言：『時機一到我會親自讓他看到地契的[50]。』」語畢便抱著孩子進到帷簾內了。越前守毫無說話的餘地，只得唉聲嘆氣地離去。

---

42 之前右大臣詢問衛門督事情的來龍去脈之後，父子之間對整件事已經產生了共識。

43 因為是一大早的時間，所以並沒有換上正裝。

44 透過衛門和少納言的態度，和前述衛門督夫人思念兄弟的心情產生對比。同時也表現出讀者潛在對中納言家憎惡的象徵。

45 看到越前守現在順從的態度，不禁想起以前在中納言邸時的情景。當時中小貴族在自己的家族，或是勢力範圍裡意氣風發，但到了攝關一族人的面前，態度終究還是變得唯唯諾諾。

46 明知道對方並沒有地契，而說出的諷刺。

47 預料到和整件事有利害關係的越前守，會因此而激動，所以故意以這樣的態度來回答他，藉以刺激對方、愚弄對方。這裡的三歲孩子，是和落窪君所生下的長子。另外，從前面描述推斷，在年齡上有些許矛盾之處。這部物語在年表及年齡上，有許多相關錯誤。

48 以委婉的說法，質疑衛門督所持有的地契，是否是向偷盜地契的人所購得，避免過於直接太過失禮。

49 暗示落窪君才是三條邸正統的繼承者。越前守即使聽到衛門督這樣的說法，仍然沒察覺衛門督的夫人，就是之前的落窪君。

50 為之後和中納言碰面的場景埋下伏筆。

八

這番對話，夫人通通聽到了，以滿臉替中納言感到可憐的神情對衛門督說：「我們這次要搬去的地方是三條邸吧！這下又會以為是我唆使的。父親中納言長年進行那房子的整建，一直很想搬過去，我們卻阻撓他們，真不知他們會怎麼想。害雙親哀嘆的不孝之罪讓我惶恐。家臣讓父親受辱已經很不應該了，竟然連你都做這樣的事，去阻撓父親中納言，讓父親這樣悲嘆，真的讓我覺得很心痛。一定又是衛門出的主意吧。」[51]衛門督說：「世上會有強奪子女房子的父母嗎？現在讓雙親哀嘆的罪，將來可以用孝行來彌補[52]，即使妳不搬去三條邸，我也會帶著侍女們過去。搬遷的話我已經說出去了，現在若要取消就被人看笑話了。如果妳想把那幢宅邸送他們，就等到他們知道妳是我妻子以後再送吧。」夫人沒辦法[53]，因此也不再多說了。

九

越前守回到中納言邸，向父親中納言說：「事到如今，已經束手無策了。只能當作是宅邸被衛門督奪走的恥辱[54]來看待，就此放手吧。我把它當作非常緊要的大事向他們說明，誰知道，衛門督卻認為這事沒什麼大不了的，膝上坐著一個可愛的孩子，還逗著他玩，對我說的話似乎充耳不聞。最後，隨便對我這樣敷衍了幾句[55]，就進房間裡去了。至於右大臣則說：『我對這事毫不知情，衛門督持有地契，是較有利的一方[56]。』我實在毫無辦法了。為什麼父親您沒有找到地契呢？衛門督打算今晚就搬過去，現在正大張旗鼓地調度車輛和人員呢[57]。」中納言完全不知所措，覺得這事實在是太過分了。他嘆息說：「落窪君的母親臨終時，把地契給了她，我也忘了這回事[58]，所以一直沒跟她要回地契。而她竟然就這樣失蹤了。一定是她把地契賣了，讓衛門督買到。事情這樣發展，真的會被世人當作笑柄啊！即使上奏朝廷，以衛門督現在的權勢，誰能為我們做主呢[59]？投注了這麼多財力整建這宅邸，真是太遺憾了。」越前守說：「是父親您的時勢不如人啊！運氣不好的人，也只好遭受這樣悲慘的下場了。」中納言仰天長嘆，絕望茫然地呆坐著。

51 不直接苛責自己的夫婿，而是將責任歸咎給衛門。
52 現在讓他們感受到恥辱的種種打擊，將來一定能夠對他們有所彌補，乃是衛門督對自己權勢的自信及物質中心的想法。而這樣的描述，不但是作者本身的想法，同時也是對後面情節發展的暗示。
53 描寫落窪君性格、態度的表現。《源氏物語》中，類似這種苦悶的描寫，更加細膩；對於人物的內面描寫，也更深入。而在這部物語中類似的描寫，並沒有太過深入，就此打住。因此也被認為是《落窪物語》的界限。
54 對平安朝貴族而言，輿論和恥辱是決定性的因素。
55 先前和衛門督對話的過程。
56 把和右大臣及衛門督對話的順序倒置，來表現和右大臣的對話是比較重要的。
57 描述衛門督家準備遷居的情況，中納言家則是完全被壓制。
58 可看出中納言當時對於落窪君，毫不關心的態度。
59 當時與其說是法治國家，倒不如說是被權勢支配的。

十

衛門督府邸這邊，因為要遷往三條邸，所以各賞賜一套衣服給眾侍女，雖然新進侍女服務時間不長，一樣有此賞賜，每套衣服都極為華麗，侍女們都非常高興[60]。另一方面，中納言家派人過去，至少想要把先前已經搬運過去的日用品給要回來，但他們卻回來報告說：「完全不讓我們進宅邸裡去。」夫人聽到以後大力擊掌，感到十分懊惱，驚慌失措地說：「衛門督那個男人[61]，究竟把我們當成是多麼憎恨的仇家？我內心實在困擾不已啊！」越前守說：「現在說什麼都沒用了，我去說：『至少讓我們把日用品運回去吧。』衛門督也說好：『請盡快把那些東西拿走。』但三條邸衛門督的部下們，卻怎麼也不讓我們進去，甚至連想吵架也沒辦法。」若說中納言家已盡了全力，唯一做得到的事，恐怕就是眾人齊聚一堂，咒罵著衛門督吧。

十一

戌時（晚上七時—九時之間）[62]前後，衛門督便遷往三條邸去了。車子十輛，一輛接一輛，隊伍十分浩大。衛門督下車走進宅邸一看，寢殿已經完工，屏風帷簾都已架好，房間也已鋪設完成。看到這情形，他想：「中納言不知作何感想？」雖然覺得同情，但馬上又想到：「這麼做，都是為了要讓那位中納言夫人感到懊惱。」衛門督夫人一想到父親中納言的心情，便對搬遷的事完全沒了興致，覺得父親實在太可憐了。衛門督說：「從中納言邸搬過來的日用品，絕對不可遺失，日後要確實歸還。」當三條邸正大肆歡喜喧鬧的時候，中納言邸那邊派人過來探查情況。回去之後稟告說：「他們如此這般歡天喜地搬遷進去了。」衛門督這邊完全不知道，中納言家的人聚在一起正嘆息著說：「現在已無力扭轉了。」此時三條邸正奏樂[63]喧鬧著，衛門內心讚許著想：「衛門督大人這麼做，完全如我期待呢！真是太好了。」隔天早上，越前守再次前往三條邸說：「請讓我把我們運來的物品搬回去。」衛門督說：「三天之內，三條邸的所有物品都不能任意移動[64]。今明兩天之後再來吧，會幫你們妥善保管好的。」越前守覺得非常困惑。相對地，三條邸連續三天的奏樂歡慶，頗有當世的風華趣味。

---

60 依照資歷給予賞賜，是當時的慣例。像這邊所述，不照資歷通通給予賞賜，則是較為新穎的做法，表現出了衛門督家的財勢。

61 表現出因憎恨而激動的樣子。

62 當時認為遷居是「家神」的移動，因此和現在不同，遷居會在夜晚進行。

63 演奏著管弦樂熱鬧慶祝遷居，為一種神樂儀式。不過到了後世，這樣的形式變成忌諱的行為，所以安靜地遷居變成了習慣。

64 此處描寫不能將物品從家裡攜出，應該是當時關於遷居的相關禁忌。

十二

第四天早上，越前守又到三條邸來了。哀求說道：「今天請務必允許我將用具運回。女人用的梳頭箱等日用品都在當中，沒得使用實在很不方便。」於是衛門督便照目錄上所記，將中納言邸的物品全數歸還，並說：「好像還有個古色古香的鏡盒蓋吧，也一起還給他們。那似乎是中納言夫人朝思暮想的寶貝呢！」衛門聽了覺得好笑，便高興地說道：「東西在我那兒呢！」便去拿過來。從來沒見過這鏡盒蓋的侍女們看了都說：「真是了不得的盒子呢！」衛門這時心想：「與其就這樣還回去，不如……」便說道：「在這寫幾句話吧！」衛門督夫人說：「該寫些什麼呢？在中納言家如此可憐的時候，讓他們知道我在這裡，實在很為難啊！」衛門督勸說道：「還是寫一下吧！」於是便在盒蓋內側寫：

昔日朝暮愁容映，今日增鏡現舊影，
舊貌新姿顯同鏡，勾起懷舊古心情。

然後將它用成套的色紙[65]包上，並插上一枝花[66]。衛門督把衛門叫過來說：「把越前守叫來，並把這東西交給他。」越前守來了之後，衛門督對他說：「你們一定覺得我無法無天吧！但那是因為你們連知會一聲也沒有，就打算遷入，所以我們覺得很莫名其妙。冒犯之處，下次我會親自向你的父親道歉。至於地契，由於必須讓父親親自過目，所以請你轉告中納言大人說：『請於今明二日內，來這裡一趟。』你們兄弟們對於這次的事，也都覺得不開心吧，所以今後若有什麼事情，都可以來找我商量。」態度非常和悅。越前守完全無法理解衛門督的說話內容，只覺得很不可思議[67]。衛門督最後又說：「務必轉告中納言請他前來，到時也請你同行。」越前守了解後恭敬地告退。此時衛門在內廂房裡等候著，見到越前守，便請人把越前守叫住，對他說：「請移往這邊的廂房。」越前守摸不著頭緒，但一進到房間，看到帷簾裡有色彩華麗的衣袖[68]，簾子內的人說道：「請把這個東西交給中納言夫人，因為夫人以前似乎把這個東西視若至寶，因此我為了怕遺失，一直很小心地保管著。今天因為要歸還中納言府邸的東西，我才想起了這個盒子，請幫我還給她吧。」越前守疑惑地問道：「請問我要怎麼跟家母說，是誰給她的口信呢？」簾子裡的人再度說道：「我想只要把這東西交給夫人，她自然就能知道是誰了吧！至於越前守您聽到我的聲音，難道還不知道我是誰嗎？」越前守心想：「這侍女是阿漕啊！原來她到這兒來了啊！」說道：「妳似乎故人已忘舊居，我如何能像舊識般跟妳說話？不過等下次我再度

65 信紙及包裝紙之類，正反面有合適配色的色紙。
66 隨便附上一個符合季節的花枝，並非贈送較風雅的禮物，表現出一種冷淡的態度。
67 衛門督態度突然轉變，變得非常客氣，讓越前守摸不著頭緒。
68 因為帷簾的關係，越前守無法看到衛門的樣子，只能看到遞出鏡盒時的手和衣袖。

造訪這宅邸時，我應該就會把妳當舊識，好好拜訪一番吧[69]！」衛門說：「這裡還有另一位您的舊識呢！」另一位侍女的衣袖露到帷簾外，那聲音是少納言。越前守心想：「真是奇怪，這裡聚集了以前在我們中納言邸服務的侍女們呢。」裡面的另一個人這時說：「古歌中曾說『花容月貌郎看慣，已故交情君已忘。』所以我無法再讓您感到驚豔了吧！」這聲音是以前在二小姐身邊的侍女。這個侍女以前曾和越前守交往過。和他說話的，都是以前在中納言邸的侍女，越前守慌了起來，不知道究竟是怎麼一回事，也因為太驚訝而無法做出反應。這時衛門問：「那位三少爺[70]現在過得怎樣？已經舉辦過成人元服儀式了嗎？」越前守答：「他今年春天已經是官拜五位的大夫了。」衛門說：「請你轉告三少爺：『務必請他到這裡來，有好多話想當面對他說。』」越前守答：「沒有問題。」因為他很想看看衛門交給他的包裹裡到底是什麼，於是便急忙告退了。越前守回想三條邸的情況，愈想愈覺得不可思議，心想：「難不成落窪君是那個宅邸的夫人？阿漕那侍女在三條邸似乎很得勢。而且以前宅邸裡的侍女，也似乎都聚集到三條邸去了[71]，這是怎麼一回事呢？但仔細再想想，這樣總比完全都不認識還好吧。」雖然一直以來都很疏遠，但心情仍舊覺得欣喜，因為他一直待在任職的地方，對中納言夫人虐待落窪君一事完全不知情。

十三

越前守回到中納言邸，對父親中納言說：「衛門督是這樣說的。」並將那包東西交給了中納言夫人。夫人說：「真是奇怪呢！我對這毫無頭緒呢！」打開一看，原來是自己的那個鏡盒。心裡非常納悶地想：「印象中這個鏡盒是給了落窪君，為什麼在這裡？」再看到內側寫的和歌，毫無疑問這是落窪君的筆跡，因而目瞪口呆。心想：「這些年來，家裡受到的種種恥辱，看來都是她做的了。」她的鬱悶與憤恨無法言喻。夫人如今在宅邸裡，內心無法平靜，坐立難安。而中納言原本為了宅邸被強奪而懷恨在心，但一想到這是自己親生女兒的所作所為，便覺得這不是什麼罪過了，先前受辱的感覺也一併消失了。他說：「在我眾多的子女當中，那孩子是最幸運的[72]。以前跟她為什麼那麼疏遠？三條的那幢宅邸，原本就是她母親的房子，那孩子要回去，也是理所當然的[73]。」

十四

正因為如此，夫人更加覺得嫉妒生氣，甚至忘了自己是誰似地說道：「那房子被搶走

---

69 拜訪時若有熟識的侍女，要拜託什麼事都會比較方便。
70 在中納言邸唯一同情落窪君的人，藉此詢問他的狀況。
71 推斷衛門督夫人可能就是落窪君的理由。
72 背後含有今生的幸與不幸，都是取決於前世因果的宿世思想。
73 中納言忘記至今為止的種種，感到喜悅的樣子，除了是身為父親的心情之外，更表現出攝關制度中，讓女兒嫁至權勢之家，以期待能飛黃騰達的生活思想。

也是沒辦法，那就算了，但這些年花了錢，辛苦種植的那些花草樹木總得運回來，那可以當作買另一幢新居的資金。」越前守聽到以後說：「這是在說什麼啊！您這樣好像把落窪君當作外人一樣看待，我們家族中，沒什麼值得依賴的人，人家見到了就嘲笑說：『你家的白臉馬現在怎樣了？』實在是很難為情。雖說同樣都是殿上公卿，能招到受天皇無比恩寵的人為婿，並和他親密往來，實在是很值得高興的一件事[74]。」如今已是大夫的三少爺說：「不，母親剛才所說的事根本不算什麼，當年母親大人虐待落窪君姊姊的情況，才真是叫人不忍卒睹。」越前守問：「你在說什麼？什麼虐待啊？」大夫一五一十把事情始末告訴越前守，說：「落窪君姊姊是多麼的可憐啊！」接著又說：「不知道阿漕她們是怎麼跟三條邸那邊的人說，實在是沒臉去見衛門督和落窪君姊姊啊！」越前守覺得可恥，生氣地彈了彈手指說：「真是太過分了！我一直待在我的任職地，對這事完全不知情。母親竟然做出這麼可惡的事。那位衛門督大人一定是對這事懷恨在心，所以才會讓我們遭受先前那樣的種種恥辱吧！不知道他對我們作何感想？今後都不要出去跟人家交際[75]，說不定才是最好的做法吧。」中納言夫人說：「唉呀！煩死人了！現在都已經無法挽回了，說什麼都沒用了。我就是因為討厭落窪君，才做出這種事的[76]。」事到如今，一切都已經太遲了。

十五

越前守說：「少納言、侍從等人，也都在三條邸呢。」侍女們聽了都羨慕不已，遺憾地說：「我們為什麼到現在還不改到落窪君那邊去，繼續留在這邊過著無趣的生活呢？」年輕的侍女們，背著夫人私下都在說：「我們現在就過去吧！落窪君胸襟寬大[77]，一定會接受我們的。」落窪君的幾位姊妹們，回想起悲傷的往事。三小姐覺得，因為她的夫婿藏人少將，就是被那一家的人搶走，所以現在和他們成為姻親，或許會聽到前夫宰相中將的消息等，這讓她非常煩躁。而四小姐，則是因為衛門督欺騙她，讓她遭遇不幸[78]，所以和三條邸的人見面一事，與其他姊妹相比，更覺得不快。她那個不知在何時懷孕所生下的孩子，也已經三歲了，長得不像那位白臉馬父親，是位十分可愛的小公主。四小姐雖想：「自己的遭遇太不幸了，乾脆出家為尼[79]算了。」但覺得如此一來，這孩子就太可憐了，因為有這牽絆，所以想遠離世俗遁入佛門，也無法如願。她打從心底十分厭惡少輔，對他

74 吐露出越前守，想要憑藉同父異母的妹妹仕途順遂的想法。
75 原本可藉此和衛門家攀上關係的希望，全部落空的心情。
76 充分表現出夫人毫無反省，感情用事的性格。
77 落窪君在侍女們之間，非常有聲望，在之前也多次描寫到。
78 白臉馬假借左近少將之名和她結婚。
79 當時會出家，通常都是因為遭逢逆境或是失意，因此四小姐會有出家的想法，是很正常的。

非常冷淡，因此少輔早已不繼續來訪了。

十六

中納言已完全忘記，曾經遭受痛苦的事了。由於自己聲勢不再，且年老力衰，大家都笑話他，為此他經常唉聲嘆氣。但落窪君和衛門督結婚一事，讓他再度覺得很有面子，而感到非常高興。衛門督又對他說：「請前來三條邸吧。」於是他做著前往拜訪的準備。他說：「今日天色已晚，明日再去吧！」夫人想：「看中納言的樣子，一定覺得比起我的子女，落窪君比他們都優秀太多了[80]。」因此感到胸口鬱悶疼痛。三小姐和四小姐不斷交談著說：「正因為衛門督大人和落窪君結婚了，所以上次去清水寺參拜時，回家路上才會說：『知道要反省沒？』這樣的話」、「好像是越前守問了，最後才讓我們知道他們已經結婚的事」、「衛門督大人真是讓我們遭受了不少恥辱」、「侍女們接二連三地離開這裡，果然也都是被落窪君叫去了」、「長期受到母親那樣苛刻的對待，她一定是有所不甘吧。」等等之類的話。夫人說：「真是太懊惱了，這種種的報復行為，我真的好想奉還回去[81]。」女兒們說：「雖然您這麼說，現在還是別再這麼想[82]。我們家可是有好幾個女婿的[83]，為了這些人著想，還是老實一點吧」、「會那麼不留情地毆打典藥助，一定也是對典藥助調戲落窪君一事懷恨在心。衛門督大人一定知道那件事。」你一言我一語地說到天亮。

十七

隔天早上，衛門督來信了。信中說道：「昨日請越前守幫忙轉答我的心意，是否已轉達？若有閒暇，請務必於今日來訪，有要事告知。」中納言家回信寫道：「昨日越前守已如實轉達了，雖然昨日就想馬上前往拜訪，但由於天色已晚，因此作罷。現在將馬上前往拜訪。」衛門督也為迎接中納言來訪而做了準備。由於衛門督信中寫：「請越前守一同前來。」因此越前守便跟在中納言的車後面，來到了三條邸。三條邸的人稟報：「中納言到了。」衛門督便說：「這邊請。」中納言便跟著進去了。他們在寢殿南側的廂房[84]會面，衛門督夫人坐在帷簾裡。衛門督說：「請侍女們到北側的廂房去。」大家便退下了。兩人面對面之後，衛門督說：「關於這宅邸的事，我想向您道歉，因為這裡有一位常常想著您而獨自嘆息的人，所以就藉此事向您說明。您將三條邸視為是自己所有，將它加以整建，就單方面來看是毫無疑問的。但若從地契這書面證明來看，我們這邊比您更具備領有這宅

80 從豪華的衣裝及散發出來的上層階級氣質來判斷。
81 夫人這樣的想法再次表現出她的性格，而這樣的性格也貫穿了整部作品。
82 為了抑止夫人復仇心情的權宜說法。
83 從擁有夫婿這樣的發言判斷，這段話應該是大小姐或是二小姐所說。
84 廂房設立在主殿的外側東西南北四方，有東廂、南廂等等的區分，在此迎接賓客來訪，因此在南側廂房準備了座席。

邸的權利。我住的地方並不是很遠，但您們卻不向我打聲招呼就想搬到三條邸，似乎不把我們當回事。我心想：『為何要受此輕視？』所以才倉促搬過來[85]。而我妻子卻嘆息著說：『這些年來，人家是多麼用心地進行修繕，我們卻阻礙似地搬過來，造成人家的不快，還是歸還給中納言大人吧。』因此您們還是領有這地方，同時我也想著：『將地契一併奉上。』因此才聯絡您們前來。」中納言說：「這番話真是讓我受寵若驚啊！幾年前，有個女兒神祕失蹤後，至今仍毫無消息，恐怕已經不在人世了。我忠賴[86]若還年輕，或許還能和她在某個地方相遇，可是現在我已衰老，什麼時候會離開人世都不曉得。那女兒丟下我這個父親，連個消息都沒有，果然還是已經不在世上了吧，為此我正悲傷嘆息著。若女兒還在世上，這宅邸應該歸她所有，但現在她已經不在世上，所以也沒辦法了。因此我便認為這宅邸就該歸我所有，才趁這宅邸荒廢之前進行了修繕[87]。我並不知道女兒就在您府上，這真是太好了，我的喜悅之情無法言表。不過這事一直隱瞞我到現在，大概是認為我忠賴沒有當她父親的資格吧！或者你們認為，當我這個人的子女有失體面，所以不想讓人知道？這兩種疑惑，對我而言都是恥辱。至於地契，我怎麼可以接受呢？我甚至想另外給你們土地呢！我能活到現在，是件不可思議的事，大概是上天為了要讓我，再見到那女兒一面吧！現在回想起來真是無限感慨！」說著說著，眼淚便流下來了。衛門督也非常同情他，於是說：「這位小姐自從離開中納言邸後，長年來朝朝暮暮不斷對我悲嘆著說：『父親已年邁，不知何時會去世。』但我因另有考量[88]，所以只能對她說：『請再忍耐些時日。』阻止她通知您。從她還在中納言邸寢殿西側的廂房[89]時，我就常私下和她往來，知道您對她的態度，和對其他女兒完全不同，非常輕蔑她。您的夫人更是無情，我曾耳聞目睹，她對這女兒的苛責對待，比對府上侍女還不如，因此我便對她說：『即使知道妳還在這世上，對方也絕對不會感到開心吧！等我出人頭地[90]，並能盡孝之時，再讓中納言知道吧！』其中，夫人把她關在貯藏室裡，還允許典藥助去調戲她，這件事更是讓她生不如死，對此您卻沒有任何的作為。這種痛苦且無情的對待，牢記在我道賴的心中[91]，無法抹滅。並非說您的做法不妥，但夫人的行為實在過於無情[92]，所以才會在參觀賀茂祭時，一聽說是您們的車子，便對您們有些無理的態度[93]。另一方面，家臣們私自揣測了我的心

85 以上為針對引起三條邸爭奪衝突的原因及辯解的說詞。
86 在此告知中納言本名，是為了呈現中納言將衛門督當作自己孩子一般的看待。
87 在解釋將三條邸視為己有的原因之前，先說出落窪君失蹤一事，說明因為這樣的緣故，所以才認為除了自己，不可能有其他人有資格擁有三條邸。
88 對中納言家進行報復的計畫。
89 從中納言的寢殿，被趕至低窪的那間小房間。
90 地位財力兼備。
91 藉此暗示所有的報復行為，並非是落窪君主導，而是道賴自己的行為。
92 說明報復原則上，是以中納言夫人為對象。
93 說明當初賀茂祭時，為何有蠻橫行為的理由。

思，因而懲治了典藥助。現在假使您和女兒見了面，我想您還是不會用充滿憐愛的眼神看待她吧[94]！雖然沒有機會讓您看待她，如同看待其他姊妹一樣，但不管怎麼說，她仍日夜為了無法見到您而悲嘆著，我也感覺到她對您的孺慕之情，因此便想好好地對您盡孝。況且，我們兩人所生的幾個孩子，也日漸長大了，很想讓您看看孫子呢……」衛門督一五一十地，將事情的前因後果都告訴了中納言。中納言感到非常羞愧，聽到這些事後便想[95]：「衛門督早就發誓要復仇了呢！」那女兒以前也真的太可憐了，對此，中納言啞口無言，無法回話。

十八

中納言好不容易才回答說：「唉！我並不想對她和其他孩子有所差別，但有母親的孩子，母親總是會說：『先照顧這孩子。』因此我公平的態度就被扭曲了[96]。沒想到她的遭遇竟是如此悲慘。所以你剛才所說的，實在是合情合理，我沒辦法辯解。關於典藥助的事件，實在是太過分了，誰會允許把女兒許配給那樣的人呢？至於將她幽禁在貯藏室，聽說是因為她不順從母親的緣故，但我覺得這麼做，的確也是太過分了。這些都先別說了，我想看看那幾個孫子。他們現在在哪呢？我現在就想馬上看看他們。」衛門督把設在夫人前的帷簾推開，說：「在這兒呢！夫人啊，出來見見妳的父親大人吧！」衛門督夫人害羞地趴跪著出來。中納言一看，這女兒十分美麗。隨著年齡的增長，容貌愈發端莊高雅，她身穿純白的綾織單衫，上面罩著青花罩袍，優雅地跪坐著。中納言仔細端詳，覺得這女兒勝過他細心照料的其他女兒們[97]。容貌氣度這麼好的女兒，卻把她幽禁在低窪的小房間，這孩子會多麼難過啊！中納言羞愧地對她說：「妳是認為我薄情，所以才一直不讓我知道吧。然而，今天能夠相見，我內心感到無限歡喜。」夫人回答說：「我一點也不感到怨恨，正當母親嚴厲責備我的時候，我和丈夫相遇了。他看了這情形，認為太不合理，便對我說：『暫時不要讓你們知道。』因此，我也不方便露面。他瞞著我做了無禮的事，我心想，父親您不知作何感想，非常擔心。」中納言說：「那時候確實是受了無比的恥辱。我一直在想，究竟是什麼原因讓他對我恨之入骨？今天聽了你們所說的話，才知道過去我們那樣無情地對妳，換來衛門督如此懲罰我們，也是合情合理的。相反的，我反倒還覺得高興呢[98]！」中納言臉上充滿笑容。夫人聽到父親如此體諒她的這番話，心覺感動地說：

94 衛門督對於中納言，一直以來對於落窪君的態度，做了責難。
95 夫人虐待繼女的事情。
96 為自己冷落落窪君的態度辯解。
97 在攝關政治社會中，是否能夠出人頭地，全仰賴父親判斷自己的女兒是不是夠優秀，而中納言的誤判，也成了這部物語故事的開端。
98 被懲罰的原因，全是因為衛門督深愛落窪君，為她的遭遇抱不平而引發，身為父親得知有人如此深愛自己的女兒，也因此忘了所有的痛苦，反而因此感到欣慰。

「您這麼說，真是讓人惶恐呢！」這時衛門督抱著一個男孩出來，說道：「你看看這孩子，氣質是如此出眾非凡，就算是天下有名的惡毒夫人，也不會討厭這孩子吧。」夫人聽到衛門督的這席話，覺得很難為情[99]。中納言看到這孩子，由於是老年人常會有的心情，所以對這孩子疼愛得不得了，笑嘻嘻地說道：「到這裡來，到這裡來。」而這孩子對未曾謀面的老人，也不會覺得恐懼，將手吊掛在中納言的脖子上。中納言說：「的確，即使是天下最兇惡的人，也不會討厭這孩子。」接著又說：「已經長很大了呢，現在是多大歲數？」父親衛門督回答說：「已經三歲了。」中納言又問：「還有其他孩子嗎？」衛門督說：「這孩子的弟弟，目前被帶過去我父親右大臣的宅邸撫養。另外還有個女孩[100]，由於今天是她禁忌的日子[101]，所以改天再讓您和她見面吧！」之後衛門督為中納言準備了宴席。同行的隨從們，雖然沒受到同等的特別招待，但下至養牛的人，也都替他們準備了餐點。

十九

衛門督說：「衛門、少納言，你們把越前守叫進來一起喝酒吧。」雖然衛門想請越前守，進到侍女們聚集的房間[102]，但越前守覺得難為情。不過念頭一轉，心想：「這件事並不是我做的。」於是便進去了。室內分隔成三間，都鋪著嶄新的鋪蓆[103]，聚集了二十來個侍女，個個都毫不遜色地並坐著。這些人本來都在衛門督跟前伺候，不過剛剛衛門督說：

「先退下吧。」所以都聚集到北廂房這兒來了。越前守原本就是個風流之人，因此興致很高，覺得開心，目光一直看著諸位侍女。當中有五六個認識的人[104]，他想，這些人也一定是從自己家裡過來的。衛門說：「衛門督大人吩咐我們『把越前守灌醉』。因此，若仍讓你臉色自若地回府，那麼就太不像話了。年輕的侍女們，通通舉起酒杯來敬越前守吧！」侍女們你一言我一語，一杯接一杯地勸酒，越前守無法脫身，因此喝得爛醉如泥[105]。

99 因為衛門督用了非常嚴厲的比喻來說夫人，讓落窪君覺得不好意思。
100 首次描寫到有女孩的出生。推測順序應為長子、次子、長女。
101 這裡並不清楚是怎麼樣的禁忌之日。不過一般習俗上認為，男嬰出生三十日之內，女嬰三十三日之內，屬於汙穢的，所以有些忌諱。這裡禁忌的日子，或許就是指這個習俗。
102 原文為「台盤所」。原為清涼殿裡侍女們聚集的場所，後來貴族府內侍女聚集的地方，亦如此稱呼。被衛門督退下的侍女們，都聚集到這個地方。
103 從侍女們聚集的地方，也鋪著嶄新的鋪蓆，可看出三條邸的豪華。
104 由於越前守是風流之人，所以也有人認為，她們是和越前守交往過的女子們。
105 本物語在卷一中，對於《交野少將物語》有所批判，所以並不認同風流好色。而由於越前守是風流之人，所以被侍女們團團圍住爛醉如泥的樣子，便是從作者的觀點所做的描寫。

二十

另一方面，中納言和衛門督，也是一杯接一杯，最後兩人都有了醉意，聊了種種話題。衛門督說：「今後我定當竭盡心力孝敬您，若有需要我效勞的時候，請隨時吩咐，我會感到很榮幸的。」中納言聽了覺得非常高興。天色已晚，中納言一行人起身回府，衛門督贈送中納言一組衣箱；其中一個裡面裝著外衣，另一個則裝著一條衣帶，還附了一條世間有名的石帶[106]。而送越前守的是女裝一套，外加綾織單衣一襲。中納言醉醺醺地走出來，說「在這世上活這麼久，覺得內心苦悶。但如今卻有了這麼好的緣分」之類的話。因為中納言的隨從人數不多，所以贈送官拜五位的隨從一套服裝，官拜六位的是褲裙一件。僕役則是每人一匹布。僕役們一直以為，這兩家明明是互相仇視的，現在這又是怎麼回事呢？大家都覺得很奇怪。

二一

中納言回家後，把衛門督的話一五一十地轉告夫人，說：「要把她許配給典藥助的事是真的嗎？衛門督以讓人不敢正視的從容態度，對我說起這件事的時候，我羞愧得面紅耳赤無地自容。而兩位外孫可愛的程度，我難以形容。就連在那裡服務的侍女們，看起來也都非常幸福啊！」夫人嫉妒[107]得無法言喻，說：「夠了！聽著都覺得刺耳。你當時有把她看作是重要的人嗎？還說出：『把她關進貯藏室裡。』說這話的人不就是你嗎？正因為你說『她的事我一概不過問，隨妳處置』而不管她，才會讓典藥助或其他人趁虛而入[108]。現在她被衛門督如此重視了，你就想把自己做過的事，嫁禍給別人，這是什麼道理啊[109]！這種過分的榮景，絕對不會長久的[110]。」越前守因醉得厲害而躺臥著，還不斷稱讚三條邸內的極度繁華，他說：「我被四十多個侍女包圍，她們你一言我一語，不斷勸我喝酒，其中有幾個是以前在三小姐那裡服務的人，有的是在四小姐那裡待過的，甚至連以前那個叫麻呂屋的女僕，都在那裡服務。每一個人都穿著華麗的衣服，看起來非常得意。」一起躺著的三小姐和四小姐都聽到這席話，三小姐說：「人世間是無常的[111]。當她住在低窪小房間，而且被幽禁時，作夢也沒想到她會勝過我們，而且還把我們的侍女都搶走了。一想到父母為了要讓我們勝過她，而無微不至地照顧我們，如今想來真覺得羞愧啊。這是為什麼呢？乾脆出家為尼算了[112]。」說著，三小姐便哭起來，四小姐也哭著說：「這真是令人羞

106 鑲有翠玉或寶石等裝飾的皮製衣帶。
107 以嫉妒來描寫夫人惡劣的性格，貫徹整部作品。
108 夫人否認典藥助事件，是因為自己唆使才發生。
109 夫人完美地將所有責任推卸給中納言。雖然因為嫉妒跟太過激動而口不擇言，但仍可看出中納言在家中氣勢較弱，只能任憑夫人責罵的真實面。
110 雖然基於厭惡落窪君才說出這樣的話，不過在當時有這種想法卻是很普遍的。
111 相對於三小姐被夫婿拋棄，四小姐和白臉馬結婚的不幸，落窪君卻是如此幸運。這部作品很罕見地描寫出無常觀。

愧之事。因為不知道前世不幸的宿命，母親才會有這偏心、只重視我們的做法。現在，不知道外人怎麼評論我們呢！而我這陣子發生了悲慘的事[113]，雖曾經想出家為尼，可是不久就懷了孕，因此無法如願。孩子出生之後，人之常情，覺得應該把孩子撫養到懂事為止，因此直到今日都沒出家。」她們兩人互相交談著，又流下淚來。四小姐吟唱道：

昔日浮世不知悲，只知他人自惹非，
事過境遷至今日，體察自身憂傷悲。

三小姐說：「的確如此。」接著吟唱：

浮世傷悲交替換，昨日深淵今淺灘，
水流有如飛鳥川，變化無常事多端。

兩人互相訴說哀情，直到天明。

二三

隔天早上，中納言看了衛門督給的禮物，說：「不論色澤或品質，簡直好到與我不相配，都太漂亮了。尤其是這條石帶[114]，這是有名的物品，我怎麼可以接受呢？應該奉還。」就在此時，有人說：「衛門督大人來信了[115]。」大家便爭先恐後地去拿信。信上寫：「昨日天色已晚，無法盡情暢談，深感遺憾。見面時間太倉促，這些年來累積的話語無法道盡。今後若無法時常來往，恐會令人感傷[116]。地契怎麼忘了拿走呢？還請搬過來三條邸這邊居住[117]。若是不肯，是否是心中仍認為我的所作所為太過分，依然感慨著呢？」衛門督的夫人，另外給了四小姐一封信[118]。信上寫：「這些年來，一方面擔心妳的情況，一方面又想告訴妳我這邊的事，但實在是因為有太多的顧慮，所以才一直沒有問候妳。經過了這些年，妳大概已經忘記我了吧。但是——

112 表現出當時的出家觀。現實中失敗的一方，通常會產生出家的念頭。
113 和白臉馬結婚一事。
114 一般來說，贈送石帶是相當罕見的。《源氏物語》蜻蛉卷中，也將石帶當作是貴重的贈禮。基於這層特殊的好意，中納言也只好暫且收下。
115 在見面的隔天早晨，衛門督便派人送了書信給中納言，表現出衛門督無微不至的態度。
116 衛門督希望和中納言一家，今後能夠更親密來往交際。
117 衛門督因為知道落窪君想將三條邸轉讓給中納言，因此欲將三條邸奉還給中納言。
118 因為讓白臉馬假扮衛門督和四小姐結婚一事，所以只單獨寫信給四小姐。同時因為年齡相仿，更能體會四小姐難受的心情。

一刻不忘妹情恩，絕口不提意忠貞，
常盤山岩似我心，思慕之情最堅深。

正因為這麼想，才覺得更痛苦。再過不久，也可以見到母親以及其他姊妹們，實在覺得開心。這心情還要請妳轉達。」兄弟姊妹四人聚在一起，大家拿信互相傳閱，小姐們都想：「如果有寫給我的信就好了。」現在大家都想和她變得親密，實在是現實的一群人啊。當她在落窪處時，明明還乏人問津呢[119]！中納言給衛門督的回信則寫：「昨日本想繼續叨擾，但因方位阻塞[120]，不得不告辭。想到今後不論早晚隨時可以拜訪，不禁感到雀躍歡喜。光這一點，就足以讓我延年益壽了。而你說要奉還的地契，昨日已表明礙難接受，現在又說要奉還，難道是因為還在生我們的氣？實在使我們惶恐不已。而那條珍貴的石帶，用在我這老人身上，就如同錦衣夜行一樣，本想奉還，但畢竟是您的心意，就暫且代為保管，擇日再奉還[121]。」四小姐給衛門督夫人的回信寫道：「這些年來妳杳無音訊，完全不知道該上哪去找妳，現在得知妳的消息，真是欣喜無比。妳說我一定忘了妳，這真是個無情的猜測呢！

雖言思慕情堅深，翩然一去無音信，
芳蹤何處人傷神，朝暮思戀情日增。」

二三

從此，衛門督無微不至地侍奉著中納言。中納言也極度頻繁地前往拜訪。越前守和身為大夫的三少爺，也因為對方是高貴無比的權貴人家，所以忘了過去的恥辱[122]，前往該處奉公。衛門督夫人覺得這事令人十分高興，因此，無論如何都想幫助他們，她把大夫三少爺[123]，當作自己的兒子般疼愛。她對越前守說：「今後我也想和母親及眾姊妹們見面，所以也請邀她們一起過來。生母在我很小的時候，就棄我而去[124]，於是便和夫人親近，把她當成是自己的母親[125]。無論如何都想對她盡盡孝心。因為近年來的種種事件[126]，她一定和我疏遠了吧！同時也請這樣轉達給眾姊妹們吧！」越前守回去後說：「衛門督夫人交代我說，母親對她也是無比的重要。」夫人心想：「那位夫人得到三條邸，從我們這邊獲得極

119 為作者的感想文。批評人心因為趨炎附勢，而容易因此轉變。
120 為了昨天為何沒有留宿三條邸所做的說明。若隔日才回中納言邸，那麼回去的路上會有所阻礙之故。
121 顧及自己已經不願接受地契了，若連石帶也奉還可能太過失禮，所以只好將石帶收下。
122 這邊的恥辱，乃指以前對落窪君的種種虐待，讓他們深覺恥辱，無臉見衛門督及其夫人的心情。
123 以前被幽禁在倉庫時曾受過他的幫忙。
124 在卷一中提到，落窪君在六、七歲時，曾和母親學習彈箏琴，之後沒多久母親便去世了。
125 抒發對母愛的孺慕，希望能和夫人重修舊好。
126 這些年來衛門督對夫人所做的種種報復行為。

大的利益，所以才會這麼想吧[127]。同時也才會這麼顧慮我。如果她仍對虐待她的事懷恨在心，那麼一定也會覺得我的這些孩子們，也是混帳東西。那些事情，一定是她家那位大人，懷恨在心所做出來的[128]。叫她縫製衣服的那晚，幫她拉開衣物的男人，就是這個衛門督吧。」夫人也因此對衛門督夫人的恨意，不再那麼深[129]，漸漸地開始和她通信，變得親近了。

二四

就在這時候，衛門督和夫人商量說：「唉！中納言年紀的確大了。為人子女在父母年老時，孝敬他們是非常重要的[130]。有的人在六十歲、七十歲時祝賀壽辰[131]，舉行管弦樂會，有的在新年裡供奉鮮果，祈求他們長壽，此外也有人舉辦法華八講[132]，供養佛經或佛像之類的，我們該做點什麼呢？雖然也有人會替自己做生前的四十九日[133]佛法供養儀式，但這由我們做子女的來做，似乎不太合宜。所以從我剛剛講的那些方式當中，選一個來辦吧！就依妳所願來舉辦。」夫人聽到這席話，很高興地說：「管弦樂會的確有趣又有情調，但對父親的來世，是沒有幫助的；生前四十九日的儀式，的確不吉利；而法華八講，讓父親今世能倍感尊崇，對來世也很好[134]。就舉辦法華八講，請父親來聽吧！」衛門督說：「妳考慮得真周全，我也是這麼想。那我們就在今年當中舉辦吧！因為看他老人家的情況，真有些不放心。」天一亮，便急忙著手準備了。法華八講定於八月舉行[135]，準備期間請人抄寫經文，也找來繪佛師傅準備適合儀式的佛像，衛門督和夫人都竭盡心力地籌備著。衛門督還利用自己的關係，從各地方求來了絹、絲、黃金、白銀等等的東西。由於兩人的用心，法華八講的開講，完全不需擔心。

127 夫人以小人之心，度君子之腹的想法。

128 夫人同時猜想以落窪君軟弱的性格，也絕對不可能做得出報復的這些事。因此相信落窪君沒有做出復仇的過分之事。

129 再次以夫人不認錯、不反省的性格來貫穿作品。

130 孝道思想在平安時代是非常普遍的觀念。

131 從四十歲開始，每十年舉辦一次。這樣的習慣是受中國影響；一般以舉辦管弦樂會為主。另外如作品之後所描寫，七十歲壽辰時，設立一些畫有圖畫和和歌的屏風，也是很普遍的方式。

132 八講之外，還有十講、三十講等。八講通常是每天早晚兩次，連續誦讀講解八卷《妙法蓮華經》四天。源於中國，傳到日本以後，在平安時代中期特別盛行。

133 在佛教中稱為「七七」。死後未定善惡的人，每七天會輪迴一次，特別在第七七四十九天時，一定會投胎至某處的輪迴思想。基於這樣的思想，為了能投胎到好的地方，而進行超渡法事。如文中所述，在生前就舉辦的儀式稱之為「逆修」，平安時代初期開始有此方式，稱為「逆修法華八講」。一般是官宦人家或是無子嗣，可以幫忙辦法會之人所舉行。

134 不但有今世，還有來生的意識。此為描寫衛門督所舉辦的法會為九講形式的伏筆。

135 六月規劃，八月就能舉行，顯現出衛門督當今權勢之盛。

二五

在這期間，天皇卻突然病重，宣布讓位，因此東宮太子即位了。新任天皇，就是衛門督的妹妃所生的第一皇子。而弟弟第二皇子，則繼任東宮太子一位，他的母親升任為皇太后。衛門督晉升為大納言[136]，中納言則是三小姐的前夫，宰相則是新任大納言擔任中將的弟弟。晉升的喜悅，全讓他們一族的人給獨占了，現在可說是他們一族掌握權勢的世代了。新大納言深受新天皇信賴，非常了不起，他的岳父中納言，也覺得自己與有榮焉，非常欣喜[137]。

二六

七月內朝廷的例行公事[138]繁忙，沒有閒暇，但法華八講的準備工作毫無怠慢。日子終於決定是八月二十一日[139]，大納言雖然想在三條邸舉行，但擔心繼母及小姐們可能不是很方便前來，便決定在中納言邸舉行，於是把中納言邸仔細整修一翻，地面鋪上了白砂，準備了新帷簾，房間也鋪了新的蓆子等等。中納言家二小姐的夫婿左少弁及越前守，都兼任了大納言家的家臣，因此任命他們為中納言邸整修時的負責人，將中納言邸老舊的東西搬出來，換上新的物品。大納言大人的房間，設在寢殿的北側廂房，而大納言大人家的公子和小姐們的房間，則設在貴重物貯藏室的西側廂房[140]。大納言說：「明天就開始法華八講吧！」於是大家在前一晚開始移到中納言邸去。大納言說：「這邊太窄了，侍女們就從三條邸每天往返來聽經吧！」於是將侍女們留在三條邸，只有六七輛車子過去。這次，大納言夫人要和中納言夫人，及眾姊妹們見面了。她身穿深紅色綾袿，外面是青黃條紋，內裡為青色的罩衫，從色澤看起來就是件華麗的衣服。應該有人想起，從前因為縫紉而獲賞賜一件舊衣的事情吧[141]！身為這次八講主辦人的大納言夫人，和三小姐、四小姐在準備的空檔，談論著往事。從前在家裡被稱作落窪君時，就算穿著粗劣，但相貌並不遜色，反而讓人覺得美麗。現在更和大納言夫人高貴的身分非常相稱，特別是人品，更被認為是出類拔萃，姊妹們所穿的衣服和她一比，感覺非常的粗劣。中納言夫人想：「事到如今，還能有什麼辦法呢[142]？」她只好斷了一切念想，過來和大納言夫人交談。她說：「妳從小就被交給我撫養，我把妳當作自己的孩子看待。我因為天生脾氣不好，常常毫不留情地說出一些

136 太政官的次官，位居左右大臣之下。負責關於重要政事贊成與否上奏天皇，並傳達天皇旨意的任務。
137 新大納言（道賴）成為新任天皇的皇舅，成為攝關家。中納言為新大納言的岳父，因此歡喜。
138 一般有七夕乞巧奠、相撲節、新年鼓奉幣、仁王會等，另外這邊還多了天皇的即位儀式。
139 為秋天的彼岸日。彼岸日：春分和秋分日的前一週。在當天，除了舉辦秋天彼岸日的法會之外，連同為中納言舉辦的祝壽法華八講，也一併舉行。
140 西側廂房緊鄰著大納言的北側廂房。
141 以前為藏人少將縫紉褲裙，因為作工細緻，夫人因而賞給落窪君一襲老氣破舊的衣裝。
142 有一種微妙的劣等感，利用反問的方式，讓自己放棄一切想法。

話[143]，那樣的行為讓妳感到不快吧！真是非常抱歉。」大納言夫人內心雖覺得有些奇怪，但仍回答說：「您別這麼說，我一點也沒有不快。」接著又說：「我根本沒放在心上，我只是想要照著自己的心意，對您表示我的誠意，這才是我一直放在心上的。」中納言夫人說：「這真是令人高興啊[144]！我明明有眾多子女，卻都無法稱心如意，如今妳身分變高貴，家族中不管是誰都會覺得非常高興。」

二七

天一亮，從一大早便馬上開始法華八講的儀式。有許多高官貴族前來參與，官拜四位、五位的人不計其數。賓客們都驚訝地心想：「這個中納言這些年已經完全年老衰敗了，現在怎麼會有這樣權傾一時的女婿，真是幸運的人啊[145]！」這個大納言只有二十來歲，比起其他人，相貌更是俊美，神情也相當穩重，他進進出出忙著張羅法華八講的事宜，中納言因此大出風頭感到無比歡喜。因為是老年人的心情，因此喜極而泣了。大納言的弟弟宰相中將，以及三小姐的前夫中納言，都穿著正式的衣裝前來參加法會。三小姐見到了新任的中納言，想起了已經斷絕的往日舊情，不禁悲從中來。她仔細端詳，他從衣裝開始，全身上下變得都更加出色了[146]，因此更加悲傷不已。她想：「如果自己沒有和他斷絕關係，依舊幸福的話，我也可以像他[147]和宰相中將，並肩昂首而行一樣，在別人面前抬頭挺胸前進，不至於落到如此差異的身分[148]，能那樣該有多可喜可賀啊！」但現在竟是如此悲慘，只有偷偷地流淚，脫口吟唱道：

往日夫妻情如蜜，切望夫君思想起，
君若無視空流淚，懷舊喪氣獨角戲。

二八

不久儀式開始了。阿闍梨、律師[149]等尊貴的高僧集中在一起，鄭重地講解經文。每天講一部經文，開始講解九部經。雖是法華八講，另外還需加講《無量義經》及《阿彌陀經》，也是一天一部經文[150]。預定每天供養佛像一尊[151]，所以共奉造了九尊佛像[152]，寫了

143 將自己以前的虐待行為，歸咎於性格使然，試圖搪塞過去。
144 因為落窪君親切的說法而得意忘形，甚至誇讚起落窪君。
145 認為乃是因為前世因緣，才有今生如此的幸運。
146 因為受到右大臣家的關照，所以就算連衣裝，也比當初和中納言家往來時，更加出色華麗。
147 中納言（原藏人少將）和宰相中將（道賴的弟弟），並肩而行。
148 認為自己的身分，擔任中納言夫人並無不妥，無奈現在他已經是右大臣家的女婿，再也得不到他了的心情。
149 阿闍梨和律師，都是法會的講師，是僧侶的公職稱謂。
150 一般八講法會多以《無量壽經》開始，《阿彌陀經》為淨土三部經之一，主要描述阿彌陀西方淨土的莊嚴樣子，因為內容較短，所以也常會加以誦讀。

九部經文，準備得非常完善。其中四部經文，寫在摻有金銀泥的各種和紙上，經軸用黑色帶有濃郁香氣的沉香木製成。將每一卷經，都一一裝在用金銀裝飾邊框的經箱裡。其餘的五部經文，用泥金寫在紺色紙上，用水晶作軸。而蒔繪箱的蒔繪，是以經文中富有趣味的內容作題材所繪製[153]，然後將經文一一放入箱中。只要看到這些經卷和佛像，即使是凡夫俗子，也能悟道參透其中關鍵道理。大納言另外也賞賜了薄墨色有裡襯的衣服，給朝座和夕座的講經僧侶，諸事都準備得十分周到，毫無不足。隨著八講儀式每天進行，接近圓滿的時候，一般貴族和公卿王侯都混雜參加，在講到第五卷〈提婆品〉的供奉日當天，下至平民，上至貴族，大家都來向大納言問安，因此場地變得擁擠不堪。大納言分配著供奉品，由於這些供品都是預先準備的，匯集了為數不少的袈裟、念珠之類的東西，因此全數奉獻到佛前。這時右大臣派人送信給大納言。信中寫著：「今天至少該去拜訪一下，但因腳氣病發作，穿戴正式服裝極其痛苦，無法前往禮佛，但又怕失了禮，於是這一點心意，請你代為將它供奉於佛前。」那是一個青色琉璃的壺，當中裝著黃金製的橘子。用青色袋子裝著，袋子外插著一枝五葉松枝[154]。右大臣夫人，也給大納言夫人一封信，信中寫：「雖知道妳忙著八講的各種準備，但因為沒來找我商量，所以我想幫忙的心意，你們也不曉得吧！這些東西是女人實用的物品，想把它送給妳，以締結佛緣。請把它供奉於佛前。」東西是中國製的綾羅，用村濃染法[155]的枯葉色衣服一套，以及美麗的緋色絲約五兩，插著一枝女郎花。這絲線大概是用來做念珠繩的。大納言夫人在寫回信時，有人喊道：「中納言府來信。」是大納言的妹妹二小姐寫來的信，信中寫：「這麼重要的事，怎麼沒告訴我？妳大概是不讓我加入喜悅的功德行列吧！我真是難過。」她送來的物品是一枝黃金製的盛開蓮花，莖葉部分帶點青色，還用白銀做了斗大的露珠。接著又有人喊道：「中宮[156]來信。」是宮中一位中宮亮[157]，擔任使者送信來了。他們對這使者非常鄭重地招待，在從外面看不見的內部房間擺設宴席。由越前守及大夫，也就是受大納言提拔成為左衛門佐的三少爺等人負責招待，陪同飲酒用餐。中宮的信中寫道：「今日府上必定非常繁忙，因此我就不叨擾了。這是締結佛緣的供養品，請供奉於佛前。」供養品為菩提樹念珠，裝在黃金製的念珠盒中。大納言夫人（落窪君）的兄弟姊妹及侍女們，看到夫人的夫家那邊身分高貴的人們，爭先恐後地奉上供養品，這情況對夫人[158]而言可說是無比的幸

151 法華八講以釋迦像為主要供養，但在這個時期，也會供養兩界曼荼羅和阿彌陀像。
152 阿彌陀九品佛。
153 《法華經》中的文學內容，多以圖畫表現。
154 當作是供奉品的五葉松枝，多用金或銀製成，而這邊的五葉松枝，應該是黃金製的。
155 村濃染為黃色中帶紅，而濃淡分明的布料染色法之一。
156 大納言的妹妹。
157 中宮職的次官。中宮，是皇后的宮殿。
158 指大納言夫人。

福。給中宮的回信中，大納言首先寫了：「真讓人誠惶誠恐。今天的法會照您吩咐的，我親自將您的供養品獻於佛前，謹表謝意。其他諸事，待法會結束，將親自入宮，另行答謝。」大納言賞賜給中宮的使者綾綢單衣、褲裙、枯葉色唐衣、羅紗罩衫等贈品[159]。

二九

後來儀式開始，公卿王侯們各個手捧供品，圍繞在佛前[160]。金銀製的盛開蓮花枝，是許多人供奉的供養品。其中只有三小姐的前夫中納言，所供奉的物品為白銀製成的筆形花苞，並刻意施以篠竹的色彩，裝在可以被透視的薄袋中。此外，袈裟之類的東西，不計其數地堆放著。走道所用的薪火，是將蘇芳木劈開，略染黑色，用色線綑成一綑，並打上裝飾的結。在這幾天中，今天的費用特別奢侈龐大。看著尊貴的公卿王侯們，捧著供奉品在佛前巡禮的眾人都讚譽說：「老中納言在這麼衰老之年，還能獲得這樣的幸福，真是有面子。」還說：「做人果然還是要祈求神佛，生個好女兒。」儀式就這樣盛大莊嚴地結束了。

三十

三小姐在心中想著：「中納言今天會來吧！今天會來訪吧！」卻在毫無音訊的空等中結束了。或許是三小姐痛苦思念中，驅使靈魂出竅[161]去催促的緣故，在八講儀式結束，中納言要回去時，看到三小姐的弟弟左衛門佐在附近，暫時站定叫了他說：「你為什麼這麼生疏地看著我[162]？」左衛門佐回答說：「為什麼要和你親近呢？」中納言說：「你忘記以前的事了嗎？你為什麼會在這？她在嗎？」左衛門佐說：「你在說誰呢？」中納言說：「我會說誰呢？當然是說三小姐。」左衛門佐答：「我不知道。或許在這宅邸吧！」中納言說：「你這樣轉告她吧——

今日舊地復重遊，屋瓦未改倩影留，
憶起昔日恩愛情，不慕君心未曾有。

但這世間啊……」說著便走出去了。左衛門佐心想：「至少也聽看看三小姐怎麼回覆啊！竟然毫不留戀地離開了。」左衛門佐進去三小姐的房間對她說：「中納言這麼說完之後就走了。」三小姐想：「就算多待一會也好，這樣敷衍地傳了音信，更讓人難過。」但

159 大納言賞賜給中宮使者眾多物品，看得出大納言對於中宮送來的供奉品非常喜愛。
160 能到佛前奉上供品的，僅限於上流階級者。
161 人在生前靈魂能和肉體分離遊走的思維。
162 中納言心中產生，左衛門佐之所以會淡漠地看著他，是因為他身為三小姐的弟弟，為了他拋棄自己姊姊的行為，而感到憤恨的想法。

也因為沒有適當的回覆機會，所以這件事就此打住了[163]。

三一

大納言結束了法會齋戒的宴席之後，一行人便浩浩蕩蕩回府去了。雖然老中納言說：「再多待個一兩天吧。」但大納言說：「一方面這邊狹窄，另一方面又有小孩，侍女們也覺得拘束，我把他們安頓好之後再來吧！」說完，便準備要回大納言邸去了。老中納言開口說：「這次的法華八講，真是讓我感到無比的尊榮。上至中宮、右大臣，他們的盛情讓我惶恐，讓我覺得因此延年益壽了，給我這老人這樣大的面子，實在太不值得了。為了我這樣的老人，就算只供養一部佛經、一尊佛像[164]，就覺得非常感謝了。更何況是這次盛大的法會。」說著便高興地流下淚來。大納言和夫人，都覺得舉行這次的法華八講很有價值，感到非常滿意。老中納言又說：「我這老頭有件寶貝，因不知道傳給誰好，因此這些年來一直藏著。新任中納言還有往來我這裡時，曾向我要求送給他，但我沒有給他，就像是上天特別指示我要保留給你似地，現在我就把這個送給小少爺[165]。」便將笛放在一只非常美麗的錦袋裡奉上。小少爺像知道得到寶物般，開心地笑著接受了。大納言覺得這支笛很美[166]，音色也很棒。大納言一行於深夜時分返回三條邸。大納言對夫人說：「我想中納言應該很高興才對，今後再為他做些什麼吧[167]！」

三二

又這樣過了一段時間，有一天，大納言的父親右大臣說：「我年紀大了，無法勝任衛府司[168]，這是由年輕、花樣年華的青年擔任的職位。」便把兼任的大將職務，讓給了大納言。這世間上的所有事情，凡事沒有不稱右大臣心願的，所以這事有誰會反對呢？由於大納言兼任了大將，因此權勢更加尊崇無比。老中納言看到女婿如此出人頭地，也覺得非常欣喜。他雖然沒有特別的重病，但總覺得有些病痛，大將的夫人聽說之後，便祈求：「父親對上次的八講法會是那麼感動，我們現在想為他再盡些孝道，所以至少讓他再多活些時日吧！」

---

163 中納言和三小姐之間的緣分完全斷絕。
164 簡單的法會。
165 因擔心直接贈與大納言會顯得失禮，因此便轉贈給大納言的孩子。
166 女性的代表樂器為箏琴，而男性的代表樂器即為橫笛。
167 為之後替老中納言舉辦七十壽宴的伏筆。
168 近衛府長官的大將一職，並不適合年老之人。此職務主要負責統領禁衛軍、負責護衛天皇、宮中守衛，以及天皇行幸時，配帶弓箭護駕。

三三

老中納言今年七十歲了，大納言得知後說：「若是餘生仍長，想辦幾次壽宴都沒問題的人，倒還可以從容地準備，但他的情形卻不容許這樣了，所以即使外人覺得頻繁，還是馬上準備慶祝七十壽宴[169]吧！就照妳的想法去做，必要的懲罰已對他做了好多次，但讓他歡喜的事若只有一次法華八講就結束，那也未免太沒誠意了。再說，等老中納言死了以後，即使妳做任何事，又有誰會看到而感到讚賞高興呢[170]？祝壽大概也只有這次了，所以必須盡我們的能力去辦。」他這樣說完後，便離去開始著手準備了。各地的地方首長們，完全照大將吩咐的去辦，心裡都想：「無論如何都要稱他的意，要讓他高興[171]。」所以命令每人準備一種祝賀所需的用品，因此很輕鬆地備齊，連賓客們的餐饗，也都很輕鬆地完成工作分配。已經官拜五位的右衛門尉惟成（阿漕丈夫），當上了三河守[172]，衛門告假七天，陪同他前往任地，大納言夫人替她準備了旅途所需的用具[173]，銀製餐具一套、化妝道具等等女人必需品，種類十分周全。就在他們離開以後，馬上又派了使者前往三河，對三河守說：「因為進行七十壽辰的準備，所以請幫忙準備一些絹。」三河守馬上送了一百匹絹給大將，妻子衛門則準備了茜染絹二十匹，給大將的夫人。

大納言還下令召集許多在壽宴前獻舞的美貌童子，一切壽宴要用的各項道具都極盡奢華，使用了大量黃金製的器具。大將的父親右大臣說：「為何頻繁地準備盛大宴會[174]？」右大臣知道原委後又說：「他也沒多少時日了，趁他還在，就讓他開心吧！關於中納言家的子女，若有需要，我也可略盡棉薄之力加以關照。」便和大將一同準備老中納言的七十壽宴。右大臣非常寵愛這兒子，所以凡是大將想要做的事，都順他心意。壽宴訂於十一月十一日舉辦。這次要帶大家[175]到自己的三條邸來，因而去迎接中納言的家人。詳細情形過於繁雜，故不贅述[176]。一如往常，參加的人非常多，盛況空前。

三四

關於七十壽辰的屏風繪，相關記述非常繁多，無法一一詳述，就形式上舉出其中一對立於牆邊的屏風為例，摘述其畫風及和歌內容。

---

169 常以設宴、奏樂、吟詩作對等等來祝壽。另外，七十又稱作「懸車之齡」，到了七十歲，通常都會辭掉官職，因此也會舉辦盛大的引退宴。不過在之後卷四中，老中納言升任大納言一事可得知，他並沒有辭掉官職。

170 著眼於現世的想法，再次看見這部作品現實主義的傾向。

171 因為是右大臣最寵愛的兒子，所以握有國司（各地方首長）的任命權，因此各首長們心想若能辦好此次壽宴，在下次人事任免時，或許有受到提拔的可能，因而盡心盡力。

172 「守」為地方首長之職稱。

173 因為無法在七天之內回到京城，所以準備了一些贈品。

174 擔心設宴的費用造成各地的負擔。

175 包含中納言夫人在內的中納言一家。

176 為物語作品中常用的一種省略手法。

正月原本有畫卻已脫落，只記其和歌：

元旦清晨靄皓皓，吉野山頭千層罩，
夜間春神悄造訪，穿山越嶺來報到。

二月畫的是：一人站著仰望櫻花飛落，和歌曰：

櫻花飄散雖本性，祈望今年願能成，
花容永現忘凋零，千秋萬載[177]存英名。

三月畫的是：三月三日桃花開，有人折下桃花枝。和歌曰：

仙桃結實三千載[178]，趁花盛開摘枝來，
以花為冠頭上簪，同享長壽仙運開。

四月[179]和歌曰：

杜鵑鳴啼時節改，終夜不啼靜候待，
瞌睡蟲兒連忙趕，含蓄微鳴驚醒來。

五月畫的是：插著菖蒲的人家，有杜宇在啼叫。和歌曰：

難得耳聞時鳥鳴，杜鵑今日銳啼聲，
觀見菖蒲高屋掛，知曉端午節氣生。

六月畫的是：水邊禊祓[180]之景。和歌曰：

河灘淺底水清清，除病淨身禊祓行，

177 因為是祝壽用的屏風，所以使用了祈求長壽的詞彙。
178 取自西王母蟠桃的故事。
179 並沒有針對屏風圖的主題作說明。不過有很多關於杜鵑鳥的屏風和歌，都是透過繪圖者的觀點或態度，以杜鵑鳥來作暗示，因此便沒有針對畫作多做說明。
180 陰曆六月到水邊掃霉除穢以淨身的習俗儀式。

千年壽命[181]如青松，倒映水面影皎明。

七月畫的是：舉行七夕祭的人家。和歌曰：

澄空無雲碧天河，七夕夜裡眾人賀，
河鼓二往天孫行，搖櫓駕舟唱船歌。

八月畫的是：藏人所的眾人，前往嵯峨野[182]挖掘種植在庭園內的花草。和歌曰：

嵯峨野中女郎花，眾人成群趨前挖，
毫無私心盡情掘，得來花木園中誇。

九月畫的是：有人在觀賞盛開的白菊花。和歌曰：

冬未到來雪已下，雪花覆地令人訝，
樹籬牆上白皓皓，白菊花色惹驚嚇。

十月畫的是：有人旅行在極富趣味的紅葉樹下，因紅葉飄落，旅人抬頭仰望。和歌曰：

秋過時節催葉黃，楓葉飄落色朗爽，
誤為旅人供神紙，葉葉散落滿山廣。

十一月因上句脫落，只剩下句和歌曰：

千年萬載願服侍，但求尊體保長壽。

十二月畫的是：山家積雪甚深，一女子獨自眺望。和歌曰：

隆冬覆雪深且高，遍地積雪靜悄悄，
深山鄉里小村莊，客人不訪空無聊。

181 用以象徵老中納言的姿態。
182 今京都市左京區。

另外，要贈送給中納言的竹製手杖上則刻著：

八十坡頂越有望，伐來樹木雕鳩杖，
伴君健步更高登，翻山越嶺達峰上。

以上和歌繁多，饒富趣味。

三五

祝壽那天，在寬廣美麗，如鏡一般的湖面上有一艘船，樂人們乘坐在船首有龍頭裝飾的船上[183]，樂師不斷奏樂饒富情趣。王公貴族及殿上公卿，齊聚一堂，座無虛席。右大臣也出席了，賞賜給賓客的物品不計其數。從中宮那兒也獲贈大褂十襲，從新任中納言那兒獲贈衣裝十套，老中納言獲贈各種物品。中宮身邊的侍女及下等女官[184]們，都想見識這盛況，因此出宮來到三條邸。老中納言看了這盛況，舊疾突然痊癒，真是可喜可賀。一整天就在奏樂慶祝中度過了，祝賀結束時已是深夜時分。大家離去時，都從大將那兒得到了贈禮。至於身分高貴的人，另外加贈物品。右大臣贈與老中納言的是駿馬兩匹，及一把舉世聞名的箏。此外，對於隨從，都按照身分賞賜衣裝或腰帶。大將曾對越前守說：「此次祝壽就照你所想的去辦。」於是把這件事交給他負責，越前守也辦得非常妥當。老中納言一家被挽留在三條邸多住了兩三天，之後便護送他們回府了。大將夫人對於丈夫為父親所做的一切，非常感動，大將也覺得做這事情非常值得[185]。

183 此類船隻多用來在船上奏樂時使用。

184 原文為「女藏人」，為宮中御用裁縫師。另外也負責保管宮中的雜物。

185 比起讓老中納言開心，更重要的是，如此一來能讓自己妻子因此感到喜悅，所以才辦了這樣的壽宴。強調對妻子深刻的愛情，也再次向讀者闡明大將是理想丈夫的形象。

卷四

一

七十壽宴結束後不久，老中納言的病逐漸變重了。大將大人（道賴）嘆息著深感同情，因此做了許多祈求病情好轉的加持祈禱[1]。老中納言說：「我在世間已無遺憾，生命不足惜了，何必這樣大費周章地為我祈禱。」由於身體變得更加孱弱，於是又說：「壽命果然已經到了盡頭，我之所以想要多活些時日，只因為這些年來仕途消沉，日漸被年輕後進超越，又不如人，為此感到非常可恥。在大將您如此眷顧之時，如果我的老命尚存，總還會有晉升的機會[2]。但若就此死去，無法當上大納言，那也是前世的報應[3]，只有這一點讓我深感遺憾。在我年老以及臨死之際，還能有這樣的名譽[4]，這是世上無人能及的。」大將聽到後覺得無限感傷。大將夫人（落窪君）嘆息著說：「希望讓他馬上晉升為大納言，讓父親一人特別晉升，如此一來，便能了無遺憾了[5]。」大將確實也想這麼做，但在體制定額[6]外要成為大納言是很困難的，何況為此奪占別人的官職，也是不被允許的。

二

於是道賴大將就決定把自己的大納言職位讓給他。大將去參見父親右大臣說：「岳父有這樣的心願[7]。雖然我和我的夫人有許多孩子，但岳父已無餘命能夠看到外孫為他盡孝了。因此我想把我的大納言職位讓給他，希望父親大人您能幫忙成全[8]。」右大臣答：

「你跟我客氣什麼？你盡快把這個想法上奏天皇吧。你就算不當大納言，也無妨啊[9]！」右大臣認為這時勢當下，凡事都會順他心意，因此才這麼說。大將非常高興，立刻向天皇上奏此事，天皇也下了旨意，將老中納言晉升為大納言。新大納言得知此事，為病痛所苦的心情也喜極而泣。能受到父親如此大的感激，想必對大將夫婦而言，也是為今生及來世帶來福報的行為吧！

1 當時會配合醫藥進行佛教儀式的祈禱，以求病情早日痊癒。
2 眼看自己的病情沒有好轉的可能，於是第一次闡明了自己最後的願望。
3 無法成為大納言，也是前世就已注定的想法。
4 擁有大將這樣的女婿，以及之前法華八講祝壽的奢華場面所獲得的面子。
5 說明官職和能力已不相符，完全是權勢一族的私有物，可看出當時社會的現實狀況。可說是落窪君對於和自己親近者的自我主義。
6 根據大寶律令，大納言名額四人；之後減為兩人。宇多天皇時期，增加一名權大納言成為三人。在《落窪物語》的時代，判斷應為兩人。
7 說明老中納言之前吐露出，想晉升為大納言的心願。
8 因擔心自己的官職任免，會造成家族勢力的削弱，因此非常低姿態的請求同意。
9 權勢早已全部集中在這一家族，所以根本沒有必要執著於官職。

三

新大納言因為這件喜事[10]，從病床上起身，去寺廟[11]向神佛許願，說：「請將注定好的壽命多延些時日。」或許是誠心許願的緣故，他的病情稍微好轉，氣力也回復了。於是他便從病床起身，選定吉日入宮謝恩。雖吩咐交辦了各種入宮的準備，但仍說道：「我雖和現在的夫人生有七個子女，但有誰能讓我在今生[12]、來世[13]，都感到喜悅呢？這個如菩薩般的女兒[14]，過去我忽視了她，卻也因此遭受了不幸的報應。我的兩三個女兒都招了女婿[15]，但至今都還只能仰賴我[16]。不僅如此，還有件讓人非常難受且丟臉到極點的事[17]，就是大將大人這個女婿，我沒有絲毫的好處給他[18]，他卻對我非常照顧，反倒讓我覺得非常汗顏。我過世的話，不管是兒子或女兒，都要代替我好好侍奉這位大將大人。」他非常清楚地交代著。他的夫人聽見了，心中略感不快。她想：「真是太可恨了，你乾脆早點死了算了。」

四

入宮的日子到了，大納言穿著華麗的衣裝，先前往三條邸拜訪。此時大將和夫人正好在一起，由於大納言向二位行禮道謝，於是大將說：「快別這麼說，真是不敢當啊[19]！」大納言說：「這次的晉升，對於朝廷我並不覺得特別感激，只有你對我如此，最讓我覺得感激又惶恐。即使這輩子無法侍奉於你，但我死後，會變成你的守護靈，用心為你祈禱。」離開三條邸之後，又去參見右大臣，隨後入宮。贈送隨從的禮品，一概照例，非常豐厚，在此不再贅述。

五

從入宮那天之後，大納言又臥病在床，病情再度惡化。他在病床上不斷說著：「現在我對這人世已毫無掛念，死而無憾了。」大將夫人聽說父親已經十分虛弱，便前往大納言府看護父親。大納言誠惶誠恐地覺得高興。五個子女都聚在一起看護他，並嘆息著。但大納言對於其他女兒，並沒有特別的感覺，只要大將夫人在他枕邊，他就感到高興，覺得非

10 晉升為大納言一事。
11 實際上應該是指派越前守等，代替自己前往寺廟。
12 七十歲壽宴及升任大納言。
13 為求來世能投胎至好地方，而舉行的法華八講法會。
14 非常重視且親近的稱呼，多用來稱呼妻子兒女。此指落窪君。
15 物語中提及的女婿雖有四人，但三小姐的夫婿已經離開，而四小姐的夫婿又是白臉馬，因此用此曖昧的方式表達。
16 指經濟方面的仰賴。
17 指招白臉馬為婿的事。
18 平安時代婚姻模式為「招婿婚」，因此岳父家關照並提攜女婿，是很普遍的情況。
19 受到岳父的行禮道謝而感到惶恐。

常欣慰。大將夫人照料著他，並讓他吃了些清粥。

六

最後大納言依然病危了。大納言在一息尚存時，想把家中財產加以處置。他想了想兒女們的個性，覺得他們兄弟間感情並不是很和睦，姊妹之間也生疏不親密，將來必定會在遺產上有所爭執。便把長子越前守叫到枕邊，並把各處莊園的地契、以及石帶[20]等物品拿出來，讓他選擇。當中比較珍貴的物品[21]，都給了大將夫人[22]。他說：「其他孩子不可羨慕那位大將夫人。因為你們當中對我盡孝的程度，沒有一個像她那樣，而且身分稍微高一點的人，獲得較好的東西，這也是世間的習慣。更何況你們想想，我這些年來，對你們的照顧，也算是份恩情吧！」他鄭重的態度，讓子女們覺得他的話非常合理。大納言接著又說：「這宅邸雖然看起來很老舊，不過占地很廣，也算是不錯的了。」於是把這宅邸，也一併送給了大將夫人。大納言夫人聽到以後忍不住哭了起來。

七

大納言夫人泣訴道：「你所說的話我都了解，但我如何能不妒羨[23]？我和你從年輕時便成了夫妻，照料著你直到六、七十歲的高齡，全心全意依靠你。除了你之外，我一無所有[24]。我們兩人間有七個子女，為什麼不把這宅邸留給我呢？雖然你可以認為子女們對你不孝而不顧他們，但世上一般的父母[25]，仍會擔心這些不幸的孩子們，在自己死後該怎麼辦。而那位大將夫人，已經住在大將府邸了，即使得不到這宅邸，她也不會感到困擾啊！並且大將也是個很可靠的人，要建造多麼豪華的宅邸都沒問題。那三條邸，我們整建得如金殿玉樓一樣，也已經送給他們了。兒子們[26]沒有房子倒還無妨，兩個已經有夫婿的女兒，卻連個像樣的家也沒有[27]。算了，這些都不打緊，她們有夫家依靠總會有辦法的。只有年老的我和剩下的兩個女兒[28]，若被逼迫搬離此處，那我們還能住哪呢？難道站在大街上徘徊嗎？你不要說這麼無情無理的話。」但大納言說：「我並沒有要棄兒女不顧，雖然沒了豪華宅邸，但絕不會叫他們在路上徘徊。這些年來，靠我的身分[29]所留下的，也足夠

20 當成是傳家之寶，其中包含之前大將贈予的那條石帶。
21 意指大納言家的財產，並非特別有價值，只是稍微好一點的程度。
22 將大部分財產，都分配給大將夫人，其實內心是希望將來大將夫人，能代替他自己，照顧所有子女。
23 相對於眾人認同大納言所說，但夫人卻感到憤恨不平。為避免影響大納言的心情，改採少見的低姿態控訴，主要是因為牽扯到自己的利害關係，所以用字遣辭非常小心。
24 訴諸夫妻長年相扶持的情誼，暗指至少宅邸，也應該留給自己。
25 以一般人的常情，來埋怨大納言的做法。
26 越前守及左衛門佐。兒子們有照料自己生活的能力。
27 大小姐及二小姐。
28 三小姐及四小姐。

照顧女兒們了吧。就算還是不夠，也還有其他兄弟可以照顧她們。越前守，你今後必須代替我來照顧她們。三條邸是我的宅邸吧，但其實原本是大將夫人所領有的。大將對我們這麼照顧，連個像樣的東西都沒有奉上就死去的話，就太沒出息了。不論大將怎麼昭告天下，我還是不能領有這宅邸，就因為如此，我無法把這宅邸留給你。我是個隨時都有可能死去的人，夫人妳就不要恨我了。還有，什麼都別再說了，我很痛苦呢。」大納言夫人還想說些抱不平的話，但子女們紛紛制止，於是她便不再多說了。

八

大將夫人聽了這些話，覺得很可憐[30]，硬是勸說道：「母親大人所言，的確很有道理，我這邊什麼賞賜都不需要，全都分配給夫人的子女們吧！況且，大家現在都住在這兒，您要他們搬到不是很理想的地方去，實在讓人看了都覺得難受。還是趕快將地契給夫人，或是她的子女們吧。[31]」但大納言對於大將夫人的勸說，完全聽不進去，他說：「我是絕對不會給他們的。等我死後要怎麼做就隨妳高興了。」大納言將珍貴的石帶等物品，以及世間稀有的東西都送給了大將。越前守等人的心中的確略感不滿，但是在父親最重視的大將夫人面前，對於財產的處置，不便多說什麼，所以大家都沉默不語。如此一來，大納言在生前所要處理的事情，都妥善分配好了。他對大將夫人的所有事都覺得可喜，反覆地說：「託妳的福，讓我很有面子。」於是請託她：「我尚有許多不成熟的女兒，還請妳好好照顧她們。」大將夫人答：「我了解。只要是我做得到的，怎麼會不照顧她們呢？」大納言說：「真是太令人高興了。」又對眾女兒們說：「女兒們啊！妳們要聽大將夫人的話，要把她當作女主人般敬重。」他明確地說完這話以後，身體變得更孱弱衰老了。大家都悲嘆啜泣著。最後在十一月七日那天過世了。享此高齡，死去並不特別遺憾。雖然如此，子女們聚在一起為大納言的離世悲泣的樣子，仍讓人覺得可憐。

九

此時大將帶著孩子們住在三條邸內，不過每天都會到大納言府邸來[32]，他也站著哭泣深感悲傷。此外，對於後事的安排，雖然想親自進屋去處理，但父親右大臣強硬地說：「新天皇即位不久[33]，你這樣長期請喪假是不妥的吧[34]！」大將夫人也說：「孩子們若帶

29 指長年來以中納言身分所留下來的財產。
30 大將夫人對夫人一貫的同情態度。
31 對大納言抱怨財產分配一事。所以應該將目前所住的這幢宅邸分配給夫人。
32 大將夫人因為父喪，而滯留在大納言府，而將大將和孩子們留在三條邸。另外若接觸到死後的不潔之物，之後必須要閉關三十日以淨身，因此大將才沒有留在大納言府。
33 新天皇才剛即位四、五個月。
34 位居要職的大將，不顧經驗不足的新帝，要請長達三十天的喪假閉關淨身，是非常不妥當的。這是身為新天皇外祖父的右大臣政治上的顧慮。此外，當時並沒有為妻妾的父母服喪的習慣。

到大納言邸來，因為有許多禁忌[35]，所以必須謹慎對待才行。但若把孩子們留在三條邸，你不在那邊的話，也叫人不放心。總之，還是請你別留在大納言府邸吧。」因此，大將就在自己的府邸內，過著不習慣的單身生活，看顧著孩子們並和他們玩耍，寂寞地過日子。但他看到大納言才剛晉升就與世長辭，便深深覺得想做的事，還是必須儘早去做。大納言在適合安葬的吉日，也就是大納言死後第三日，被安葬了[36]。隨著大將來送葬的四位、五位的官員不計其數，一個接一個地走著。來參加喪禮的人都說：「真如已故大納言生前所說，死後還真有面子！」

十

服喪期間，大納言府邸不論是誰，甚至孩子們都改住到矮低的房舍中，寢殿[37]則有許多大德高僧閉關在裡面。大將每天都會到大納言邸，面對他的夫人站著，另外還做了必要的指揮。大將夫人穿著深色的喪服[38]，由於齋戒的緣故，臉色略見蒼白，大將覺得心疼，流著淚[39]對她吟唱：

君淚成江溢漫延，催促吾淚江中淹，

兩股淚水浸喪服，黑衣袖口成深淵。

大將夫人答：

黑衣袖口如淵海，溼漉雙袖幾朽壞，
只緣淵音同藤衣[40]，服喪淚水一直來。

在大將每天往返兩處期間，三十日的喪期終於結束了。大將說：「回三條邸去吧，孩子們都很想妳。」但因夫人說：「剩沒幾天，等四十九日[41]結束後再回去吧！」於是大將只好夜裡留宿在大納言府邸[42]。

---

35 平安時代，在人過世之後，有服喪及忌諱等習俗，在服喪期間對於不潔之事，都要非常謹慎對應，根據親等服喪天數會有所不同。父母過世，視情況可能需要服喪五十至一百天，因為是大將夫人的父親過世，所以大將可以不需服喪。

36 當時的貴族社會，多以火葬方式安葬，而火葬通常在夜間舉行。

37 服喪期間，會在寢殿中央設置佛台。

38 一般多為深灰色。但會根據親疏關係，或誠意而有深淺差異。

39 此部作品描寫大將哭泣的場景並不常見。

40 纖維較粗劣的布製衣服，此種布料多用於製作喪服，所以藤衣一般意指喪服。

41 在佛教中有死後第四十九天，必會投胎轉世的說法，所以會舉行盛大的法會，之後服喪的人也會各自回家。

42 因為需要忌諱的三十日已經結束，所以大將便在夜晚時到大納言邸，和大將夫人共枕眠。

十一

日子一天天過去，一轉眼已經四十九日，於是在大納言府邸舉行最後的法會。大將說：「這是最後一次了[43]。」因此大將非常慎重地安排此次法會。故大納言的孩子們，進行和自己身分相符的法事，將這法事辦得盛大隆重。

十二

法事結束之後，大將開玩笑地對夫人說：「好了！回家吧！不然又要被關到貯藏室裡了喔。」夫人說：「唉！你這話好過分！今後就算開玩笑也絕對不要再說這種話。若無法忘記以前的事，讓母夫人聽到了，對我一定會有所顧慮。今後就由母親大人取代亡父了，我希望能好好地對待她。」大將說：「那是當然的。至於妳的姊妹那些小姐們，妳也要好好安慰她們。」

十三

越前守聽說他們即將回去，便將故大納言交代要奉上的物品集中處置，包含各莊園的地契，也取出奉上，交給大將說：「這些東西實在微不足道，但由於是先父的遺言，所以我必須將它們交給你。」大將一看，有三條石帶。其中一條還是以前自己送給故大納言的，其餘的兩條，跟自己送的相比，質感確實較為低劣。此外還有莊園的地契和此宅邸的平面圖。大將對夫人說：「他們有相當不錯的領地呢。這房子為什麼不送給妳母親大人和其他小姐們？難道另外還有好的住所？」夫人回答：「倒是沒有。這房子大家都住這麼久了，我們不要拿走它，我想把它送給母親大人。」大將說：「當然沒問題。妳就算不繼承這房子，妳還有我啊[44]。住在三條邸就好了。妳繼承這房子的話，大家都會對妳有所怨言吧[45]！」夫婦倆人交談之後，大將把越前守叫來身邊，笑著對他說：「你知道整個遺產分配的內情吧！為什麼遺產都集中分配給大將夫人這個女兒呢？顧慮我們是有權勢的人家嗎？」越前守答：「不！絕不是這意思。這是父親生前就已經做好的處置，交代我辦理而已。」大將說：「所有物品的處置的確考慮得很周到。但我的夫人說：『大家都在這裡住慣了，為什麼要我收下這宅邸呢？』所以就別給我們了，讓母親大人來繼承應該更適合吧。而這兩條石帶，你和左衛門佐[46]，就一人一條吧！美濃領地[47]的地契和這條石帶，我就收下了。因為過分的推辭，那麼對他的美意就太說不過去了[48]。」越前守說：「這太不

43 從頭七開始，每七天需進行的最後一次法事。因此四十九日日文又稱「盡七日（斷七）」。
44 因為有我在，所以生活可以無虞。
45 指已故大納言的夫人所生的子女們。若大將夫人繼承宅邸，子女們會因此有所怨恨吧。
46 即三少爺。
47 美濃地區土地豐饒，可說是已故大納言領有的土地當中最好的地區。至於石帶，則是把原本他贈送給故大納言的那條收下了。

妥了。即使先父不做這樣的分配，大將您也應該得到這些。況且亡父說：『我做了這樣的處置。』這遺言是不能忤逆的。再說，故大納言的孩子們，每人都還是有分到一些遺產的。」因而不願接受。大將說：「真是奇怪的言論。若是跟我一樣違背常理所做的處置也就算了，但看起來似乎不是呢！相信我的夫人看了這些遺物，便能明白故大納言的心意，這和收下其實是一樣的。我的夫人只要在我有生之年，就能像現在這樣安心地生活了。就算以後如果我死了，也還有子女可以依靠。目前看來，四小姐似乎沒什麼能夠讓她依靠的人，所以我想盡我一切能力來照顧她[49]。原本分配給我夫人的遺產，就加在三小姐和四小姐的份上吧。而另外兩位小姐的夫婿，他們的仕途就由我來關照吧！」越前守誠惶誠恐內心非常高興，他說：「那麼，我就把您的意思告訴大家吧。」便起身要告辭了。大將又說：「就算大家還是推辭，你也不可再退回來。同一件事情一直推來讓去的，很煩呢！」越前守說：「那麼，這條石帶還是請你收下，要送人或怎樣的就隨你高興。」大將說：「等我有需要時再拿吧。因為我們並不生疏啊！」硬是要越前守收下石帶。

十四

越前守向母親及弟妹們說：「大將是這麼說的。」母夫人說：「失去這個家讓我覺得很惋惜，現在這樣真是太好了。」她雖然很高興而這麼說，心裡卻仍憤恨不平地想[50]：「大將夫人是把它當成是自己領有的東西，來歸還我們的吧[51]！」然後又諷刺地說：「是落窪君[52]這麼做的嗎？哎呀！還真令人高興呢。」越前守聽到後生氣地彈了彈手指，說：「這話虧妳說得出口。以前妳對那位夫人，做了多少讓人覺得可恥的事情，妳應該覺得慚愧才是。現在妳從她那邊得到這麼多的恩惠，竟然還說這種諷刺話，是人該說的嗎？妳是要我們被大將疏遠，毀掉我們晉升的機會嗎？當初她遭受不幸，獨自悲嘆的時候，妳還讓她受盡恥辱，不斷虐待她。相反地，在我們困窘時，她親切地關照我們，給我們種種恩惠，妳卻裝傻說出這種話[53]，更不用說以前妳虐待她的情況了。不管是聽別人說，或是我自己聽到的，都覺得難受得要發狂了。母親大人妳竟然還叫她落窪還什麼窪的？」夫人說：「我是從她那裡得到什麼恩惠了[54]？因為大納言是自己的父親，她才這麼做的吧[55]！

48 對大將而言，接受遺產與否，一點影響也沒有，會收下領地跟石帶，是顧及已故大納言做此分配時的心情。
49 物語後面有描寫到三小姐，後來當了中宮的女官，所以大將這邊才會沒替她擔心。此處也是對後面情節展開的一個布局。
50 雖然有短暫的高興，卻馬上透過巧妙的描寫，將夫人原本的性格呈現出來。
51 用自己的想法去解讀大將夫人的心意，並自我想像大將夫人是高一層級的人。
52 表面上假裝高興，實際上卻又用落窪這種卑賤的稱呼來諷刺。
53 以落窪稱呼大將夫人。
54 大將和夫人的種種眷顧，都是針對故大納言而為，老夫人並沒有直接受惠的感覺。
55 自己是她的繼母，沒有任何血緣關係的想法下產生的偏見。

我是稍微不注意才失言叫她落窪的，這有什麼錯？」越前守說：「妳真是個可悲的人。母親妳太不懂人情義理了。或許妳覺得沒有直接受到大將夫人的恩惠，但弟弟從大夫晉升為左衛門佐，是誰的功勞？我景純[56]能成為大將大人家的家臣，並加官晉爵[57]，又是誰的功勞？想想現在妳的兒子們發跡的情況吧。還有我們家的男丁[58]，將來若能和人並肩而立，這也完全是託大將大人的福。關於遺產，先父一開始就沒有將房子給妳，大將夫婦如果收下了這房子，今後妳和三小姐、四小姐能去住哪？其他姑且不說，請好好想想這件事，只要認清現實，母親大人妳難道不覺得該深感謝意嗎？我景純和其他兄弟在任職地，並非沒有收入，但必須以照顧自己的妻兒優先，並沒有多餘的生活津貼可以給妳。現在也沒能給妳什麼，是我們做兒子的誠意淡薄。妳的親生兒子都對妳如此怠慢了，所以妳應該為大將夫人對妳的照顧[59]，感動流淚才是。」越前守對老夫人曉以大義，老夫人也認為的確如此，所以就不再做任何回答了。

十五

越前守說：「該怎麼回信給大將大人呢？」老夫人說：「我不曉得。我一開口，你就會責備我說我不通人情什麼的，我聽了覺得難受，讓你這種知分寸、講道理的人，好好思考信該怎麼回吧！」越前守責備似地說：「我這不是為別人寫回信，全是為了母親妳啊！對於三小姐、四小姐和妳，大將大人會說：『該如何照顧呢』這番話，是因為順從了大將夫人的心意，即使是親兄弟，也沒人像大將夫人有這樣的誠意吧！」老夫人說：「大將夫人[60]說得似乎很好聽[61]，但對我又如何呢[62]？真是可悲！我所得到的丹波國[63]莊園，一年甚至連一斗米都收不到。還有在越中國[64]的莊園，年貢也徵收不易。反觀弁大人[65]得到的莊園，一年可以收到三百石的米，這些既遙遠又貧瘠的莊園[66]，全部都是景純你選給我的吧！」她嚴厲地指責越前守[67]。然而大家[68]都知道，這是故大納言生前就已經分配好的。

56 越前守的本名。在母親面前為表示謙遜而使用。
57 越前守相當於正五位的官職。
58 兒子和女婿。
59 大將夫人將宅邸轉贈給老夫人的心意。
60 不再以「落窪」稱呼，改稱呼夫人的心境轉變。
61 因為越前守言之有理，所以老夫人在無法反駁下，不再糾結於財產分配不公的話題上，反而改為埋怨越前守的態度。另外也諷刺大將夫人說，要把莊園地契給三小姐、四小姐的決定。
62 埋怨沒有從大將夫人那裡得到好的莊園地契。
63 在今京都府和兵庫縣境內。應該不是水田而是旱田。
64 今富山縣境內。
65 大將妹妹二小姐的夫婿。
66 推測應為老夫人自己不滿的說法。丹波國距離當時京城很近。此外，越中國依當時的交通而言，也不算太遠的領地。
67 表面上是責怪越前守，但事實上是內含對大將夫人的諷刺。

於是越前守說：「話別這麼說，請判斷一下故大納言分配遺產的做法，連曾經毫無隔閡，互相愛護照顧妳的丈夫，都這樣對妳了……」老夫人說：「唉！真囉嗦，不要再一直反駁我了，正因為大家都窮[69]，所以才會說出這樣的話。」就在此時，左衛門佐也來了。他不太高興地對母親說：「就算貧窮，人品高尚之人，有別於一般凡夫俗子，更懂得忍耐，情操也愈高雅。首先就說說大將夫人還在這宅邸時，連一句不滿的話都沒聽她說過。她對於母親那種苛毒的話，也非常老實地聽從。她私下對我說：『我的心情很平靜。』」老夫人說：「怎麼回事啊？真想一死了之。你們都怨恨我，說我是個惡人。你們都犯了不孝之罪。」左衛門佐說：「唉！真是惶恐。算了，不說了。」越前守和左衛門佐兄弟倆，一起起身離開。雖然這麼說，老夫人還是喊道：「喂喂！幫我寫回信[70]啊！」但他們兩人裝作沒聽見似地走出房間了。

十六

左衛門佐說：「我們怎麼會有這麼惡劣的一個母親呢？我想去向神佛菩薩祈禱，問看看該怎麼做才能讓她的心地變好。為了我們自己的將來[71]，母親這樣的心性很糟糕呢。」和越前守兩人討論過後，便給大將大人回信。信中恭謹說：「我們接受您的心意。今後也只能依賴大將您一人了。從您那兒得到的各處地契，為人子女者深恐違反先父遺願，顧慮甚多[72]，但又不能讓您的好意化為烏有，只得暫且收受。但此宅邸乃先父誠心贈奉之物，大將若輕易轉送他人，先父的亡靈恐怕會感到不悅，這實在太可憐了。因此這宅邸的地契，還請務必收下。」先前越前守已將地契拿走了，老夫人心想：「真的還給大將了嗎？」心中非常不安，喊道：「為什麼把地契拿走？大將好不容易說，要把地契給我的啊！拿來！拿來！」她把越前守叫回來。老夫人心煩氣躁地說：「真是愚昧至極[73]。這是這麼重要的東西，卻說出這麼輕率的話[74]。」

十七

左衛門佐說：「大將大人能聽進我們的話，實在太好了。這宅邸的地契若落到別人手中，大將夫人恐怕也會不高興。只要讓母親大人有生之年住在這宅邸，之後若要傳給三小

68 指三小姐、四小姐等其他姊妹。
69 暗指大將夫人因為現在生活富裕，因此能夠這麼有情有義，也是理所當然的。
70 給大將的回信。
71 表現出中層貴族為了滿足權勢家，而做的種種努力。
72 將地契轉贈給三小姐和四小姐。強調兩位身為女兒的身分，因為顧及先父遺願而有所顧慮，期望能在大將心中留下好印象。
73 老夫人並不知道越前守和左衛門佐，想藉此把老夫人等人，託付給大將夫妻照顧的想法。
74 指越前守給大將的回信中，請大將一定要收下宅邸地契一事。

姐、四小姐，都悉聽尊便，這做法和現在給她們地契不是一樣嗎[75]？所以說，大將夫人您就收下這宅邸的地契吧。」於是，大將夫人收下了地契，和大家回三條邸去了。臨走前還說：「日後我還會再來拜訪大家，請妳們有空也到三條邸那邊走走。」又說：「我們會代替死去的父親大人，好好照顧三小姐、四小姐和母親大人[76]。有任何需要，儘管告訴我們，請千萬不要客氣。唯有對我毫無隔閡，把我當成一家人看待，對我而言才是比什麼都還高興呢！」大將夫人真心誠意地說了這些話後，便起身回三條邸去了。

十八

比起大納言在世時，大將夫人更是不斷地將有趣的東西送給姊妹們，也送了日用品給母親大人，不分晝夜地時常從三條邸運送東西過去。因此老夫人想：「的確，雖然自己的孩子有男有女[77]，但兒子們對我漠不關心，而這個大將夫人，不論對自己或是姊妹[78]，都如此竭盡心力，實在太讓人感謝了。」漸漸地了解到大將夫妻的心意。不知不覺，又過了一年。

十九

春季的人事異動上，大將的父親左大臣[79]晉升為太政大臣，大將升任為左大臣[80]。同時，諸位弟弟也跟著晉升。一一書寫過於無趣，因此略過。而左大臣夫人的幸福，讓眾人及同胞的兄弟姊妹，都感到可喜及羨慕。二小姐的夫婿左少弁[81]，因家道貧窮，希望能夠出任國司[82]，因此向左大臣夫人請求。左大臣關照他，讓他當了美濃郡守。越前守今年任期屆滿[83]要交接，他將任國的政務做得很好，因此新任左大臣要提拔他也很合理[84]，便讓他當上了播磨郡守[85]。弟弟左衛門佐則當了少將。不論是誰，都受到左大臣的關照。他們

75 地契交給大將夫人，而老夫人等繼續住在宅邸內，算是不違背故大納言遺願，又能讓老夫人等人不需遷居的折衷方法。背後含有因為大將夫人握有地契，所以希望能負責照顧老夫人等人的生活之意。
76 了解左衛門佐所說那段話背後的含意，因此有這樣的承諾。
77 這邊指已有夫婿的女兒。
78 三小姐和四小姐。
79 目前為止皆是以右大臣表示，這裡的左大臣，判斷應為作者的誤寫。
80 大將跳過右大臣，直接升任左大臣，是非常少見的例子。這部物語成立的年代，在圓融天皇時期有源兼明直接跳升左大臣一例。
81 卷一出現時為右中弁。美濃守相當於從五位上，少弁為正五位下，中弁為正五位上。由於少弁即使降職也想當上國司，但因為和源中納言時期的中弁身分差距太大，所以仍讓他以少弁身分出任美濃守一職。
82 國司官階雖然低，但實質收入較多，所以許多貧窮的中央官員，寧可捨棄體面的官階不要，而希望成為實質收入多的國司。
83 國司任期為四年。
84 雖然是透過權勢家來提拔，但還是有一定的限度。若提拔毫無作為的人，仍會擔心因此落人口實。
85 播磨為大國，且距離京城近，是許多人爭取的地方，因此播磨守一職，競爭非常激烈。越前守能在任期一滿，馬上出任播磨守，左大臣的關係占很大的因素。

聚在一起，向母親大人訴說榮升的喜悅。他們說：「這不也是新左大臣給的恩惠之一嗎？所以從今以後，別再亂說話了。」老夫人說：「的確，果真如此啊！」此時，世間紛紛傳說：「今年春季的人事異動，都是為了這一族人[86]的光榮幸福。」

二十

如此一來，新左大臣更是可以隨心所欲了。即便父親太政大臣自己要做的事情，也會先和左大臣商量[87]。如果左大臣說：「這樣不行，請別這麼做。」父親即使想做，也不會付諸行動。太政大臣自己認為不妥的事，這個左大臣若三番兩次地勸說，太政大臣也不會置之不理[88]。所以人事異動的時候，連微不足道的人，也因這位左大臣的恩德，決定了晉升。左大臣相當於當今天皇的舅舅，所以天皇對他相當信賴。雖然只是左大臣的身分，但才能[89]卻非常出眾。對於他強力主張的事，在眾公卿中，也沒有一個人可以加以爭辯。父親太政大臣在所有孩子中，也對這個左大臣特別寵愛，甚至可以說對這兒子有點敬畏[90]。所以與其說左大臣是兒子，倒不如說他更有父親的感覺。世人盡皆知道這情況[91]，因此都說：「與其說奉公於太政大臣，不如說是奉公於左大臣。太政大臣也這麼認為。」於是，只要是執著於俗世，關心仕途的人，無不來左大臣處拜望。來往於三條邸的人們絡繹不絕，非常繁盛。

二一

左大臣夫人將美濃守的餞別，辦得非常盛大。在家臣當中，美濃守受到左大臣夫人特別的關照[92]。左大臣賞給他馬和馬鞍，對他說：「對你這麼用心關照，是因為我的夫人幫你美言了幾句。今後你前往任地，必須毫無過失地好好處理政務。如果我聽到你有不當的行為[93]，就會讓你回到以前的狀態，不再關照你。」美濃守恭謹地聽完訓示，慶幸自己有這樣的姻親，離開後便告訴妻子，左大臣說了這樣的話。他告訴自己的妻子二小姐說：「妳去告訴左大臣夫人，請她轉告左大臣說：『我會好好處理政務。』我會有今天，完全是因為妳，才有這層姻親關係啊[94]。」二小姐也覺得非常高興。

---

86 故大納言一家。
87 強調比起父親太政大臣，左大臣更掌握了實質的權力。
88 比起身為政治家老練的判斷，對兒子的寵愛更勝過一切。透過這樣的描寫，足以證明目前太政大臣家的權勢，非常穩定。
89 特別是漢學的素養。
90 由於左大臣太過優秀，甚至優秀到讓人覺得畏懼。《源氏物語》桐壺卷中，對光源氏也有類似的描寫。
91 實權由左大臣掌握。
92 因為和左大臣夫人有姻親關係，所以才受到特別關照。
93 因為強求而要來的職務，所以希望不要惹人非議，好好勤於政務。左大人基於政治上的考量，才有這番訓誡。
94 強調是託妻子的福。

二二

左大臣總是說：「如今無論如何，就是想幫三小姐和四小姐找個理想夫婿，我暗中觀察，卻找不到適當的男子。」左大臣夫人送給三小姐和四小姐的夏衣、冬衣[95]，比故大納言在世時所送的還多。隨著爵位晉升，對她們更是萬事照料得非常周全。三小姐、四小姐在生活上，完全不會感到不安。

二三

這期間左大臣夫人生了孩子、舉行著袴儀式[96]等禮俗，無暇一一敘述。左大臣的長男，今年已經十二歲了，長得十分壯碩，即使讓他進宮任職，也不會犯什麼過失。又因為非常聰明，於是便當上了東宮太子的殿上童子[97]。他精讀漢籍，天資聰穎，才能知識都很出色，性情也很開朗，天皇也因為還年輕，也常把他當作很好的玩伴，覺得他很可愛[98]。天皇吹笙的時候，便教他吹法，因此父親左大臣也很疼愛這孩子。

二四

被帶到祖父太政大臣身邊撫養的次子，今年也已經九歲了[99]。看見哥哥當上了殿上童子，他心中非常羨慕，因此說道：「我也想進宮任職[100]。」由於祖父非常疼愛這孫子，便說：「你怎麼到現在才說呢？」也想立刻把他送進宮中。父親左大臣卻說：「你年紀還太小[101]。」太政大臣說：「什麼話！他可是比哥哥更聰明呢！」父親左大臣聽了，也只能一笑置之。祖父太政大臣進宮上奏，二郎也想上殿服務，他說：「這孩子是我這老人最珍愛的孫子，請大家多費心關愛他，比關照哥哥更加倍關照他。他即使日後元服成人後擔任官職，也必定勝過他哥哥呢！」他還常說：「把這孩子看成太郎吧！」因此也稱呼二郎為弟太郎。

二五

下面的妹妹今年八歲，長得非常美麗，大家對她無比重視。在她下面的妹妹今年也六歲了，而最小的男孩今年四歲。最近，左大臣夫人似乎又要生產了。因為這樣，左大臣更

---

95 當時衣裝分為夏季及冬季，四月一日和十月一日，為換季的日子。
96 男孩、女孩首次著袴（褲裙）的儀式。大約在三、四至六、七歲間舉行。
97 宮中內院或東宮御所稱為殿上，殿上童子，便是公卿家的孩子，為見習禮法而特許進殿。在這種情況下，也會讓殿上童子，負責處理宮中一些較簡單的事務。此外，因為和東宮太子一起生活，所以也會藉此考慮如何掌握下個世代權力。
98 就血緣關係上來說，左大臣家的長子和當今天皇為表兄弟的關係。
99 和卷二中描寫的出生時間產生了矛盾。
100 出任殿上童子一職。
101 左大臣對於小孩子一時興起所說的話，感到一絲不安。

加寵愛她也是理所當然的[102]。

二六

太政大臣今年六十歲了，左大臣替他做壽。壽宴的儀式相當盛大，其盛況請讀者自行想像。祝賀的舞蹈就叫孫子太郎和二郎表演。兩個人都跳得非常棒。祖父太政大臣，流著高興的眼淚觀賞表演。凡是能替太政大臣做的事，都不會錯過。壽宴辦得如此奢華盛大，左大臣的聲望，也隨之日益升高[103]。

二七

一年過去，左大臣夫人脫下父親的喪衣。故大納言的幾個兒子不管是誰，仕途都很順遂[104]。最後一次的法事[105]，也竭盡心力辦得非常盛大。老夫人也知道兒子們的仕途，都是託左大臣夫妻的福，而衷心感謝他們，左大臣夫人也感到很高興。左大臣心想：「不管怎樣，一定要替三小姐及四小姐找到理想的夫婿。」在尋找理想對象的過程中，朝廷的人選中，有一位即將到筑紫的大宰府去任職權帥[106]的中納言，聽說他的妻子很突然地過世了，打聽之下，這人的人品極佳，於是左大臣在宮中和他碰面時，都會謹慎地親近他，和他交談。在一次機會下，委婉地大略說了一下這個婚事。權帥覺得是不錯的機會[107]，便說：「這真是好極了！」便和左大臣做了約定。左大臣回家跟夫人說：「我已經和這樣的一個人，在口頭上有了婚事的約定，那人也是高階的公卿，人品又很出色，讓他跟三小姐結婚好呢，還是跟四小姐結婚好，妳覺得該怎麼辦？」夫人回答：「這個嘛……還是請你來做主吧。不過我的想法是給四小姐。畢竟她有過那麼可憐的遭遇[108]，希望可以讓她重新振作精神。」左大臣說：「那位權帥在這個月底，即將前往筑紫赴任，盡快舉行結婚儀式吧。請把這想法轉告妳的母親大人。如果四小姐也同意婚事，那就在這個宅邸裡舉行吧[109]。」

夫人說：「信寫得再長也無法詳盡述說，我想親自去當面說明，但又因懷孕中不方便。」

左大臣說：「那就把詳細情形，跟少將（三郎君）或者是播磨守（前越前守）說吧！」

---

102 表現左大臣夫人，身為女人的幸福還會持續下去。另外也必須注意這邊所強調的一夫一妻制。

103 儀式常常會造成經濟上很大的負擔，而容易遭受世人批評，但左大臣不但沒有遭受批評，反而聲望更高。根據當時的古老記載，有好幾個因為辦了不符自己身分，過於鋪張奢華的儀式，遭受世人非議。

104 故大納言之子擔任播磨守，女婿出任美濃守。

105 一周年忌日的法事。

106 帥：即大宰帥的簡稱，大宰府長官。由親王任命，但不會到任地任職，所以實權由權帥或大貳掌握。

107 和左大臣家結為姻親關係，是一個很不錯的機會。由於中納言知道，左大臣對故大納言家關照的程度，所以若沒有犧牲自己政治生涯的勇氣，通常是不會拒絕。

108 和白臉馬結婚一事。

109 由於這件婚事，是由左大臣促成的政治婚姻，因此左大臣有必要支援。故事之後描寫到，把四小姐當作是左大臣的女兒和權帥結婚。

二八

隔天早上，左大臣夫人把少將叫來，私下對他說：「我原本想自己到你們那兒去的，但因為手邊有工作，無法離開。我的夫婿左大臣說有這樣的一件事[110]，你覺得該怎麼做呢？我的夫婿說：『我覺得這是個不錯的機會，這對單身的女子而言，是個突如其來的好事呢。這位權帥似乎是個非常出色的人。所以如果大家[111]沒有意見都贊成的話，那麼就把四小姐接過來這宅邸，當作是左大臣家的女兒，進行結婚的準備吧！』」少將說：「實在是不敢當。就算不是非常好的事情，既然左大臣大人都這樣說了，我們也不應該拒絕[112]。更何況這是件這麼好的婚事。回去之後，我會好好地跟母親及四小姐說這件事的。」少將一回家便向母親說：「左大臣夫人如此這般對我說。這真是一件非常棒的婚事[113]，未來的夫婿不管是什麼樣的人，他只要想到是跟被大臣視為女兒般關照的人結婚，想必是不敢怠慢四小姐的。因為白臉馬的關係，我們受盡嘲笑批評。左大臣夫婦現在，似乎是有意要藉由這次的婚事，替我們雪恥。那位權帥好像四十來歲。先父大納言在世時，即使是初次的提親，也找不到這麼好的對象[114]。左大臣為我們設想那麼多，比父母還周全，實在是無限歡喜。請盡快讓四小姐到三條邸去。」老夫人聽了之後說：「我死了之後，如果四小姐還是獨自一人，我也會很掛心。原本只想找個不錯的受領階級為婿，沒想到左大臣找的對象，竟是個高階公卿，實在是令人高興。左大臣如此無微不至地關照我們，比起左大臣夫人，左大臣更是有情有義呢[115]。」少將說：「左大臣是寵愛夫人之餘，一同關照我們。夫人常常對他說：『你如果重視我，那麼對於母親大人的子女們，請不要分男女，也要對他們加以關照才行。』四小姐因此才能獲得這樣的幸福。像我景純這麼微不足道的男人，都會想看盡各種女性，但左大臣似乎覺得除了夫人以外，世上已經沒有其他女子了[116]。即使在宮裡，太后身邊的侍女有很多美麗的女子，他也毫無興趣都看不上眼。夜晚也好，清晨也好，只要一退朝，都會摸黑回到夫人身邊，絕不會在外過夜[117]。若說起女人受丈夫寵愛的例子，絕對會提到這位夫人的情況吧[118]。」接著又繼續說：「四小姐要怎麼回應這樁婚事，還請母親您去問她本人。」母夫人便喊道：「請四小姐到這邊來。」四小姐便前來了。

110 關於四小姐和權帥的婚事。
111 老夫人及四小姐。
112 在權勢家中任職之人的一種效忠意識。
113 顯示出少將希望這門婚事能成功的心情。
114 由於四小姐和白臉馬，曾經有過一段婚姻，所以比起初次提親條件較不好，卻還能有像權帥這麼好的對象。
115 在此必須注意老夫人，再度無視左大臣夫人好意的心理。
116 當時身分高的人，通常都會是較風流好色的性格，但對這樣的行為及性格，持否定態度，是男主角道賴的最大特色。
117 再次強調道賴一夫一妻的思想。
118 《落窪物語》，是一部主張一夫一妻制思想的作品。

二九

老夫人對四小姐說：「左大臣說有這麼一件事，對於被世人嘲笑愚蠢的妳而言，我覺得是一件很棒的親事，我覺得很高興，妳自己的想法呢？」四小姐害羞臉紅地說：「這的確是一件好事。不過像我這樣的人，豈能不自量力，怎麼能夠再婚呢[119]？被對方知道了，不但對方會覺得丟臉，左大臣也會蒙受恥辱，不管怎樣都會丟臉。我因身世不幸，雖想出家為尼，但因母親尚在人世，便一如往常和三小姐，互相來探視母親，至少也是盡些孝心。所以直到今天都尚未出家。」說完便又哭了起來。一旁的少將看她，又想起自身的不幸，覺得非常可憐，因此也流下淚來。老夫人說：「唉！真不吉利[120]。為何非要出家為尼？即使短暫，但世人只要看到妳榮華的生活，就會認為：『那麼不幸的四小姐，也得到幸福了！』我認為妳應該聽我的話，答應這樁婚事[121]。」少將說：「那麼，該怎麼回覆左大臣呢？」老夫人說：「你就這樣回覆左大臣：四小姐雖然這麼說，但我們都覺得這是件很值得高興的事，所以還是遵照您的意思來辦吧！」少將答了一聲「是」便離席了。

三十

少將來到三條邸，如此這般地，把故大納言府邸那邊的情形，一一陳述了。左大臣夫人對四小姐所說的話[122]，感到十分同情，說：「她有這種想法也是難免。但世間這種例子很多[123]，希望她不要想太多。」左大臣聽了以後，對少將說：「連老夫人都這麼說的話，即使本人有點卻步，還是早點進行吧！權帥是個非常出色的人，月底就要前往筑紫了！權帥也說：『希望這事能盡快。』所以還是早點把四小姐帶來這兒吧。」說畢便拿起曆書來看[124]。這月的七日，剛好是大吉之日。左大臣夫人心想：「那天沒有什麼需要忌諱的事，要穿的服裝都有預先準備著，至於儀式，就在西廂房舉行。」便在西廂房著手準備。左大臣派使者去說：「請四小姐盡快來這邊。」老夫人和少將也都催促她：「快點！快點！」但她沒有再婚的想法，因而感到不願與悲傷，雖回答說：「馬上去，馬上去！」但卻躊躇不前。老夫人責備她說：「就算不是因為這件事，但左大臣及左大臣夫人，都這麼有情義說『搬過來』了，妳還這樣，真是乖僻。」最後終於把四小姐送往三條邸去了。

119 當時認為不幸的人，應以自身為恥而閉關不再見人。
120 一般認為說出家為尼，是不吉利的話。
121 再次表現出老夫人強勢，且喜歡榮華的性格。
122 想出家為尼的想法。
123 初婚失敗而再婚的例子。平安時代女性，在自己的一生當中，再婚的例子很多。
124 當時的曆書，會針對日常生活中的種種行事，記錄吉凶日，因此也會依此決定結婚日期。

三一

前往三條邸的車子裡，有兩位年長的侍女和一個女童，做為隨從一同前往。四小姐的女兒[125]，已經十一歲了，長得非常可愛，這個女兒想和母親一同前往，但老夫人認為，跟去太不成體統了[126]，便把孩子留下來。四小姐非常悲傷，獨自啜泣。左大臣等候已久，和四小姐見了面之後，就把該做的事[127]告訴她。四小姐反而比第一次結婚時更尷尬害羞[128]，幾乎沒有答話。她比左大臣夫人小三歲，今年二十五歲。她在十四歲時和白臉馬結婚，十五歲便當了母親。而左大臣夫人，現在正是二十八歲的盛年。結婚儀式前的三四天，左大臣夫人對四小姐更是愛護、照顧得無微不至。到了七日結婚當天，左大臣夫人和四小姐一起移到西廂房。四小姐的隨從們，只要衣服破舊的，一律發新衣給她們。由於四小姐隨身的侍女太少[129]，因此左大臣夫人，從自己的侍女當中，派了一位女童、三位侍女、兩位婢女過去。當天的衣裝以及房間的裝飾，都華麗得讓人目不暇給。老夫人和其他兄弟姊妹們，也都來到西廂房了。將近日暮時分，左大臣也在西廂房進進出出忙碌準備著，四小姐的弟弟少將，覺得誠惶誠恐滿心歡喜。權帥於夜深時分來訪[130]，由少將引領他進入四小姐的房間。四小姐覺得權帥的人品，毫無可挑剔之處，加上左大臣如此悉心照料，認為事到如今，已無法如自己所願了吧，因此才放棄堅持，來到了權帥面前。四小姐的手觸感及氣質都非常優雅[131]，因此權帥也感到非常高興，兩人之間交談的情話內容，因筆者不曾聽到，就無法加以描述了。天一亮，權帥就回去了。

三二

左大臣夫人擔心著，不知權帥對四小姐感想如何，於是左大臣對夫人說：「即使婚前沒有很多次的情書往來，也是有永遠不變心的人[132]。權帥絕不會有想要疏遠四小姐的想法。反倒是四小姐面有難色，不情願的樣子，絕不是明智之舉[133]。首先，我跟妳之間的感情，有像世間一般的思戀那樣急躁嗎？思暮妳的時候，經常寫信給妳，當見了一次面之後，便心想若就此輕率地停止往來，一定會很後悔。當時會有那樣的想法，真覺得很奇妙呢。」說完，兩人便一同起身，前往四小姐的西廂房去了。此時，四小姐還在帷簾裡睡覺，左大臣夫人把她叫醒[134]。這時候權帥來信了。左大臣收下信，說：「我本來想先看

125 和白臉馬所生的女兒。
126 結婚時把和前夫所生的女兒一起帶去不成體統。
127 關於結婚儀式的注意事項。
128 第一次因為是不明就裡的關係，所以也不會有羞恥的感覺。
129 因為四小姐的隨從少，為了讓婚姻更符合左大臣家的身分，而增加了一些侍女隨從給她。
130 依照當時習俗，結婚的前三天，男方都是天黑以後前往女方的住處，天亮未亮前離開。
131 由於前三天都是在一片漆黑中會面，所以只能透過手的觸感來判斷。
132 當時在結婚前，通常男方會先多次送出書信給女方。四小姐這次的再婚，因為辦得較匆促，所以便省略了這個步驟。
133 提醒四小姐，必須要注意對這次結婚抱持消極心情的態度。

看，但信中可能會寫些較私密的內容。妳讀過之後，務必請讓我也拜讀一下。」便將書信送進帷簾裡。左大臣夫人接了信，雖然要轉交給四小姐，但四小姐並沒有馬上取走。左大臣夫人說：「那麼我唸給妳聽吧。」於是便將信拆開了。

三三

四小姐想起了第一次結婚時，白臉馬寫給她那封非常不堪的信，內心激動想著：「會不會又是那樣的內容呢？」而左大臣夫人唸出來的內容則是：

「與君相逢情恩大，思慕心情亂如麻，
有如荒磯濱真砂，數多廣深難表達。

今早和妳離別，雖然晚上便可再與妳相見，但我卻已如此思慕妳了。」左大臣夫人催促著四小姐說：「請快點回信吧。」但四小姐卻遲遲不肯寫回信。左大臣在帷簾外，不斷地說：「請讓我看看那封信。」夫人問他：「為什麼這麼想看？」便把信從帷簾中遞出來。左大臣看了說：「寫得很簡潔呢！」又把信遞回帷簾裡，囑咐說：「請回信給他。」左大臣夫人催促著四小姐說：「快寫，快寫！」便幫她準備起紙筆。四小姐心想自己的回信，一定會被左大臣看到，覺得很不好意思而不願立刻回信。左大臣夫人說：「哎呀！真是的[135]。快點！快點！」因此四小姐專心寫了：

君如荒磯濱真砂，海中水藻多且雜，
私情四處多攀附，非我一人能獨拿。[136]

寫了結語之後，便遞到帷簾外。左大臣說：「啊！真想看看妳今天的回信。沒看到回信就結束實在是很遺憾。」他坐著說這番話，對回信的內容感到很有興趣的樣子[137]。左大臣給了信使賞賜。權帥決定就在本月的二十八日乘船出發，因為已下此決定，所以出發日期更加逼近了。

三四

因為這個緣故，左大臣府邸方面，便將第三日的婚宴慶祝會，舉辦得像初次結婚般那

134 因為羞愧而尚未起身。
135 左大臣夫人抱怨四小姐回信太慢，這樣的做法有不恰當之意。
136 回覆「會後翌晨情書」時，通常都會先以拒絕的姿態回贈和歌。
137 描寫左大臣就宛如四小姐的父親般，對回信內容深感興趣的樣子。

麼盛大。左大臣對夫人說：「一個女子，只要身邊有人非常愛護她的話，那麼丈夫看到這種情形，對她也會更加憐惜。所以就請妳用心地照顧她，既然一開始選在此府邸舉辦婚禮，就不該稍有怠慢，不然四小姐會很可憐的。」夫人想起了左大臣以前第一次見到自己的情形，便對他說：「你那時是怎麼想的呢？當時只有阿漕為了不讓我感到痛苦[138]，費了不少心思。為什麼你一和我往來以後，就對毫無依靠的我如此寵愛呢[139]？」左大臣心情非常好，微笑著回答說：「妳現在所說的這些，都不是事實呢[140]！」他靠到夫人身邊繼續說：「從妳被叫做落窪而受斥責的那晚起，我對妳便已經深深眷戀了[141]。自那一晚起我躺著思量所許的願望，現在也都已經實現了。為了報復，我徹底懲罰了他們，之後又設想讓他們欣喜若狂，也一一關照著他們。正因為這樣，才對四小姐如此照顧。您母親大人也會為此感到高興吧。景純[142]他們應該都很明白才對。」夫人說：「那邊的確時常說，因為你的關照，讓他們都覺得很高興呢！」

三五

日暮時分，權帥再度來訪。左大臣給了每位隨從賞賜，也準備了酒宴招待。從第四日起，權帥睡到日上三竿才回去[143]。權帥態度穩重，眉清目秀，一表人才，那個白臉馬是無法和他相提並論的。權帥說：「前往筑紫赴任的出發日逼近了，要準備的事很多，我卻都睡到日上三竿才回家，然後一到傍晚就又來訪，因此準備工作進行得不很順利，實在不方便。我宅邸那邊也沒其他女性在，妳就搬到我宅邸來吧。我已召集過家裡的所有侍女們，告知了要前往筑紫一事，妳也盡快做好前往筑紫的心理準備吧！距離出發只剩十來天了。」四小姐說：「聽說要前往的筑紫那地方很遙遠呢[144]！把平時作為依靠的人們[145]棄置在京城，我怎麼能這麼做呢？」權帥笑著答說：「那麼，妳要我一個人去嗎？難道妳一開始就想著和我來往個一兩天，之後就馬上要跟我斷絕關係了嗎？」表情從容，讓人感覺舒服。權帥心想：「此人容貌優雅，但心性如何呢？」他雖覺得有些美中不足[146]，然而這是那麼尊貴的人特地介紹的妻子，因此不能說這幾天就要下筑紫，而把她拋棄。於是對四小姐說：「妳要和我同心協力來處理各種事情。」就馬上把四小姐接回自己的宅邸去了。左大臣笑著說：「真是個相當不錯的夫婿。這麼快就把她接回去了[147]。」於是，挑選了幾位

---

138 為了不要因自己的困窘而遭到拋棄。強調了阿漕的活躍。
139 反駁左大臣先前的世俗結婚觀。主張愛情比家世背景都重要的愛情至上主義。
140 左大臣也對愛情至上主義，抱持肯定態度的說法。
141 對弱女子感到憐憫的一種浪漫，支持著左大臣的愛意。
142 播磨守，前越前守。因為已經是左大臣家的家臣，所以直接以本名稱呼。
143 從第四天起便允許可在女方家留宿了。
144 當時的女性只有京城及周邊地區的知識。筑紫，是九州的舊稱。
145 母親和其他兄弟。
146 對於四小姐未經思考的回答，感到有些不滿意。

適當的家臣和左大臣的親信，當作送行的人，並派他們當前導，總共有三輛車子前往權帥宅邸。從三條邸前去伺候四小姐的侍女們說「為什麼現在還得去權帥府邸服務」之類的話，但左大臣夫人說：「還是請妳們去陪在四小姐身邊吧！」硬是把她們派過去。會這麼做是因為按習俗，左大臣夫人須親自陪四小姐前往權帥宅邸才行[148]，但因夫人不方便，才改由侍女們陪同。

三六

權帥府邸的侍女們，大家議論紛紛地說：「這麼快就有替代的女主人[149]」、「這個新夫人，性格不知道如何」、「她會對前妻的孩子們不好，做出很不妥的事吧[150]」、「她是當今權傾一時那家族的親戚，恐怕架子很大。」講著各種流言蜚語。第一任妻子所生的兒子長男是權守[151]，三男則已從官拜六位的藏人晉升為官拜五位了。而最近過世的第二任妻子，還有一個女兒，另外還有一個十二歲的男孩。大家[152]都說權帥很疼愛這兩個孩子，其寵愛程度不知如何形容。

三七

長男權守和三郎式部大輔[153]，為了給父親送行，向朝廷告了假，準備陪同權帥前往筑紫[154]。權帥也給每位送行的人賞賜。共有服裝的衣料、絹兩百匹、染絹用的染草等，全部委託四小姐處理。四小姐手足無措，完全不知道該怎麼處理[155]。在毫無辦法，無人可協助下，便寫信告訴母夫人。信中寫道：「權帥將出發時要給的賞賜，全部交給我處理，有絹料之類的東西，我該怎麼辦？從三條邸帶來的侍女都很年輕，沒有可以商量的人。我非常想念母親，也想看看我年幼的女兒。請妳悄悄地來這裡吧[156]！」老夫人把少將找來，對他說：「四小姐信裡這麼說。我天黑之後要悄悄前去，幫我準備一下車子。」少將說：「就

---

147 很快便接回自己的宅邸，一般認為是產生了愛情的證明。由於當時是招婿婚的形式，所以男女即使結了婚，男方也不會馬上將女方接回自己的住處。只有在認定女方為自己的正妻，經濟可以自立以後，才會將其接回。

148 當時男女結婚以後，若女方要搬到男方家，通常「後見＝保護者」會陪同前往。但因為四小姐的「後見」是左大臣夫人，所以才由侍女陪同前往。

149 有責備權帥在夫人過世沒多久，就馬上再婚的行為。

150 擔心會有如繼子虐待，像物語裡所描寫的事發生。

151 國司的權官。多由國司任命，但可以不用到領地赴任。

152 特別指一直以來，就在權帥府服務的侍女們。

153 式部省官拜五位的三等官。為權帥的三男。

154 國守等官要至任地上任時，親人通常會送行，一直到離開京城為止。而從後面描述得知，家人為權帥送行至山城國山崎附近（今淀川上游）。

155 四小姐對於裁縫等家事一概不會。

156 四小姐在未得到權帥許可，便想把母親叫過來，是非常輕率的行為。此外還要母親把自己的女兒帶過來，也是非常沒有常識的做法。

算妳說要悄悄去，怎麼可能不讓人知道[157]？況且，前往筑紫的旅途中，權帥其他可愛的孩子也在，妳帶四小姐的小孩去，太不成體統了。而且權帥前妻所生的孩子當中，有個十歲的女兒，不管什麼事，權帥總是帶著她。妳再把年紀相仿的女兒帶去那兒，實在太可憐了。我去和左大臣夫人商量看看，如果她認為可以，妳再去吧[158]！」老夫人想：「這下無法成行了。」於是說：「如果左大臣不允許的話，那麼母女連見個面都沒有，就得前去筑紫了呢！」之後又哭喪著臉說：「凡事只要左大臣在，就很難隨心所欲了。從前都是我在指使人，現在卻要對別人唯命是從，想來真是悲哀啊。而且沒有一個兒子贊成我所說的話。」少將眼看母親又一如往常地生氣了，便回答她說：「妳那是什麼話？就是因為沒有其他人可以商量，才去找左大臣夫人商量。妳卻這樣怪我，真是難過。」說完後就離開了。老夫人雖然日日夜夜對左大臣的好意感到欣慰喜悅，但脾氣暴躁畢竟是她天生的性格，所以才會這樣。

三八

少將來到左大臣府邸，對左大臣夫人說：「如此這般。」但卻沒說四小姐為何感到困擾[159]，只說母親非常想見四小姐。左大臣夫人說：「這也是難免的。快讓母親前去權帥府吧！」少將說：「不過，權帥並沒想過母親會過去，突然前去，應該很不方便吧。」左大臣夫人說：「這倒也是。那麼，你親自前往權帥府邸，權帥問你的時候，你就告訴他說：

『母親要我轉告四小姐，她非常思念四小姐，就算只是一下子，也請四小姐回家一趟。又因即將遠行的日子近了，特別擔心。至少讓四小姐從我們這兒出發吧。趁你們還在京城的期間，讓我們好好照顧她。』這樣一來，你自然可以知道權帥的想法[160]。之後順著他的想法，看是母親到那邊去，或是請四小姐回家比較好。不過四小姐的幼女，絕不可讓權帥知道是和白臉馬所生的。把她當成隨行侍女之一，就說：『不放心四小姐一人前往，母親說要帶著這侍女一起去。』」少將聽了這番話，心想：「左大臣夫人的想法真是如我們所願，如此完美的一套說詞，讓人高興得無可挑剔。反觀母親，不講道理，只會無端生氣，和左大臣夫人的心性相比，真是雲泥之別。」於是少將答道：「好，這說法再妥當不過了。那麼我就去這麼說吧。」雖然感到有些彆扭，但想到母親如此想念四小姐，最後還是前往權帥府邸去了[161]。

157 權帥家的侍女們，也擔心這樣的行為可能會忤逆權帥。

158 因少將不知道四小姐和母親的做法合不合適，所以希望能得到左大臣夫人的認可。但這樣的做法卻被老夫人認為，少將因為忌憚於左大臣家的權勢，所以處事上事事迎合他們。

159 因為四小姐不會處理家務事而求助母親，覺得很不體面。

160 尊重權帥想法，又可以讓母女碰面的辦法。

161 此句在原文中是省略沒有寫出來的。在物語的情節最後，將某些描寫省略，這樣的手法並不多見，但在此物語中，卻有好幾處使用這樣的描寫方式。

三九

權帥府邸這邊，四小姐此時正好和權帥在一起。少將說：「有事稟告。」權帥說：「如果在這裡不會覺得不方便的話[162]，那麼就快請進吧！」少將便進去了。然後少將說：「如此這般[163]。」四小姐聽了以後說：「的確，我無論如何也想再見見母親，我非常思念她呢！無論如何，都想再到母親的府邸去拜訪。昨天也才剛寫了信向母親這麼說。」權帥說：「妳到那邊去，我就必須兩處[164]來往奔走，對我而言很不方便[165]。雖然覺得很不好意思，但如果可以的話，還是請妳的母親大人到這邊來吧！如果有其他女性[166]在，或許會有所顧慮，但這裡只有小孩。如果還是覺得不方便，可以把母親大人安排到其他房間去。四小姐留在京城裡的時間，只剩今明兩天了，再不和母親見面，四小姐哪有心情出發呢？」少將心想：「果然如左大臣夫人所料。」便說：「出發日期迫近卻無法見面，母親也非常難過而悲嘆著呢！」權帥說：「盡快做好妥善的安排，趕快帶岳母大人到這裡來吧。因為要四小姐回那邊去，怎麼想都很不方便。」少將說：「那麼，我現在回去就把原委告訴母親[167]。」四小姐又說：「請務必要誠懇地勸她過來[168]。」少將說：「知道了。」便告辭離去。

四十

少將來到母親身邊，對憤怒不已、樣子嚇人的母親據實以告。他說：「事情是這樣的，左大臣夫人這麼說呢！」又說：「這雖然不是什麼大事，但左大臣夫人比別人加倍的聰慧，這也是有其道理的，她說的話總是那麼周到。仔細想想，左大臣夫人之所以能夠這麼幸福，是因為有這樣的心性吧！」少將的母親因為能夠去四小姐的宅邸，而感到無限歡喜[169]。她說：「果然如你所說，左大臣夫人想了一個好辦法呢[170]！三女兒妳也一起去吧！我們今晚就過去吧[171]！」少將說：「妳太心急了。明天再去比較妥當吧！」

162 權帥也在場的情況。
163 按照左大臣夫人所指導的說法，轉達了老夫人的消息。
164 權帥府和故大納言邸。
165 出發的準備和照顧失去母親的孩子，讓權帥無法頻繁地兩處往返。當初接四小姐接回家，也是因為不方便在權帥府和左大臣府間往返。
166 指權帥其他的妻妾。但因為前妻已經過世，所以除了四小姐以外，並沒有其他妻妾了。
167 詢問老夫人前往權帥府的意願。
168 同時也表現出四小姐為了出發的準備深感困擾。
169 前一刻還憤怒不已的老夫人，因為得知可以前往權帥府而高興。再次將老夫人現實的性格清楚地描寫出來。
170 腦子想著去權帥府的事，對左大臣夫人的稱讚，也就隨便敷衍了事。
171 老年人性急的心情。

四一

天一亮，少將母親就準備到權帥府邸去。她的衣服樸素不華麗，為此心中感到可悲，說道：「只好躲到屏風後面了[172]。」左大臣[173]得知母親要前往權帥府，心想：「母親應該沒有嶄新美麗的衣裝吧！」便送了一套新裝給她，另外送給四小姐女兒的東西也一應俱全。並叫使者轉達：「請讓孩子穿上這套衣服。因為旅途中有時也會被人看見[174]。」少將母親大喜說：「比起自己的親生子女，我更受到繼女的關照呢！我雖然有七個子女，有像她一樣這麼細心照顧我的嗎？我才正擔心著，這孩子和權帥初次見面，卻穿著這麼破舊的衣服。現在真是太好了。」她歡喜滿足無以復加。左大臣夫人為了她要去權帥府，做了各種妥善的安排，所以老夫人才因此感到無限歡喜。

四二

日暮時分，便搭乘兩輛車前往。四小姐見了母親，不勝欣喜，便對她訴說這些日子的情形。而自己的女兒一陣子不見，似乎長大了許多。因為穿著美麗的新衣端坐著，因此，四小姐摸摸她的頭髮，非常憐愛地說：「我正思量著要怎樣才能把這孩子一起帶去，而心思紊亂[175]。若被權帥知道是我的孩子，是很可恥的。」母親說：「左大臣夫人是這麼說的。這的確是一個好辦法[176]，而且我現在所穿的衣服和這孩子的衣服，也都是左大臣大人送來的。」四小姐說：「這樣一個體貼且言談親切的人，為什麼從前要怠慢她呢？她對我的事情，更勝過父母對我的關懷。她送了我一套左大臣府邸的餐具。侍女們的衣裝當然不用說，連帷簾、屏風等等都贈送給我。如果左大臣夫人沒這麼做，那麼這裡原本的侍女們，又將如何看待我呢[177]？現在我真感到高興。」母親說：「我受這位繼女的恩惠，愈來愈多了。的確如此，妳要記取我的教訓，對權帥前妻所生的子女們，千萬不可厭惡，要比對自己的親生子女更加疼愛。我從前若沒有那樣嫌棄她，應該連小小的恥辱，或悲慘的遭遇就都不會發生了[178]。」四小姐說：「的確，實在很有道理。」

四三

老夫人觀察了權帥，覺得他忠厚沉穩，相貌堂堂，高興地說：「果真如此啊。高貴的人[179]所挑選的對象，的確不同凡響。」由於出發的日子更加逼近了，因此宅邸內的人非常

172 為了不讓權帥府的侍女們，看到自己衣裝破舊的窮酸樣。
173 左大臣夫人以左大臣的名義進行種種準備。
174 平常女性雖然都身處深閨，但在旅途中難免會被人看到。
175 若想將女兒一起帶往筑紫，勢必得向權帥坦承是自己的女兒，因此感到心思紊亂。
176 老夫人難得對左大臣夫人讚賞。
177 若自己什麼都沒有，可能會被權帥府邸的侍女們輕視。
178 為老夫人少見的反省。而這樣的反省，源於左大臣夫人給予的物質援助。

忙碌。權帥府邸每天都有兩三位新進的侍女來報到[180]，因此宅邸內非常繁忙熱鬧。少將看到就算是這樣的情景，仍覺得左大臣大人，還是比權帥更加榮華。播磨守[181]身在任職地，因此不知道四小姐再婚的事。少將便派人前去告訴他說：「左大臣夫人替四小姐做了這樣的安排。本月二十八日他們夫妻便要乘船出發了。到達你的任職地[182]時，還望你設宴招待。」播磨守知道後歡喜無比，心想：「我身為四小姐的親兄弟，尚且沒想過幫她再招夫婿，這位左大臣夫人，果然是神佛化身來幫我們的。」於是趕忙籌劃，進行權帥夫妻到達時的接待準備。這位播磨守不像他的母親，是個很親切的人。

四四

從左大臣府派來的侍女們[183]稟告：「現在想要回三條邸去[184]。」但左大臣夫人對她們說：「四小姐還在京城的期間，就請服侍到最後。另外，若想一起前往筑紫的，就請一同前去。」侍女們想：「雖然服侍四小姐不會覺得特別辛苦，但從這短暫的服侍期間來看，覺得四小姐還是和自家夫人無法相比。起初被派到這兒來服侍的時候，實在是因為無法拒絕。再說，即使在身分相等[185]的宅邸裡當差，也要選擇服侍心性較好的主人。何況左大臣和權帥的身分，還是有所差距的[186]。在三條邸當差，不管什麼事，心情都有如到了極樂淨土[187]，要捨棄三條邸的差事一同前往筑紫，絕對是病了的人才會這麼做。」甚至連婢女們都是這麼想的。因此沒有人願意陪四小姐一同前往筑紫。最後，四小姐最終決定帶三十位侍女、四位女童、四位下人，一同前往筑紫。出發的日子愈來愈近了。四小姐的兄弟姊妹們[188]都來到了權帥府邸。馬上就要惜別了，大家互道感傷之情。說：「看那衣裝華麗，就知道兄弟姊妹當中，僅次於左大臣夫人幸福的，就屬這位四小姐了」、「四小姐的幸福是因誰而來的？正是因為左大臣夫人幸福的緣故呢[189]！」

179 左大臣夫妻。
180 為了要一起帶去筑紫（現今日本九州）而招募新的侍女。
181 前越前守。
182 播磨國。當時瀨戶內海的海上交通僅在白天行駛，晚上則靠港停泊，因此的確會停靠在播磨地區。推測應在國司役所的明石的周邊。
183 當初由左大臣府派去陪四小姐的三位侍女、一位女童及一位下人。
184 因為募集了許多新進侍女，人手已經足夠因此想回去。
185 包含身分、官職、財富等。
186 除了左大臣府家世背景好之外，榮華富貴、主人心性等等，都全面性地做了比較。
187 形容極其滿足。
188 包含了少將、大小姐、二小姐及三小姐等人。
189 為四小姐兄弟姊妹們之間的對話。

四五

後天就要起程了，四小姐說：「怎麼可以不去拜別左大臣呢？」便前往左大臣府邸。權帥認為車子太多實在麻煩，所以只準備了三輛車子，讓四小姐前往三條邸。左大臣夫人和四小姐見面所說的話，恕不贅述，請讀者自行想像[190]。這次隨四小姐一同前往筑紫的人，不論是誰，左大臣夫人皆賞給她們精緻的扇子二十把、嵌螺鈿的梳子，以及裝有白粉的蒔繪箱。左大臣夫人透過府裡與權帥府的侍女有交情的侍女說：「請收下這些東西當作紀念吧[191]！」被拜託的這位侍女，因為左大臣夫人的緣故，也被認為做事細心而受到感謝，因此也覺得非常高興。權帥府的侍女們都認為，左大臣府的侍女的確很優秀，皆非等閒之輩，因此彼此相約要再見面，之後便回權帥府去了。她們私下[192]議論紛紛：「雖然覺得權帥府[193]已經很好了，但是一看到左大臣府[194]，從規矩上[195]便感覺格局不同，心都被吸引過去了」、「啊！真想在那府邸服務啊！」

四六

隔天早上，左大臣夫人送了封信過去。信中寫道：「我很想把之後幾年，無法見面要說的話一次說完，無奈良宵短暫。如今一別，不知何時才能見面，凡人區區肉身不知何時會死去，一想到此更感悲傷。

遠處山峰白雲飄，伸手不及離山腰，
何日相逢故山頭，遙遙無期心悲焦。

請妳想想，京城和筑紫之間的距離，路途還真遙遠啊[196]！」另外贈送了一組蒔繪的衣箱。其中一個裡面裝的，是一套贈禮用的外披衣裝，另一個裡面裝的，是給四小姐自己穿的衣服三套，還有各種色彩的紡織品層層堆疊。蒔繪衣箱上蓋著一只和唐櫃大小差不多的幣袋[197]，袋裡裝了一百把扇子。此外還有一組小衣箱，大概是要送給四小姐的女兒吧。一個箱子裡裝著一套衣服，另一個裡面放著裝有白粉的黃金盒子。另外還有一個小巧可愛的梳妝箱[198]。雖想詳細記載，不過物品繁多，實屬困難。左大臣夫人還給四小姐女兒一封

190 作者說明省略不說的原因。但若是《源氏物語》的作者，應該不會將這個部分省略，而是省略之後的紀念品部分。
191 雖然是左大臣夫人所贈送的，但卻以侍女的名義交給對方，表現出左大臣夫人考慮到了侍女們的心情。
192 忌憚四小姐的心情。
193 主要是意指服侍的主人。權帥夫妻。
194 指左大臣夫妻。
195 指所有的禮儀、設備、常規等等。
196 離別時常常會贈送書信強調哀傷的心情。
197 幣：向神明祈求旅途平安的奉納物。

信，信裡寫：「妳在京城的日子就只剩今天了。就如古歌所云：『妳離去之後，不知會多麼思念妳。』

傷心惜別留不住，強行赴旅異地處，
揮袖訣別神魂牽[199]，願伴汝側永看護。」

四七

權帥看了之後，說：「好多賞賜啊！即使不給這麼多也無妨。」便賞賜給左大臣夫人派來的使者。四小姐在回信中寫：「離別的悲傷，不知該從何說起。

白雲當空方向無，離情依依心難撫，
告別眾親上旅途，不知該往何去處。

妳所贈送的物品，侍女們光看就覺得非常高興[200]，正喧鬧不休呢。」四小姐的女兒回信寫：「我也想趁和您還距離這麼近的時候，將種種事情告訴您。現在連我都即將要前往筑紫去了，您說心都隨我而去了，我也是一樣。

若能分身處兩地，永伴君側撫悲意，
同時居京不掛慮，兩全其美最容易。」

四八

老夫人今晚就要回故大納言府去了。四小姐為了和母親道別，所以前往母親的房間，老夫人看到四小姐，便悲從中來，連話都無法好好說便嚎啕大哭。四小姐是她最愛護的女兒，她說：「我已經年近七十了[201]，要如何再活六、七年呢[202]？我想我再和妳重逢之前就會死去了吧！」說完忍不住又哭了起來。四小姐也覺得很傷心，對母親說：「正因為如此，我才對妳說：『這樁婚事怎麼可行呢[203]？』是妳強勢的想法，現在我才會不得不到筑紫去。事到如今，我已經無法繼續留在京城了。妳不用擔心，再怎麼說，也一定不會發生

198 以上物品皆為旅程中所需的必需品。而為了航海路線的安全，通常會再放入扇子，有一帆風順之意。也因此扇子有離別之意，所以在平安時代，戀人間有不能贈送扇子的忌諱。
199 根據遊離魂信仰而來的和歌。平安時代有靈魂脫離肉體，前往戀人身邊的信仰。
200 侍女們看到這麼豪華的賞賜，就算不是給自己的，一樣覺得興奮。
201 老夫人的年齡。丈夫故大納言正好是在七十歲過世。
202 權帥的任期為五年。加上往返的時間，因此才說六、七年。
203 再次強調之前所說，四小姐本身對再婚並沒有很大的意願，而這次的再婚，主要是政治上的考量。

無法再見面這事的[204]。」母親說：「這門婚事哪裡是我勸說的？這是左大臣大人這麼勸說，你們才結婚的吧！一定是他想要我們遭受這種悲傷的遭遇。這門親事到底有什麼值得高興的[205]。」四小姐安慰母親說：「現在這麼說也於事無補了。我們必須暫時分離，這也是前世的因緣吧！」在一旁的少將坐下來說：「世上雖有許多像現在這樣母女離別的實例，但也不會一直哭著發牢騷啊。聽了很難受呢[206]！」

四九

權帥到左大臣府辭行。左大臣接見他，態度親切地對他說：「過去毫無關係時，便對你很有好感，更何況現在成了姻親，關係更加親密了。一起同行的那位小女孩，還請你多多照顧她。由於已故的岳父大人非常寵愛她[207]，我便想在他過世之後，把她接過來我的三條邸撫養。但因為四小姐擔心老夫人難以獨自撫養一位小女孩，所以帶她同行，我實在無法阻止。」權帥回答說：「我一定盡我所能照顧她。」便於日暮時分告退。左大臣送他一套衣裝之外，更送了駿馬兩匹[208]，非常隆重地替他餞行。

五十

權帥回到府邸以後，對四小姐說：「左大臣這樣對我說。這小女孩幾歲了？」四小姐回答：「大概十一歲了。」權帥說：「故大納言年紀那麼大，怎麼還有如此年幼的女兒？」他覺得很奇怪[209]，接著又說：「從左大臣府派過來的侍女要回去了，妳有賞她們些什麼嗎？」四小姐說：「什麼賞賜也沒有。因為沒有合適的東西可送。」權帥說：「妳怎麼能這麼說呢？這幾天她們一直待在這裡，難道要讓她們空手而回嗎？」他覺得很不好意思，權帥心想：「這女子心思不夠細膩呢！」便把剩下的物品取出，送三位侍女每人絹四匹、綾一匹、蘇芳染料一斤。賞給女童絹三匹和蘇芳染料，賞婢女每人絹兩匹和蘇芳染料。大家都有拿到，覺得權帥很周到[210]。

五一

出發的時候到了。天一亮大家便開始做出發的準備，非常熱鬧吵雜。四小姐母親不停

204　背後蘊含有相信母親能長壽的想法。
205　之前對這門婚事仍感到欣喜，但狀況一有變化，心境馬上又轉變，再次表現出老夫人現實的性格。
206　少將為批評母親的行為，而說明一般世人的狀況。
207　將四小姐的女兒，偽裝成故大納言最小的女兒，即變成四小姐的妹妹。
208　雖說是餞行，但送上駿馬兩匹，也是非常豪華的餞別贈禮。
209　依照年紀推算，若那位女孩是故大納言的女兒，那麼那女孩是在故大納言大約六十歲時所出生的，權帥為此感到奇怪。
210　和四小姐相較之下，權帥考慮較周到。

哭泣，覺得自己一人回家非常難受，而正當她拉著四小姐哭泣的時候，送來了一個黃金製的透雕盒子，大約衣箱那麼大，綁了結，用枯葉色的羅紗包裹著。四小姐問：「是哪裡送來的？」使者回答：「夫人妳看了就會知道[211]。」說完便回去了。四小姐疑惑地打開一看，箱子裡有碧海色的羅紗鋪著，裡面有黃金製的洲濱模型，模型上有沉木做的船浮在上面，洲濱上長著許多樹木。突出水面的洲島非常有情趣。於是便找看看是否寫有和歌，只見一張非常小的白紙，貼在浮著船的地方，取下來一看，上面寫著：

「如今一別遠地走，搖櫓離島水上舟，
　窺見佳人揮領巾，誘我悲淚溼襟袖。

送上這樣眷戀不捨的和歌實在不光彩，罷了，無需再言。」一看便知道是那白臉馬的筆跡。事出意外讓人大吃一驚。老夫人看了也大吃一驚，覺得奇怪地心想：「到底是誰做的？」四小姐和那白臉馬，本來就不是情投意合的夫妻，也不像普通夫妻一般，因此並沒有值得懷念的回憶。看了這紙條及模型後，才想起了那時的事。少將建議說：「把這個送給左大臣的女兒吧[212]！」但母夫人說：「這看起來是很精美的物品，還是四小姐自己留下來吧[213]。」四小姐心想：「左大臣夫婦是這麼地關照我。」於是便順著少將的話說：「就這麼辦吧！」少將也說：「的確是這樣做比較好吧！」他表示贊成，便拿著東西說：「那麼，我送過去吧！」白臉馬是不會想到要這麼做的，但他的妹妹們是非常懂人情世理的，心想兩人之間畢竟有孩子，因此不能毫無表示，所以才替他這麼做的。

五二

深夜時分，老夫人回自己宅邸去了。權帥一行人在寅時[214]出發前往筑紫。牛車總共十餘輛。由於朝廷再三宣旨催促：「盡快赴任[215]。」因此到達山崎[216]時，也沒有多做停留，馬上又趕往淀川去了。前來送行的人獲得權帥的賞賜後，就都回京了。被派到權帥府的侍女們回三條邸後，紛紛談論著這些日子在權帥府的情形。她們談到四小姐母親曾經激動地說：「這親事不是我促成的[217]」時，左大臣和他的夫人都大笑不止。老夫人在這段期間，

211 贈送者小心不讓人知道東西有關白臉馬，而對使者的交代。
212 左大臣有兩位女兒。而為了答謝左大臣夫婦的種種照顧，因此提議將這東西送給左大臣的女兒。
213 老夫人並不覺得把前夫贈送的東西，留在身邊不妥，再次表現出老夫人物質中心考量的想法。
214 上午四點左右。
215 中納言以帥的身分出任之情形並不多見。從特別被選出擔任帥職看來，應該有重要的緊急政務待處理，因此朝廷才會不斷催促。
216 淀川上游。通常利用海路的人，都是在此和送行的人分別。
217 老夫人因為自己悲傷的遭遇，而將婚事推說是左大臣夫人居心叵測刻意安排的。

因為思念四小姐而哭喪著臉，隨著日子過去，也就淡忘了[218]。權帥一行人受到播磨守的款待，熱情招待的情形，也不在此多加敘述了。左大臣說：「三小姐和四小姐當中，已經好好關照了其中一人，另外那位三小姐，也必須好好幫她安排，我才能安心。」

五三

隨著時間過去，左大臣一族可喜的事比以前更多了。大貳[219]順利前往筑紫，平安到達了太宰府。派人奉上了許多贈品給左大臣[220]。左大臣家的長男，在十四歲時舉行了元服儀式，大小姐也在十三歲，進行了著裳儀式。祖父太政大臣因想著：「次男也不能輸給長男。」因此也讓他舉行元服。父親左大臣笑著說：「太政大臣要讓他們這麼競爭啊！」

五四

左大臣心想：「過了年，就準備讓我們家小姐入宮吧！」因此對她更加重視。很快地，一年又過了。左大臣家小姐將在二月入宮，雖然情況並未加以描寫，但入宮儀式的隆重盛大，讀者可以自行想像。這位小姐是個絕世美人，因此天皇對她無比寵愛，再加上太后[221]對她疼愛有加，所以比起其他先入宮服侍的女子[222]，更是特別的尊榮。播磨守晉升為弁官[223]，衛門的夫婿三河守，現在已經是左少弁了。左少弁的夫人[224]衛門，生了許多子女，變得更為出色穩重，也在三條邸出入。

五五

這期間，太政大臣因為身體不適，想從太政大臣之位退下來，但天皇完全不接受[225]。太政大臣說：「我雖然已如此衰老，但想到若再也無法上朝面見天皇的話，是多麼讓人感傷，所以一直奉公服務至今。但今年正是我必須謹慎的厄年[226]了，因此想在家閉關。身為太政大臣，若不參與重大朝政，是非常不妥的吧。所以我辭官之後，希望能任命左大臣為太政大臣[227]。他的才學不會讓人不服，因此比起我這老人來，他更能輔佐天皇的朝政

218 感情容易激動的同時，對事也比較健忘，為老年人的通性。
219 大宰府的次官，等同權帥。大貳與權帥官位重疊、互用。
220 地方官的收入非常多，其中筑紫又是和中國貿易的主要區域，因此有許多舶來品。
221 左大臣的妹妹，天皇的母親。對天皇有極大的影響力。
222 比左大臣女兒更早入宮的女御、更衣們。
223 太政官的判官。分為左右弁，大弁為從四位上，中弁為正五位上，少弁為正五位下。此處應為中弁。
224 原文為「北方（夫人）」。達官貴人妻的稱呼。阿漕因為自己夫婿的仕途順遂，因此也變成夫人的身分了。
225 辭職時一般需向天皇提出辭職的請願，若沒有得到天皇的許可，則辭職不被接受。
226 平安時代的厄年，分別為十三、二十五、三十七、四十九、六十一、七十三、八十五、九十一等歲數。從前面幫太政大臣舉辦六十歲壽宴的內容推算，應該是過了五至六年左右。因此在厄年的年紀上產生了矛盾。《落窪物語》在年紀及年代的描寫上，由於有許多矛盾之處，因此不必太過拘泥於此。所以這邊可以認為是七十三歲的厄年。另外由於七十歲為「懸車之齡」，一般多在這個年紀辭官，從這一點也可判斷為是七十三歲的厄年。
227 硬要讓自己兒子接任太政大臣的態度。

呢。」除此之外，他還透過太后[228]，頻頻向天皇勸說。天皇說：「我怎麼會阻止太政大臣呢？太政大臣能好好活著，對我來說才是值得高興的事。」因此便任命左大臣繼任太政大臣。世人都驚訝地說：「左大臣年紀尚未四十，竟已位居最高官位了。」

五六

新太政大臣的女兒，晉升為皇后，當了中宮次官的少將[229]，也升任為中將。新任太政大臣的長男、次男們也都跟著晉升。長男兵衛佐，晉升為左近衛少將。新太政大臣的父親大人不滿地說：「我把他當成自己兒子看待的次男兵衛佐，晉升得比太郎慢呢！」新太政大臣為難地說：「這太強人所難了。怎麼可以我一上任，就讓自己的兒子全部馬上都晉升呢[230]？」祖父大人說：「他是你的兒子嗎？他可是我這老翁的第五個兒子呢！為什麼要被人背後指指點點呢？先前，你的長男當了左近衛府的官員，這次，該授予這個孩子右近衛少將的官位了吧。叔父豈有晉升官位，比姪兒低下的道理呢？」接著又繼續說：「好！好！我想你是不會答應的。」於是便親自進宮直接上奏天皇[231]，因此次男被任命為右近衛少將。祖父大人說：「這麼一來就太好了。如果這孩子早點出生的話，我就會把我的官爵都讓給他[232]。」這樣寵溺新太政大臣的次男，是世間絕無僅有的。太政大臣夫人的幸福是非常可喜的，這說法早就已經是陳腔濫調了[233]。知道她從前遭遇的人都悄悄地說：「從前住在低窪的小房間，穿著單薄衣裙的時候，誰也想不到她會是太政大臣的夫人，當今皇后的母親。」

五七

此時太政大臣夫人的異母姊妹三小姐，已經當了專司皇后衣裝的御匣殿[234]。另外權帥任期屆滿，和四小姐平安回到京城了。母親老夫人感到非常高興，這也是理所當然的。而太政大臣夫人現在的榮華富貴，神佛或許是想跟繼母老夫人說：「好好看著。」所以並沒有讓老夫人太早死去，到了七十多歲尚還健在。太政大臣的夫人說：「母親如此年邁了，應該為她的後世功德做些準備。」因此，為母親大人舉辦落髮為尼的儀式相當盛大，老夫人因此覺得歡喜且感激地說：「世間的人們啊！不可憎惡繼子女啊[235]。繼子女是這麼讓人

---

228 即天皇的母親。在政治方面有地下發言的影響力。

229 落窪君的異母弟三郎君。中將相當於官拜從四位，因此他的晉升，已經超越中弁的兄長了。

230 擔心因此讓自己聲譽遭受非議。

231 雖已辭官，但因為是天皇的外祖父，所以仍有一定的勢力，要求一個官職並非難事。

232 表現出對於孫子右近少將的疼愛，更勝過兒子太政大臣。為前太政大臣盲目的溺愛。

233 作者用一般世人的看法，來評論太政大臣夫人的幸福。特別回想當年在低窪小房間的情形，來和現在對比，在作品的末尾更顯得恰當。

234 負責宮中衣裝裁縫的女官首長。

感到可喜啊！」但之後，每當生氣時還是會說：「我明明想吃魚，卻讓我落髮為尼，就因為不是我的親生女兒，才會這麼壞心眼[236]。」母親老夫人過世之後，太政大臣夫婦將法事辦得非常隆重莊嚴。原本叫做阿漕的衛門，現在當了中宮的內侍[237]。各個出場人物之後的事，將逐一呈現在讀者面前[238]。

五八

分別成為左右少將的太政大臣兩個兒子，之後總是成雙成對地一起晉升。祖父前太政大臣雖已過世，但生前總是不斷重複說著：「如果你孝敬我，那麼二郎的晉升，就不能晚於太郎。」太政大臣雖然覺得為難，卻仍十分遵從。之後兄弟倆繼續晉升為左大將及右大將。他們生母的幸福，就算不說也可想而知。權帥仰賴太政大臣的恩澤，當了大納言。白臉馬生了場重病之後，便當了法師，之後全無消息。那個典藥助，之前被家臣踢了一腳之後，便生病過世了。太政大臣說：「典藥助沒看到我家夫人如此幸福的情況就死了，真是可惜。怎麼讓家臣把他給踢死了呢？如果他能再多活一陣子就好了。」太政大臣的大女兒，即當今皇后的家臣中，有一位就是阿漕叔母的丈夫和泉守，也受到太政大臣很大的恩澤。最後，從前的那位阿漕，更不用說，早已升任內侍司的典侍[239]。世人傳說：「這位典侍最後活到了兩百歲呢！」

235 本物語給讀者的訓示。但並沒有像之後的說話文學一樣，以訓示結束整個故事；反而繼續描述老夫人苛薄的性格，更是這部作品的長處。

236 再次以老夫人易怒的性格貫穿整部作品。

237 內侍司的女官總稱。

238 作者將以實際所見的手法，呈現作品中各個人物角色們之後的生活。

239 內侍司的次官。《枕草子》中清少納言寫到，因為被推薦為典侍而感到高興。可知典侍對侍女而言，是極為光榮的職位。

小說精選

落窪物語

2016年12月初版　　定價：新臺幣480元

著　　者　佚　　名
譯　　者　賴　振　南
總 編 輯　胡　金　倫
總 經 理　羅　國　俊
發 行 人　林　載　爵

出 版 者　聯經出版事業股份有限公司
地　　址　台北市基隆路一段180號4樓
編輯部地址　台北市基隆路一段180號4樓
叢書主編電話　(02)87876242轉270
台北聯經書房　台北市新生南路三段94號
電　　話　(02)23620308
台中分公司　台中市北區崇德路一段198號
暨門市電話　(04)22312023
台中電子信箱　e-mail：linking2@ms42.hinet.net
郵政劃撥帳戶第0100559-3號
郵撥電話　(02)23620308
印 刷 者　世和印製企業有限公司
總 經 銷　聯合發行股份有限公司
發 行 所　新北市新店區寶橋路235巷6弄6號2樓
電　　話　(02)29178022

叢書編輯　張　　擎
封面設計　陳　文　德

行政院新聞局出版事業登記證局版臺業字第0130號

本書如有缺頁，破損，倒裝請寄回台北聯經書房更換。　ISBN 978-957-08-4839-7 (平裝)
聯經網址：www.linkingbooks.com.tw
電子信箱：linking@udngroup.com

國家圖書館出版品預行編目資料

落窪物語/佚名著．賴振南譯．初版．臺北市．聯經．
2016年12月（民105年）．328面．14.8×21公分
（小說精選）

ISBN 978-957-08-4839-7（平裝）

861.5416 105021866